Kate Calloway

Siebter Himmel

Kate Calloway

Siebter Himmel

Offensive Krimi

Aus dem amerikanischen Englisch
von Elisabeth Brock

Frauenoffensive

1. Auflage, 2001

Originaltitel: Seventh Heaven

(Metzstr. 14 c, 81667 München)

ISBN 3-88104-338-1

Druck: Clausen & Bosse, Leck
Umschlaggestaltung: Erasmi & Stein, München

Dieses Buch ist gedruckt auf Papier aus chlorfrei gebleichtem Zellstoff.

Die Personen

Cassidy James	Privatdetektivin
Erica Trinidad	Schriftstellerin
Tommy Green	Tankwart
Lizzie Thompson	Barfrau
Martha Harper	Kommissarin
Tom Booker	Sheriff
Newt Hancock	Hilfssheriff
Bart Bailey	Automechaniker
Buck	sein Zwillingsbruder
Guy Waddell	Gelegenheitsarbeiter
Professor Cathwaite	Sozialwissenschaftler
Ginny	seine Frau

und die Einwohner von Cedar Hills, Oregon

1

Es war, als hätte es über Nacht bunte Blüten auf Cedar Hills geregnet. Farbige Zelte und Markisen beschatteten im sonst so ruhigen Park am Seeufer mit Essen beladene Tische und provisorische Sitzgruppen. Obwohl erst kurz nach Mittag, war auf der Bühne eine Country-Band bereits voll in Aktion, Menschen jeden Alters bevölkerten die Tanzfläche. Der Biergarten war überfüllt, Frisbeescheiben und Drachen belebten den strahlend blauen Sommerhimmel, und als ich die Szene überblickte, stellte ich fest, daß fast die ganze Stadt und dazu eine stattliche Anzahl Fremder da waren.

„Ganz nett für den Anfang, oder?" sagte Tommy Green, verzog sein Koboldgesicht und hielt nach geeigneten Tanzpartnerinnen Ausschau. „Magst du einen Schluck? Ich lade dich ein."

„Nein danke, Tommy. Ich muß meinen Gaumen schonen bis zum Probeessen. A propos, da kommen sie schon."

Ich deutete auf ein violettes Spruchband, das den „Ersten Rainbow-Lake-Muschelsuppen-Wettbewerb" ankündete, und ging darauf zu. Tommy blieb an meiner Seite, auf den Zehen wippend. Er trug wie immer einen Overall, ohne Hemd darunter, und eine blaue Seemannsmütze verkehrtherum auf dem Kopf. Tommy war etwa einssechzig groß, seine muskulösen Arme trugen Brandmale von einem Bootsunfall. Was Frauen an ihm so unwiderstehlich fanden, war mir unbegreiflich. Vielleicht war es sein permanentes Lächeln oder der Schalk in seinen Augen? Was immer es sein mochte, als wir schließlich zu den Muschelsuppen-Wettbewerbstischen kamen, zog ein Schwarm kichernder junger Mädchen hinter ihm her, die ihn in ihrem Football-Team haben wollten.

„Liebe Mädchen, leider kann ich nicht mit euch allen spielen. Das wäre zu gefährlich." Er zwinkerte ihnen zu und meinte dann: „Außerdem muß ich Miss James vor Bestechungsversuchen und anderen Dummheiten beschützen. Sie gehört zur offiziellen Jury im Kochwettbewerb, und ich soll aufpassen, daß sie sauber bleibt."

Ich verdrehte bei dieser Übertreibung die Augen und sah den davonschlendernden Mädchen nach.

„Danke, Tommy, jetzt fühle ich mich viel sicherer."

Er grinste. „Kein Problem, Cass. Die Leute könnten dich ja wirklich bestechen wollen. Sollte einer dieser albernen Chefköche gewinnen, bekäme er einen Artikel im *Coast Magazine.* Sein Lokal nähme einen gewaltigen Aufschwung."

Damit hatte er recht; das war der Grund, warum sich so viele gute Restaurants die Küste rauf und runter am Wettbewerb beteiligten. Das war der Grund, warum wir Preisrichter erst nach der Prämierung wissen durften, wessen Suppe wir ausgewählt hatten. Wir mußten uns binnen einer Stunde entscheiden, zwischen zwölf und eins. Dann wurden die Muschelsuppen für die Allgemeinheit freigegeben. Um vier Uhr sollten die Gewinner verkündet werden.

Die anderen sechs Preisrichter waren bereits eingetroffen und arbeiteten sich an den mit Absperrbändern geschützten Tischen entlang. Neugierige standen direkt hinter den Bändern bei den Köchen und beobachteten erwartungsvoll die Mienen der Preisrichter. Die Suppentöpfe trugen Nummern, und die Richter trugen Punkte auf ihre Bewertungsbögen ein. Drei von ihnen waren bekannte Köche, die lieber nicht am Wettbewerb teilnahmen, zwei lokale Würdenträger, der sechste ein einfacher Bürger wie ich, der Spaß an gutem Essen und Glück gehabt hatte. Ich war mir ziemlich sicher, daß man mich nur deshalb dazugebeten hatte, weil meine Gefräßigkeit stadtbekannt war. Egal. Ich nahm gern teil und fühlte mich geschmeichelt. Außerdem war ich sterbenshungrig, weil ich mich heute morgen mit ein paar Scheiben

Toast und einem kleinen Glas Orangensaft begnügt hatte und die Düfte aus den dampfenden Töpfen nicht auszuhalten waren.

Ich schrieb mich ein, steckte die Preisrichternadel an und näherte mich zuversichtlich dem ersten Tisch. Die Bewertungskarte steckte sicher in meiner hinteren Hosentasche. Ich schöpfte ein wenig Suppe in eine Probiertasse, hob den Löffel an die Lippen und ließ dabei den Blick über die Menge schweifen. Ein Augenpaar blickte mich ganz besonders intensiv an. Soviel zum Thema Anonymität. Die erste Nummer gehörte zweifellos Mike Tally, dem Besitzer und Koch des Crab Pot in Florence, einem meiner Lieblingsrestaurants. Ich schlug die Augen nieder, peinlich berührt, weil ich eben die Spielregeln gebrochen hatte, und versuchte, mich ganz auf die Muschelsuppe zu konzentrieren. Schön cremig, mit reichlich Muschelstückchen, die für meinen Geschmack ein wenig zu zäh waren. Ich machte einen Eintrag auf meiner Karte und ging zum nächsten Topf über.

Ich konnte mich nicht beherrschen und warf noch einen Blick auf meine Zuschauer. Unter den Küchenchefs und Köchinnen waren viele Freunde und Bekannte, die mich interessiert beobachteten. Doch als ich die strahlend blauen Augen von Sheriff Booker entdeckte, die offensichtlich versuchten, meine Aufmerksamkeit zu erhaschen, war mir klar, daß Rosie, seine Frau, die neben ihm stand und den Blick demonstrativ abgewendet hatte, Bewerberin Nummer zwei war. Mist. Das klappte ja überhaupt nicht. Ich schummelte wider Willen! Ich liebte Rosie. Sie war nicht nur eine Freundin, sondern auch eine phantastische Köchin. Ihre gefüllten Chilies waren unübertroffen. Was, wenn mir ihre Muschelsuppe nicht schmeckte? Was, wenn sie mir schmeckte? Was, wenn sie die beste war? Würden die Leute denken, ich mogelte, weil ich mit den Bookers befreundet war?

Entschlossen schaute ich in die andere Richtung, knabberte an einem Cracker, um meinen Gaumen zu neutralisieren, und tauchte den Löffel in Rosies Suppe. Sie schmeckte köstlich. Das Muschelfleisch war nicht so üppig wie beim ersten Bewerber, aber süß und zart. Auf der Oberfläche schwammen gelbe Flecken, die mir im Mund zergingen, ich genoß den kräftigen Buttergeschmack, der zu meiner Überraschung eine Spur Estragon enthielt. Das war keine traditionelle Muschelsuppe. Ich widerstand dem Drang, Rosies Blick zu suchen, und zwang mich, nur auf den Geschmack zu achten. Wunderbar. Am liebsten hätte ich mich daran sattgegessen. Statt dessen machte ich mir Notizen, setzte ein neutrales Gesicht auf, ignorierte die Menge und ging weiter zum nächsten dampfenden Topf.

Als ich alle sechzehn Suppen durchprobiert hatte, konnte ich mich an den Geschmack der ersten nicht mehr erinnern. Einige Preisrichter gingen die Reihe wieder zurück und testeten ihre bevorzugte Suppe noch einmal. Ich auch. Schließlich schwankte ich zwischen drei Töpfen. Als sich die anderen Preisrichter zum Stand ihrer Wahl begaben, ging ich vor und zurück und probierte die drei Muschelsuppen noch mal durch.

„Komm schon, Cassidy. Du willst doch nur ein Gratismittagessen!" rief jemand. Es war Tommy Greens Stimme, die mich aufsehen ließ, und ich zuckte zusammen, als ich sah, wer neben ihm stand. Ich errötete, zu meiner Bestürzung. Erica Trinidad, auffallend wie immer, lächelte mich an.

„Los, nehmen Sie irgendeine!" drängte jemand. „Wir sind am Verhungern!"

Da merkte ich, daß ich die letzte war und die Leute vom Essen abhielt. Ich suchte die Menge ab, bis ich Rosie fand, die mich ernst beobachtete. Booker, immer noch neben ihr, hatte einen seltsamen Ausdruck im Gesicht, sah aber nicht mich an, sondern Erica Trinidad.

Na, wenn schon, dachte ich. Wenn ich für den Rest des Tages nur einen Teller Suppe auswählen durfte, würde ich Rosies nehmen. *Los, tu's einfach.* Ich lächelte Rosie an, schrieb meine Entscheidung nieder und schob den Zettel in den Schlitz der Wahlurne. Die Leute brachen in Jubel aus, die Absperrbänder wurden entfernt. Ich konnte gerade noch entkommen, bevor die Tische gestürmt wurden.

„Jetzt hätte ich gern ein Bier, Tommy", sagte ich mit einem Blick auf Erica.

„Einen Augenblick", sagte er und trabte davon.

„Du hast dir Zeit gelassen." Erica musterte mich mit Augen, die blauer waren, als ich mich erinnerte. Ich prüfte im Geist meine Erscheinung und war froh, daß ich das blaue Hemd trug, das, wie Martha immer bemerkte, zu meinen Augen paßte. Doch warum sollte mich das kümmern? Ich fuhr mir mit den Fingern durchs Haar und fragte mich, ob es von der Bootsfahrt wirklich so durcheinander war, wie es sich anfühlte. So war das eben, wenn man in einem Haus ohne Zufahrtstraße wohnte: Egal wie gut ich beim Start aussah, wenn ich im Hafen ankam, war mein Haar zerzaust. Doch Ericas Augen sagte mir, daß ich ihr gefiel, und das ließ mich erröten.

Ich gab mich ungerührt und hielt ihrem Blick stand. Sie hatte sich verändert, seit wir uns das letzte Mal gesehen hatten. Ihr dunkles Haar war in Stufen geschnitten und umrahmte hohe Wangenknochen und einen breiten Mund. Sie trug eine weiße ärmellose Baumwollbluse, die schön geformte Oberarme und kalifornische Sonnenbräune sehen ließ. Die beiden oberen Knöpfe standen offen und ließen ein wenig Dekolleté frei. Dezent, aber aufregend. Sie gleicht eher einer erfolgreichen Rechtsanwältin als einer Autorin von Liebesromanen, dachte ich. Doch ihre Bücher waren weltweit bekannt, seit kurzem schrieb sie auch Drehbücher.

Bleib cool, Cassidy, warnte ich mich. Natürlich machte ich eine völlig geistlose Bemerkung: „Es war schwieriger, als ich gedacht hatte. Ich eigne mich nicht sehr als Richterin."

„Ach, ich weiß nicht. Wir hatten wohl beide unsere richterlichen Anwandlungen."

Einfach so. Nachdem wir uns über ein Jahr nicht gesehen hatten und sie ohne ein Wort des Abschieds gegangen war, kam sie mit einer boshaften Anspielung daher.

„Ja, mag sein." Wenn sie Streit suchte, gut – ich würde den Fehdehandschuh nicht aufnehmen. Ich wollte nur einen geruhsamen, vergnügten Nachmittag verbringen. Aber sie hatte ja recht. Wir waren beide nicht ganz unschuldig. „Bist du schon lange wieder hier?"

„Eine Woche etwa. Ich wollte eine Arbeit abschließen. Und nachdenken. In LA komme ich nicht dazu. Heute wollte ich allerdings dabei sein. Anscheinend ist die ganze Stadt auf den Beinen."

„Machst du immer noch Filme mit dieser befreundeten Regisseurin?" fragte ich leichthin mit ganz neutraler Stimme. Ich bemühte mich jedenfalls. Gut, ein wenig Ärger mag spürbar gewesen sein.

Erica lachte. „Nein, das war ein Flop. Der Film, meine ich. Die Freundschaft überdauerte ihn ein paar Monate. Und du? Immer noch mit der Psychologin zusammen?"

Ich zuckte zusammen. Maggie und ich waren nicht mehr zusammen, aber das mußte Erica Trinidad nicht unbedingt erfahren. Außerdem hatten die Probleme zwischen Maggie und mir nichts mit Erica zu tun. Diesmal war Maggies frühere Geliebte dazwischen gekommen. Daß sie vor über einem Jahr gestorben war, änderte nichts. Sie war noch immer da und trieb einen Keil zwischen uns. Und je weiter wir uns voneinander entfernten, desto deutlicher mußten wir erkennen, daß jede noch andere ungelöste Themen hatte und Gefühle für Menschen aus der Vergangenheit, die verhinderten, daß wir uns ganz aufeinander einlassen konnten.

„Im Augenblick nicht", sagte ich und versuchte, ganz kühl zu klingen. Es gab keine Veranlassung, Erica Trinidad über Einzelheiten meines Liebeslebens zu informieren.

„Hoffentlich mögt ihr leichte Marken!" sagte Tommy und reichte uns je einen Plastikbecher randvoll mit hellem Bier.

Erica und ich stießen unsere Becher scherzhaft zusammen und tranken genüßlich. Meine Handfläche schwitzte an dem kalten Plastik, und ich fragte mich, warum sie nach so langer Zeit immer noch diese Reaktion bei mir auslöste. Ich war über sie hinweggekommen, vor Jahren schon, und bestimmt nicht interessiert, mich an alte Fehler zu erinnern.

„Ich dachte schon, du würdest dich überhaupt nicht mehr entscheiden!“ Booker hatte sich angeschlichen und klopfte mir heftig auf den Rücken. „Hoffentlich hast du die richtige Wahl getroffen.“

„Hallo, Tom. Du erinnerst dich an Erica Trinidad?“

Booker verdrehte die Augen und gab Erica die Hand. „Klar erinnere ich mich. Meinst du, ich bin senil? Alt vielleicht, aber noch habe ich alle Tassen im Schrank. Wie geht's Ihnen, Erica? Ich habe gehört, Sie machen Filme? Wobei Sie sicher besser vor der Kamera gestanden hätten. Kalifornien scheint Ihnen gut zu bekommen. Braun wie eine Haselnuß.“

Das war Bookers Art, mich daran zu erinnern, falls ich es vergessen haben sollte, daß Erica mich wegen der Filmregisseurin verlassen hatte. Der Satz galt auch Erica, aber sie lächelte freundlich.

„Immer noch der alte Schmeichler, Sheriff. Schön, Sie wiederzusehen.“ Sie schüttelten sich die Hand, dennoch spürte ich auf beiden Seiten eine gewisse Zurückhaltung. Sie hatten einander immer gemocht, aber mit Vorbehalt.

„Ein Bier gefällig, Sheriff?“ fragte Tommy. „Ich lade Sie ein.“

„Wie kommt's? Hast du in der Lotterie gewonnen?“ neckte ich ihn. Tommy war großzügig und gutherzig, aber kein großer Sparer, eher dafür bekannt, Geld zu leihen als zu verleihen. Er lächelte mich geheimnisvoll an, als hätte er *tatsächlich* in der Lotterie gewonnen, und verschränkte seine muskulösen Arme, so daß die Brandnarben in der Sonne leuchteten.

„Warum tanzt du nicht?“ fragte ihn Booker.

„Mußte Cassidy vor Bestechungsversuchen beschützen." Booker lachte. Sein weißer Schnauzbart zuckte. Das mußte ihn in der Nase gekitzelt haben, denn er strich ihn mit beiden Händen glatt, immer noch kichernd. Er war Ende sechzig, sah auf eine rauhe Art gut aus, mit Lachfältchen um die blauen Augen und wettergegerbtem, braungebranntem Gesicht, wie der Marlboro-Mann. Ein schwarzer Cowboyhut vollendete das Bild.

„Was ist daran so lustig?" wollte Tommy wissen. „So was kann doch passieren."

„Ich weiß, ich weiß. Schließlich habe ich selbst daran gedacht, das ist alles. Einer dieser Schickimickiköche bekäme womöglich einen Anfall, wenn eine von den ollen Cedar Hill-Mädchen gewinnen und ihn schlagen würde."

„Eine wie Rosie", sagte ich.

„Jawohl, eine wie Rosie", nickte er.

„Entschuldigt bitte", sagte Erica. „Die Natur fordert ihr Recht."

„Ich begleite Sie", sagte Tommy. „Muß auch mal."

Booker und ich sahen den beiden auf dem Weg zu den Toiletten nach. Erica mit großen, selbstbewußten Schritten, Tommy neben ihr her hüpfend.

„Ich glaube, Tommy ist verknallt", sagte ich.

„Da wäre er nicht der einzige." Er vergewisserte sich, daß ich verstanden hatte. „Bist du überrascht, daß sie da ist?"

Ich sah ihn schräg an. „Ja, durchaus. Warum fragst du?"

„Ich habe deinen Gesichtsausdruck gesehen, deshalb. Den kenne ich noch. O je, jetzt geht das wieder los, habe ich mir gesagt."

„Was soll das heißen?"

„Cassidy, dein Gesicht ist ein offenes Buch, du reagierst so vorhersehbar wie ein Hund, der hinter einem Knochen her ist. Du bist in vielen Dingen wirklich schlau, aber wenn es um diese Frau geht, stockdumm."

„Bin ich nicht!" Ich klang wie eine Achtjährige, leider.

„Denk an meine Worte. Erica Trinidad bedeutet Komplikationen. Wenn Gott jemand soviel Schönheit und Talent verleiht, dann um den Preis von Komplikationen. Dafür kann sie nichts und du nichts. Ich möchte nur nicht erleben, wie alles von vorn anfängt, das ist alles."

„Du brauchst dir um mich keine Sorgen zu machen. Es ist lange her, Tom. Seither ist viel passiert, hat sich viel verändert." Ich trank einen Schluck Bier. Wen wollte ich überzeugen, ihn oder mich? Ich wechselte das Thema. „Dein Gesicht ist auch nicht gerade ein zugeklapptes Buch, glaub mir. Meinst du, ich wußte nicht, welche Suppe von Rosie war? Du hättest es genauso gut laut verkünden können."

„Was meinst du damit?"

„Na, komm schon, Tom. Du hast mich direkt angestrahlt. Egal, ich hätte sie sowieso gewählt. Sie war wirklich die beste. Dieser Estragon war eine phantastische Zutat."

„Estragon?" Seine Verwirrung war echt.

„Hat Rosie keinen Estragon verwendet?"

„Für Muschelsuppe? Du machst dich lustig, stimmt's? Wie kommst du auf Rosie?"

Ich fühlte meine Wangen rot werden. „Warum hast du dann so heftig versucht, meine Aufmerksamkeit zu erregen, als ich den zweiten Topf probierte?"

„Weil ich eben Erica Trinidad entdeckt hatte und dachte, das würde dich sicher interessieren. Gut, sie macht immer Schwierigkeiten, aber ich mag sie trotzdem. Du hast mich nicht wieder angesehen, deshalb gab ich's auf. Meinst du wirklich, Rosie hat Estragon verwendet? Sag bloß, du hast diese Suppe ausgewählt!"

Er hatte kaum zu Ende gesprochen, da unterbrach ein panischer Schrei die lockeren Gespräche um uns herum. Wir sahen Richtung Toiletten, und der Magen sackte mir in die Kniekehlen. Selbst auf die Entfernung sah ich den Schock auf Erica Trinidads Gesicht. Ihre Stimme traf mich wie ein Pfeil. „Jemand hat Tommy umgebracht!"

2

Ich schlug Booker um zwei Schrittlängen. Andere waren herbeigeeilt, die Menge starrte Erica an, die Wiederbelebungsversuche machte und ihre Lippen auf Tommys Mund preßte, um seinen leblosen Körper wieder zum Atmen zu bringen. Booker hockte sich neben ihn und drückte seine Finger gegen Tommys Kehle.

„Ich glaube, da ist ein Puls." Er drehte sich um und schrie: „Wer hat ein Handy? 9-1-1 rufen! Du da, lauf zur Bühne und laß Harry Manchester ausrufen. Oder sonst einen Arzt. Gehen Sie zur Seite, Erica. Lassen Sie mich weitermachen." Er schob sie weg und legte das Ohr auf Tommys Brust. „Komm schon, Junge. Bleib da", flüsterte er Tommy zu, der, soweit ich es beurteilen konnte, hinüber war. Meine Kehle wurde eng, ich zwang mich, nicht in Schluchzen auszubrechen. Booker hob Tommys Kopf vorsichtig hoch, hinter mir wurde ein kollektiver Schreckenslaut ausgestoßen. An Tommys Hinterkopf klaffte eine fast zehn Zentimeter lange Wunde, aus der das Blut lief.

„O Gott!", murmelte Booker. „Ich brauche einen Lappen. Ein T-Shirt!"

Jemand drängte sich vor, zog mit einer raschen Bewegung sein gelbes Sporthemd aus und kniete sich neben Tommy. Sein blanker Rücken glänzte in der Sonne.

„Kommt er durch, Sheriff?"

Booker blickte auf. „Weiß nicht, Professor. Er atmet. Danke." Er preßte das Hemd vorsichtig an Tommys Kopf.

„Da kommt der Notarzt!" rief jemand.

„Platz machen! Ich bin Arzt!" brüllte Harry Manchester und bahnte sich einen Weg durch die Menge. In der Ferne ertönte eine Sirene. Der Krankenwagen war unterwegs. Erica wirkte erschüttert. Sie trat neben mich, und wir machten Platz für die professionellen Helfer. Der Professor mit dem nackten Oberkörper zog sich auch zurück und bemerkte plötzlich das Blut an seinen Händen.

„Ist dir nichts passiert?“ flüsterte ich Erica zu. Sie sah blaß aus und schien einer Ohnmacht nahe.

Sie machte eine Kopfbewegung, kein richtiges Nicken, aber einen Versuch. „Er hat etwas gesagt.“ Ihre Stimme war kaum hörbar.

„Tommy? Er hat dir was gesagt?“

„Pst. Nicht hier.“ Sie blickte sich ängstlich um und wirkte nicht mehr selbstbewußt, sondern verletzlich und erschreckt. Ich spürte den heftigen Drang, sie in den Arm zu nehmen.

Jetzt war der Sirenenton ohrenbetäubend. Bookers neuer Assistent, Newt Hancock, schob uns alle zurück, um Platz zu schaffen. Wir mußten aus der Entfernung zusehen, wie Tommy auf eine Bahre gehoben und in einen weißen Ambulanzwagen geschoben wurde. Dann stieg Booker dazu, und sie rasten Richtung Highway 1. Das nächste Krankenhaus war in Reedsport, fünfzehn Meilen nördlich von Cedar Hills. Hoffentlich schaffte es der Rettungswagen noch rechtzeitig.

„Sie haben ihn gefunden?“

Erica und ich drehten uns erschrocken um, vor uns stand Newt Hancock. Ich schätzte ihn auf Anfang dreißig, mit dunklen, trägen Augen, glatt zurückgekämmtem, glänzendem Haar, einem modischen Ziegenbärtchen am Kinn und einem Schnurrbart, den er beim Sprechen streichelte.

„Ja“, sagte Erica.

„Wir brauchen Ihre Aussage, sobald wir fertig sind mit der Absperrung“, sagte Hancock. „Setzen Sie sich doch. Sie sehen ein wenig geschockt aus.“ Seine Stimme klang beruhigend. Träge und unbeteiligt.

„Wir müssen zum Krankenhaus fahren und uns um Tommy kümmern“, sagte ich.

„Sie sind Cassandra, nicht wahr?“ Seine Augen wurden schmal, die langen Wimpern verdeckten fast die Pupillen.

„Cassidy.“

„Stimmt. Cassidy, Sie können gehen, wenn Sie möchten, aber mit dieser jungen Dame muß ich jetzt sprechen. Der Sheriff hat mich beauftragt, ihre Aussage aufzunehmen, und das werde ich auch tun.“

Er sah mich an, als wollte er mich verführen, und schenkte mir einen Blick, der nur als Schlafzimmerblick bezeichnet werden kann. Seine langsame, lethargische Art zu sprechen hätte einen Bär in den Winterschlaf versetzen können. Ich sah demonstrativ auf die Uhr.

„Es dauert nur eine Minute“, sagte er und schlenderte gemütlich in Richtung Toiletten. Er blieb stehen, entfernte etwas von seinem Hosenbein und blickte über die Schulter zurück zu uns. „Warten Sie dort. Oh, und sprechen Sie mit niemandem, bis ich wieder da bin.“

Ich begleitete Erica zu einer Bank im Schatten und setzte mich neben sie, obwohl mir überhaupt nicht nach Sitzen zumute war. Mein Magen war völlig verkrampft, und meine Hände hatten sich angstvoll zu Fäusten geballt.

„Was ist passiert?“ fragte ich, ohne auf die Leute zu achten, die uns beobachteten. Die Band spielte wieder, doch es war, als habe sich ein Leichentuch über das Fest gelegt. Die Leute redeten nur noch flüsternd miteinander, und so schnell wie in Cedar Hills bekanntlich Nachrichten herumgingen, würde bald die ganze Stadt wissen, was geschehen war.

„Ich kam aus der Toilette, als er auf mich zukroch. Ich eilte hinüber und sah das Blut. Seine Augen sahen schrecklich aus – völlig verdreht – aber er hat mich erkannt.“ Ericas Unterlippe zitterte, und ich nahm ihre Hand in die meine. „Er konnte kaum noch sprechen, und was er sagte, ergab keinen Sinn.“

Ich wartete. Dann war meine Geduld am Ende, und ich platzte heraus: „Was hat er gesagt?“

Erica schloß die Augen, als wolle sie sich konzentrieren. „Er sagte: ‚Erzähl es niemand.' Worauf ich so was sagte wie ‚Schon gut, Tommy. Alles wird gut.' Ich rief um Hilfe, aber er packte meine Hand und flüsterte etwas. Er war kaum zu verstehen. Er sagte: ‚Du kannst keinem von denen vertrauen. Finde es, Erica.' ‚Was soll ich finden?' fragte ich. Aber da bekam er keine Luft mehr und schloß die Augen. Er sagte: ‚Rosen...' Dann verlor er das Bewußtsein." Erica fing leise an zu weinen, und ich legte meinen Arm um sie, mußte aber selber mit den Tränen kämpfen.

„Wie geht's Ihnen denn?" Hancock erschreckte uns beide. Er strich sich über den Bart und blickte auf uns herab. Daß er Wert auf gepflegte Kleidung legte, war selbst in Uniform zu erkennen. Seine Hose hatte Bügelfalten, die Stiefel waren aus Reptilleder, Schlange oder Alligator, dachte ich. Er trug einen schwarzen Stetson, wie Booker, aber während dessen Hut abgenutzt und lange getragen wirkte, war der von Newt glänzend und neu.

Booker hatte mir erzählt, daß Newt der Neffe eines alten Freundes, eines bekannten Richters aus New Mexico war. Ob Booker begeistert war, ihn bei sich zu haben? Aber der Junge schien sich gern in Bookers Schatten zu bewegen, war nicht besonders ehrgeizig und nicht so erneuerungssüchtig, wie Booker befürchtet hatte. Ich hatte den Verdacht, daß er Hancock eher für faul hielt, obwohl er sich nie entsprechend geäußert hatte. Hancock zog in aller Ruhe seinen Notizblock aus der Tasche und fing an, Erica Routinefragen zu stellen. Erst nach mehreren Minuten kam er zur Sache.

„Haben Sie jemand gesehen?"

„Nein, nur Tommy. Er kroch aus der Herrentoilette. Vielleicht waren andere drin, die Ihnen mehr sagen könnten."

„Nun, einer war sicher drin, aber der wird uns wohl nicht viel sagen wollen, nicht wahr?" Er verschwendete ein Lächeln an Erica. „Er war also bei Bewußtsein, als Sie ihn gefunden haben. Konnte er sprechen?"

„Nein, ich glaube nicht. Ich versuchte, ihn wiederzubeleben, aber..." Ihre Stimme versagte. „Dann rief ich um Hilfe."

„Er hat also nichts gesagt. Und Sie haben niemanden gesehen." Er setzte einen Fuß neben sie auf die Bank und wischte mit der Hand ein paar nasse Grashalme vom Stiefel.

„Nicht sehr ergiebig, tut mir leid", sagte Erica.

„Bitte, Hilfssheriff. Wenn das im Moment alles ist, möchten wir jetzt nach Tommy sehen."

Hancock blickte mich an und schloß kurz die Augen. Entweder war er gelangweilt, oder ich strapazierte seine Geduld. „Und wie war das, bevor Sie in die Toilette gingen? Haben Sie jemand rumlungern gesehen?"

Erica zögerte. „Ich glaube nicht. Ich habe nicht drauf geachtet. Jemand war in einer der Damentoiletten, aber ich sah sie nicht. Sie war weg, als ich rauskam. Vielleicht hat sie etwas gesehen."

„Irgendwelche Geräusche? Haben Sie Tommy schreien hören oder so?"

„Nein, nichts. Drinnen war die Band noch zu hören, aber keine Stimmen. Tommys letzte Worte waren ‚Ich warte draußen auf dich.'" Ericas Stimme zitterte, ich wußte, daß sie schon wieder am Rand der Tränen war. Aber selbst in dieser Extremsituation war sie eine talentierte Lügnerin. Tommys letztes Wort war „Rosen" gewesen. Offensichtlich wollte sie Hancock diese Information vorenthalten.

„Und was ist mit Ihnen, Cassandra? Haben Sie etwas gesehen oder gehört, das den Angriff auf Tommy erklären könnte? Hat sich Tommy irgendwie seltsam verhalten?"

„Ich heiße Cassidy, Newt. Nein, er war fröhlich wie immer. Ja, in ganz besonders guter Stimmung. Er hatte sich die ganze Woche auf das Fest gefreut."

Doch seine Frage brachte mich zum Nachdenken, und so war meine Antwort nicht vollkommen ehrlich. Nach außen schien Tommy unverändert, das stimmte. Doch es gab ein paar Kleinigkeiten, die, zusammengenommen und im Nachhinein betrachtet, etwas bedeuten konnten. Ich versuchte mich an jede Einzelheit zu erinnern. Tommy hatte nach den Mädchen Ausschau gehalten, aber keine einzige zum Tanzen aufgefordert. Hatte er eine bestimmte Person gesucht? Sogar als ihn die Mädchen beinahe anflehten, mit ihnen Football zu spielen, hatte er abgelehnt. Er war an meiner Seite kleben geblieben, angeblich um mich vor „Bestechungsversuchen“ zu beschützen. Vielleicht war aber nicht ich es, die Schutz brauchte. Vielleicht benutzte Tommy *mich* als Leibwächterin. Er hatte gewartet, bis er mit jemand zur Toilette gehen konnte. Wußte Tommy, daß ihm aufgelauert wurde? Und warum wollte er unbedingt alle zum Bier einladen? War er plötzlich zu Geld gekommen? Wußte jemand davon? Hatte man ihn beraubt?

„Ist Ihnen etwas eingefallen, Cassidy?“ Hancock blickte mich mit seinen dunklen Augen forschend an.

„Oh, Verzeihung. Nein. Ich kann mich schlecht konzentrieren. Ist er vielleicht beraubt worden? Fehlte seine Brieftasche oder so?“

„Das muß der Sheriff überprüfen. Hatte er überhaupt eine Brieftasche bei sich? Wie sah sie aus?“

„Eine ganz normale Brieftasche aus Leder. Sie steckte in seiner linken hinteren Hosentasche. In der rechten hatte er eine kleine Dose Skoal.“ Dieses Detail berührte mich irgendwie, und die Kehle wurde mir wieder eng. „Wir müssen gehen. Ich will zu Tommy.“

„Ich denke, wir sind auch fertig.“ Er griff sich an seinen Schnurrbart. „Wenn Ihnen noch etwas einfallen sollte, bitte informieren Sie mich.“

„Was für ein Stück Arbeit“, murmelte Erica, als ich sie zum Parkplatz führte. Hinter dem gelben Absperrband standen noch immer ein paar Neugierige und betrachteten Tommys Blutspritzer auf dem Boden vor der Toilette.

„Sieh mal“, flüsterte ich und deutete auf eine Stelle direkt hinter der Herrentoilette.

„Was?"

„Das Rosenbeet." Ich wollte darauf zu gehen, aber Erica hielt mich zurück.

„Wir können es jetzt nicht anschauen, Cass. Alle können uns sehen." Sie flüsterte, aber ihre Stimme klang scharf. „Er hat gesagt, ich soll niemandem davon erzählen und niemandem trauen. Ich habe zwar keine Ahnung, wovon er sprach, aber ich werde ihn nicht enttäuschen."

Ich sah sie an und war von ihrer Schönheit beeindruckt. In ihren blauen Augen glänzten Tränen, ihre Wangen waren vor Aufregung gerötet.

Ohne ein weiteres Wort ergriff ich ihre Hand, und so gingen wir zusammen zu meinem Jeep Cherokee, der am Hafen geparkt war.

3

Tommy befand sich im Operationssaal, was ein gutes Zeichen war. Er lebte also. Aber Booker blickte grimmig.

„Ich habe seine Mutter in Texas angerufen", sagte er. „Ob sie morgen hier sein kann, ist unsicher. Fällt dir noch jemand ein, den wir benachrichtigen sollten?"

„Gus vielleicht?" schlug ich vor. Gus Townsend gehörte die Hafenanlage, wo Tommy arbeitete. Er war einer der wenigen, die ich nicht auf dem Fest gesehen hatte.

„Schon probiert. Seine Frau sagte, er sei in Florence, bei einer Bootsauktion. Irgendein Mädchen?"

Mein Blick ließ ihn auflachen, trotz seiner Stimmung. „Schon gut, schon gut. Dumme Frage. Außerdem weiß mittlerweile die ganze Stadt Bescheid. Erstaunlich, daß nicht mehr Leute hier sind. Ich hätte zumindest die Bailey-Jungs hier erwartet. Sie waren doch dicke Freunde."

„Sie sind im Wartezimmer, zusammen mit einer Wagenladung Mädchen. Wir hätten auch eher hier sein können, aber dein Hilfssheriff, dieser Nichtstuer, wollte uns nicht gehen lassen. Dann versuchte ein Dragoner von Krankenschwester uns abzuwimmeln, bis wir uns als Angehörige ausgaben. Hast du mit dem Arzt gesprochen?"

„Bislang hat sich niemand geäußert. Aber es sieht nicht gut aus, Cass. Das muß ich leider sagen."

Ich nickte und spürte wieder den Kloß im Hals. „Was ist eigentlich passiert? Ist er ausgeraubt worden?"

Booker sah mich mit zusammengekniffenen Augen an und zupfte an seinem Schnäuzer. „Die Brieftasche fehlt. Er wurde von hinten niedergeschlagen, wohl mit mehr als einem Schlag. Mit einem krummen oder spitzen Gegenstand, wie ich vom Aussehen der Wunden her vermute. Entweder wollte ihn jemand einfach niederschlagen, seine Brieftasche schnappen und damit abhauen, wobei er ihn mehr verletzte als beabsichtigt, oder jemand wollte ihn umbringen und hat nebenbei auch seine Brieftasche mitgenommen." Booker hob eine Augenbraue und durchbohrte mich mit stählernem Blick. „Oder hast du eine andere Idee?"

„Nun, mir kam der Gedanken, ob vielleicht nicht er mein Leibwächter war, sondern ich der seine. Vielleicht wußte er, daß jemand hinter ihm her war."

„Wie kommst du darauf?"

Erica sah mich warnend an, ich zuckte mit den Schultern. Booker beobachtete sie, doch sie verzog keine Miene.

„Na ja, er klebte heute so an mir. Er ging sogar mit Erica zur Toilette. Als wollte er nicht allein sein."

„Hm." Booker ging mit großen Schritten in dem kleinen Wartezimmer auf und ab. „Und Sie haben bei Hancock Ihre Aussage gemacht?" Er sah Erica scharf an. Booker war sehr stolz darauf, daß er in Gesichtern lesen konnte.

Sie nickte und sah elend aus. „Ich habe ihm gesagt, daß ich sah, wie Tommy aus der Toilette gekrochen kam. Er brach zusammen, bevor ich bei ihm war. Als ich das Blut sah, rief ich um Hilfe."

„Aber erst war er noch bei Bewußtsein?" Das hatte Hancock auch gefragt.

Erica nickte, dann log sie: „Aber nur eine Sekunde lang."

Sie konnte sich weitere Märchen ersparen, weil eine Ärztin im grünen Kittel und passenden Stoffschuhen das Wartezimmer betrat.

„Sind Sie die Greens?" fragte sie. Ihre asiatischen Augen blickten traurig.

„Ich bin Sheriff Tom Booker. Das sind Cassidy James und Erica Trinidad. Wir sind Freunde von Tommy. Seine Mutter ist unterwegs aus Texas. Im Moment sind wir die nächsten Angehörigen."

Die Chirurgin nickte und sah von Erica zu mir und wieder zu Booker. „Seine Gehirnschwellung war so stark, daß wir keine andere Wahl hatten als ihn ins Koma zu versetzen und abzuwarten. Das kann Tage dauern, auch länger. Ob es funktioniert, ist unsicher. Manchmal heilen solche Verletzungen schnell, und wir können uns den anderen Problemen zuwenden. Ich muß allerdings darauf hinweisen, daß seine Wahrnehmungsfähigkeit möglicherweise eingeschränkt bleibt. Es ist noch zu früh für eine Aussage. Im Moment können wir nur warten, hoffen und beten."

„Er wird doch durchkommen?" fragte ich und schöpfte plötzlich wieder Hoffnung.

„Das ist nie ausgeschlossen. Es kommt immer auf den einzelnen Patienten an. Seinen Lebenswillen, seinen Allgemeinzustand, seine Zähigkeit. Es gibt bei solchen Sachen so viele Variablen..."

„Er kommt durch", sagte ich. Es gab keinen zäheren Burschen als Tommy, keinen mit mehr Lebenwillen und mehr Lebensfreude. Wenn das genügte, war er so gut wie geheilt.

Die Ärztin lächelte mich an, aber ihre Augen blieben traurig, und mein Optimismus wurde gedämpft. „Die nächsten vierundzwanzig Stunden sind entscheidend. Morgen wissen wir mehr."

„Vielen Dank, Doktor." Booker schüttelte ihr die Hand. Erica und ich ebenfalls, obwohl ich noch wie betäubt war.

„Ich muß wieder zurück", sagte Booker. „Ich hoffe zu Gott, daß Newt soviel Verstand hatte, den Tatort anständig zu sichern."

„Als wir gingen, hatte er alles mit gelben Bändern abgesperrt und hielt die Leute zurück."

„Gut. Hört zu. Ihr braucht hier nicht zu warten, das ist sinnlos. Für Tommy ist Ruhe jetzt das Wichtigste. Sie werden ihn wohl in den Aufwachraum und dann auf die Intensivstation verlegen."

„Es sollte jemand da sein, wenn seine Mutter eintrifft", sagte ich.

„Ich werde Rosie bitten. Sie wird sowieso darauf bestehen. Sie hat ein Talent für solche Sachen. Jetzt sollten wir den anderen unten Bescheid geben."

Wir nahmen die Treppe, weil niemand das Schweigen im Fahrstuhl ertragen wollte. Wir waren alle tief erschüttert; Erica sah noch immer blaß aus. Ich fühlte mich völlig erschlagen, und Booker sah aus, als hätte er die Nacht kein Auge zugetan. Als wir ins Wartezimmer kamen, war die Menge auf fast zwanzig Personen angewachsen. Ein paar Mädchen umklammerten Blumensträuße aus dem Kiosk. Booker sprach erst mit Rosie, dann hob er die Hand und wandte sich an die anderen. Er redete leise und wiederholte die Auskunft der Ärztin. Seltsamerweise unterschlug er jeden optimistischen Hinweis.

„Wie lange wird er im Koma bleiben?" fragte Bart Bailey. Er war einer aus Tommys Clique, ein Automechaniker mit rotem Kraushaar und sommersprossigem Gesicht. Sein Zwillingsbruder hätte genauso ausgesehen, wäre sein Kopf nicht kahlgeschoren gewesen und hätte er keine Vorliebe für Piercing gehabt. Der Stecker auf seiner Nasenspitze war besonders witzig. Bart sah aus wie ein zu groß gewordener Tom Sawyer, Buck eher wie ein bulliger Hell's Angel.

„Das kann lange dauern, Bart. Im Moment darf er keinen Besuch haben. Morgen wissen wir mehr. Ihr könnt die mitgebrachten Sachen bei Rosie lassen, sie wird sich darum kümmern, daß sie in sein Zimmer kommen, wenn er dann eines hat. Im Moment können wir nichts tun als beten."

Die Leute nickten ernst, ein paar Mädchen, die hinten standen, fingen an zu weinen, übergaben Rosie ihre Blumen und gingen hinaus in die Sonne. Ich fand es unpassend, daß die Sonne schien. War es erst ein paar Stunden her, seit ich mit Tommy und Erica ein Bier getrunken hatte? Inzwischen war eine Ewigkeit vergangen. Ich fragte Rosie, ob wir bei ihr bleiben sollten, aber sie fand, wir sollten uns lieber ein wenig ausruhen. Wir begleiteten Booker zu seinem Wagen.

„Kannst du mir sagen, warum du eben so ein düsteres Panorama gemalt hast? Sogar die Ärztin ließ uns ein wenig Hoffnung."

Booker zupfte an seinem Schnurrbart und blickte über meine Schulter auf den Parkplatz, wo Tommys Freunde noch immer beieinander standen. „Du hast es doch selbst gesagt, Cass. Vielleicht war aus irgendeinem Grund irgend jemand hinter Tommy her. Wenn er umgebracht werden sollte, wußte Tommy möglicherweise warum. Gut möglich, daß er erkannt hat, wer ihn umbringen wollte, selbst wenn er wirklich von hinten niedergeschlagen wurde. Meinst du, daß derjenige sich freut, wenn er hört, daß Tommy am Leben bleiben wird?"

„Willst du sagen, daß er versuchen könnte, die Sache zu Ende zu bringen, wenn er erfährt, daß er noch lebt?"

„So was soll's geben. Im Koma ist Tommy vielleicht am sichersten. Rosie wird niemand zu ihm lassen, außer seiner Mutter, zumindest vorerst. Das könnte mir ein wenig Spielraum verschaffen, bis ich herausgefunden habe, was passiert ist."

Ich wollte etwas sagen, aber Erica, die hinter mir stand, gab mir einen Stoß in den Rücken.

„Können wir irgendwie behilflich sein?“ fragte ich.

„Bring sie nach Hause und mach ihr was zu trinken mit einem Schuß Alkohol drin. Sie sieht aus, als könnte sie es brauchen. Du übrigens auch. Rosie wird uns benachrichtigen, wenn es Veränderungen gibt.“

„Danke, Tom.“ Ich führte Erica zum Jeep und kletterte hinein. „Booker ist mein Freund, Erica. Wir können ihm vertrauen, glaub mir.“

„Tommy sagte, ‚Trau *niemand*‘ und nicht ‚Niemand außer folgenden Personen‘. Er meinte *niemand*.“

Ich sah sie von der Seite an und startete den Motor. „Bist du sicher, daß du mir vertrauen kannst?“

Sie boxte mich in den Oberarm.

„Aua!“

„Wenn ich dir nicht vertrauen würde, käme ich wohl nicht immer wieder nach Cedar Hills zurück, oder?“

„Was soll das heißen?“

„Ach, vergiß es, Cass. Fahr einfach. Manchmal machst du mich verrückt.“

Ich kurvte aus dem Parkplatz heraus und trat das Gaspedal bis zum Anschlag durch.

„Wohin fahren wir?“

„Zu Tommys Wohnung. Jemand muß seine Katze füttern. Das könnten doch wir sein. Außerdem sollten wir uns ein wenig umsehen, meinst du nicht auch?“

Tommy Green wohnte in einem alten, geräumigen Wohnwagen auf einem Grundstück am Rainbow Creek im Norden der Stadt. Auf der anderen Seite des Creek lag eine Viehweide und dahinter der Wald. Sein einziger Nachbar war eine Viertelmeile entfernt, Richtung Stadt, wo der Asphaltbelag an der Creek Street endete. Wir holperten über das letzte Stück.

„Seltsam“, bemerkte Erica, als wir aus dem Jeep stiegen.

„Hübsch und abgelegen. Außerdem eine schöne Aussicht“, sagte ich mit dem merkwürdigen Gefühl, Tommy verteidigen zu müssen.

„Vielleicht baut er Cannabis an. Nur die Kühe würden es merken.“

„Möglich. Los, komm. Er hat bestimmt nicht abgeschlossen, da wette ich zehn Dollar.“

Ein paar Minuten später und einen Zehner ärmer ging ich zum Jeep zurück, um meine Dietriche zu holen. Ich hatte sie gern in Reichweite, obwohl ich wußte, daß mich dies dazu verführte, zu oft meiner Lust am Einbrechen zu frönen. Das war eine schlechte Angewohnheit und eine gefährliche dazu, der ich hin und wieder nachgab. War wohl Einbrecherin in einem früheren Leben, dachte ich, als ich den Dietrich einführte und sachte die Eingangstür öffnete. Erica grinste.

„Was ist?“

„Das macht dich high, stimmt's?“

„Pst! Los, komm!“ Ich schob die Tür auf und betrat auf Zehenspitzen den Wohnwagen. Warum ich das tat, war mir nicht ganz klar. Es gab keine Nachbarn, die uns hören konnten, und Tommy lebte allein. Wir standen am Eingang, lauschten und blickten uns um. Die Wohnung war leer.

„Was suchen wir denn, außer der Katze?“ fragte Erica.

„Ich weiß es nicht. Irgendeine Spur. Einen Hinweis auf Tommys Aktivitäten in letzter Zeit. Hallo, miez, miez, miez“, rief ich gedämpft.

„Vielleicht läßt er die Katze tagsüber draußen“, sagte Erica. „Wie heißt sie denn?“

„Pepper. Erst hieß sie Paprika, wegen ihrer Farbe, aber dann merkte Tommy, daß er allergisch auf sie reagierte, und beschloß, sie Pepper zu nennen.“ Erica sah mich verständnislos an. „Weil sie ihn zum Niesen bringt.“

„Ich verstehe. Pepper! Hier, Pepper!“ Sie ging Richtung Küche und ich durch die Zimmer, sah unter Betten und

Tische und fragte mich, was Tommys mit seinem Hinweis gemeint hatte. Wir hätten gern gewußt, wonach wir suchten.

Tommys Ordnung überraschte mich. Ich war auf ein Durcheinander gefaßt gewesen, leere Bierflaschen, schmutzige Unterwäsche an Türklinken und dergleichen. Doch außer ein paar schlampig auf den Boden gestapelten Büchern neben einer abgeschabten Liege war die Wohnung ziemlich ordentlich. Nicht makellos. Die Waschbecken hatten etwas Scheuermittel nötig, die Möbel einen Staublappen, aber für einen Junggesellen nicht schlecht. Vor dem Schlafzimmerfenster hing ein Blumenkasten mit roten Rosen, und in der Ecke stand ein Farn. Tommy hatte sogar sein Bett ordentlich gemacht.

Ich stand in seinem Schlafzimmer und starrte in den geöffneten Schrank. Fast fühlte ich mich schuldig, in seine Privatsphäre einzudringen. Doch jemand hatte Tommy überfallen, womöglich um ihn zu ermorden, und ich wollte herausfinden, wer. Aber wo sollte ich anfangen? Wer würde einem harmlosen, gutmütigen Hafenarbeiter, der Bier trank, ein wenig Shit rauchte und mit den Mädchen flirtete, etwas antun wollen? Hatte er mit der falschen geflirtet? Eine verheiratete Frau konnte sich zweifellos angezogen fühlen von ihm. Vielleicht hatte ein Ehemann Wind bekommen.

Was mich nachhaltig beunruhigte, war sein Verhalten im Park, dachte ich, als ich seine Hosentaschen durchsuchte. Als hätte er sich verfolgt gefühlt. Und dann dieses Lächeln auf meine Frage, ob er in der Lotterie gewonnen habe. Tommy hatte etwas entdeckt, und was immer es war, es hätte ihn beinahe das Leben gekostet.

„Gefunden!“ sagte Erica. Sie drückte eine orange getigerte Katze an die Brust und streichelte ihr dichtes Fell. „Oh, verzeih, ich wollte dich nicht erschrecken. Hast du etwas entdeckt?“

„Noch nicht. Das kann ein Weilchen dauern. Geh doch mit Pepper nach draußen, während ich mich umsehe.“

„Na, na.“ Sie trat auf mich zu, überreichte mir die Katze und stand dabei so nahe, daß ich ihr Parfüm am Hals riechen konnte. „Ich bin genauso daran interessiert zu wissen, was passiert ist. Schließlich hat er sich mir anvertraut und mich gewarnt. Er hätte sicher nichts dagegen, daß ich bei der Aufklärung helfe.“ Während Erica sprach, streichelte sie Pepper, die sich an meine Brust kuschelte. Ericas Hand streifte meine Wange, und als ich ihr in die Augen sah, hielt sie meinem Blick stand. „Wir waren gute Partnerinnen, Cass. Warum sollten wir es nicht noch einmal probieren.“

Welche Partnerschaft meinte sie? Unsere Zusammenarbeit bei der Suche nach dem Mörder ihres Onkels? Oder die Partnerschaft danach? Ich trat einen Schritt zurück und ließ die Katze sachte zu Boden gleiten. Ich wollte an diese Art Partnerschaft mit Erica nicht denken.

„Ich bin nicht sicher, wo anfangen“, sagte ich und wandte mich ab. „Bis jetzt habe ich zwei Kondome und eine Fünfdollarnote gefunden. Nicht sehr erhellend. Er hat was von Rosen gesagt, deshalb sehe ich in den Blumenkästen nach. Du könntest die Bücher hier neben dem Stuhl durchsehen.“ Ehrlich gesagt, ich brauchte frische Luft. Ich ließ sie im Schlafzimmer stehen, ein kleines Lächeln auf ihren Lippen.

Wenn ich nur wüßte, wonach ich zu suchen hatte. Der Schlüssel? Tommy hatte gesagt, Erica sollte „es“ finden, dann sagte er noch „Rosen“. Anfangs war ich vorsichtig, doch es dauerte nicht lange, da hatte ich sämtliche Rosen ausgegraben, schöpfte die Erde mit den Händen aus den Kästen und versaute die Veranda. Schon nach kurzer Zeit war klar, daß sich in den Blumenkästen nur ein paar Regenwürmer und eine Schnecke versteckt hatten. Ich drückte die Erde in die Kästen und versuchte, die Rosen wieder einzusetzen.

Als ich ein Motorgeräusch hörte, drehte ich mich erschrocken um und sah einen Lastwagen heranfahren. Ich rannte zur Eingangstür und rief Erica zu, sie sollte sofort rauskommen. Dann bemühte ich mich, mit dem Fuß die

Erde wegzufegen und die Rosen zu richten. Erica stürzte heraus, im einen Arm einen vollgestopften Kissenbezug, im anderen die Katze. Sie lief zum Jeep und schob das Kissen hinein. Dann kletterte sie auf den Vordersitz, wartete und versuchte, Pepper durch Streicheln zu beruhigen.

Ich stand an der Tür, weit weg von dem Schmutz, der noch immer vor dem Schlafzimmerfenster zu sehen war, und wartete, bis der grüne Ford-Transporter anhielt.

„Hallo", sagte Bart Bailey und schob sich die schweißfleckige Baseballmütze von den karottenfarbenen Locken. „Was machen Sie denn hier?" Sein Bruder Buck stieg auf der Fahrerseite aus und lehnte sich gegen die Kühlerhaube. Er schien größer zu sein als Bart. Der kahle Kopf ließ ihn auch gemeiner aussehen. Nasenstecker und Augenbrauenringe taten ein übriges.

„Wir füttern die Katze. Wenigstens das wollten wir für ihn tun."

„Verdammt nett von Ihnen", sagte Buck und spähte in den Jeep, wo Erica Pepper hochhielt. Warum hatte ich bei diesen Burschen so ein komisches Gefühl? Lag es an der Gewehrhalterung am Rückfenster des Wagens? Doch dieser Anblick war durchaus nicht unüblich. Vielleicht war ich eben von Natur aus zynisch. „Hey, sind Sie nicht die, die ihn gefunden hat?" Buck ging zum Jeep und legte seine Hand an das Fenster der Beifahrerseite. Erica starrte ihn unverwandt an. „Hab gehört, er war bei Bewußtsein, als Sie ihn gefunden haben. Hat geredet und so."

„Da haben Sie falsch gehört", sagte sie. „Als er aus der Toilette kroch, war er noch bei Bewußtsein, als ich schließlich bei ihm war, war er bewußtlos."

„Zu schade", sagte Buck und stieß sich vom Fenster ab. „Wenn Sie rechtzeitig bei ihm gewesen wären, hätte er Ihnen sagen können, wer es getan hat." Er knackte geräuschvoll mit den Fingerknöcheln, ich fragte mich, wer den Bailey-Brüdern erzählt hatte, daß Tommy bei Bewußtsein gewesen war. Außer Booker und Hancock hatte es Erica nur mir gesagt. Aber vielleicht stellten sie auch nur Vermutungen an.

„Und was machen Sie hier?" fragte ich, wohl wissend, daß sie das gleiche Recht hatten, hier zu sein, wie wir.

Bart ergriff das Wort, er hörte sich viel zivilisierter an als sein Bruder. „Mein Bruder wollte seine Sachen holen, denn es kann eine Weile dauern, bevor Tommy rauskommt. Tommy hat sich ein paar Schaufeln ausgeliehen und so."

„*Falls* er rauskommt", sagte Buck.

„Er wird rauskommen", sagte Bart. Seine Sommersprossen waren deutlicher denn je. „Tommy wird wieder gesund werden."

„Vielleicht sollten wir erst seine Mutter fragen", bemerkte ich. „Sie wird wohl hier wohnen, während Tommy im Krankenhaus liegt."

„Mist, sie weiß doch nicht, was ihm gehört und was uns! Na wenn schon, wir wollen die Sachen jetzt sofort." Buck ging auf die Garage zu. Er trug einen Overall und kein Hemd darunter, wie Tommy. Seine Rückenmuskeln spannten sich, als er versuchte, die Garagentür hochzudrücken. Ein Vorhängeschloß verhinderte dies.

„Was soll der Mist?" zischte Buck.

„Die Tür ist verschlossen, Buck." Bart schien das Verhalten seines Bruder peinlich zu sein.

„Er schließt doch sonst nie ab." Buck richtete sich auf, das Gesicht von der Anstrengung gerötet. „Scheiße, gehen wir!"

Bart beugte sich aus dem Beifahrerfenster, ein entschuldigendes Grinsen auf dem sommersprossigen Gesicht. „Wenn Sie Pepper mitnehmen, ist hier im Nu alles voller Feldmäuse. Tommy dreht durch, wenn er Mauseköttel in seiner Bude findet."

„Er wird nicht mehr, du Idiot. Gewöhn dich dran, Mann. Der Kerl ist hinüber." Buck stieg in den Wagen und schlug die Fahrertür zu.

„Das weißt du nicht sicher, Buck!" fuhr Bart seinen Bruder an, und plötzlich wurde Buck klein, er duckte sich geradezu im Sitz, bevor er den Zündschlüssel drehte.

„Gut. Wie auch immer."

„Soll ich Sie bei Tommys Mutter ankündigen? Sie wird bestimmt bald hier sein." Das war eine Lüge, aber die beiden sollten nicht gleich zurückkommen.

Buck lehnte sich aus dem Fenster. „Schon gut. Wir brauchen das Zeug nicht sofort. Die Sache kann warten."

Er setzte den Wagen zurück und brauste die Straße hinunter, daß Erdklumpen in alle Richtungen flogen.

„Reizende Burschen", sagte Erica. „Besonders der Glatzkopf. Gehen wir, bevor noch jemand auftaucht."

„Warum so eilig? Vielleicht ist es interessant zu sehen, wer sonst noch auftaucht. Wenn derjenige, der Tommy niedergeschlagen hat, weiß, daß er etwas versteckt, sucht er vielleicht jetzt danach."

„Deshalb will ich hier weg. Du wolltest doch ein paar Bücher von mir, erinnerst du dich? Ich muß dir etwas zeigen, Cass. Los, Pepper. Wir lassen dich drin, wegen der Mäuse. Morgen sehen wir wieder nach dir."

Ich sah Erica zu, wie sie Pepper ins Haus trug, die Katze auf die Stirn küßte, einen Schritt zurücktrat, auf der Veranda stehen blieb und die Tür abschloß. Komplikationen, dachte ich. Aber sehr schöne Komplikationen.

4

Ich fuhr auf meinen gewohnten Parkplatz am Hafen, und wir eilten die Rampe zum Wasser hinunter. Ericas türkisfarbenes Schnellboot, das sie von ihrem verstorbenen Onkel geerbt hatte, lag nur ein paar Poller von meiner Seaswirl entfernt vertäut. Sie folgte mir durch den Kanal, am immer noch dicht bevölkerten Stadtpark entlang, wo das Fest noch in vollem Gang war, und hinaus aufs offene Wasser. Ich gab Gas und flog geradezu über die Oberfläche, Erica blieb hinter mir. Ich hatte sie zu mir nach Hause eingeladen, und das machte mich nervös. Aber ich wohnte näher als sie und war neugierig auf Tommys Bücher. Als wir an meinem Steg anlegten, waren wir beide ziemlich einsilbig. Fühlte sie sich vielleicht genauso unbehaglich wie ich?

Es war ein seltsames Gefühl, Erica wieder im Haus zu haben, aber offenbar empfand nur ich so. Panic und Gammon begrüßten sie mit Kopf-an-Knöchel-Reiben und obszönem Schnurren, und Erica streckte sich völlig ungeniert auf der Couch im Wohnzimmer aus, als wäre sie zu Hause. Ich beschäftigte mich damit, das Fenster zu schließen. Der Wind über dem See hatte aufgefrischt, und im Haus war es kühl. Ich ging hinaus, um eine Ladung Feuerholz zu holen, aber eigentlich wollte ich in der frischen Luft einen klaren Kopf bekommen.

Als Erica zum ersten Mal in mein Leben trat, war ich völlig unvorbereitet. Ich lebte allein am See, war von meiner Arbeit und meinem Freundeskreis in Kalifornien weggezogen, weg von den Erinnerungen an meine langjährige Geliebte, die in meinen Armen gestorben war. Ich hatte nicht erwartet, mich je wieder zu verlieben. Eigentlich lag mir auch am Leben nicht mehr viel. Doch meine beste Freundin, Martha Harper, hatte mich an die Küste von Oregon geschleppt, mich überredet, einen neuen Beruf zu erlernen, den der Privatdetektivin, und nach und nach, ohne es zu wollen, wurde ich wieder gesund.

Das Leben am wild zerklüfteten Ufer des Rainbow Lake, in einem Haus ohne Zufahrtstraße, entsprach genau meinen Bedürfnissen. Keine Nachbarn, die mich von meiner Trauer ablenken konnten. Kein Fernsehen, das mir den Kopf zukleisterte. Ich sah dem Wild auf der Wiese vor dem Haus beim Grasen zu, den Blaureihern und Fischadlern beim Fischen und merkte, wie ich langsam genas. Just als ich das Gefühl bekam, allein ganz gut zurechtzukommen, tauchte Erica auf, und plötzlich war ich mit meiner Isolation nicht mehr zufrieden.

Unsere Zeit miteinander war ungeheuer intensiv. Sie liebte mit hemmungsloser Hingabe, und zu meiner Überraschung war ich zu einer Leidenschaft fähig, die ich nicht für möglich gehalten hätte. Dann – ich war noch dabei, zu Atem zu kommen – wurde Erica die Verfilmung eines ihrer Bücher angeboten, und schon war sie weg, ab nach Hollywood. Ich blieb benommen und verwirrt zurück. Als sie zurückkommen wollte, war ich mit Maggie zusammen. Obwohl ich Maggie liebte, konnte ich meine Gefühle für Erica nicht auslöschen – weder die Leidenschaft, die ich für sie empfunden hatte, noch die Wut über ihre plötzliche Abreise. Jetzt, als ich mehr Holz einsammelte, als wir brauchten, versuchte ich die Gefühle auf ihren Platz zu verweisen.

„Möchtest du vielleicht eine Tasse Tee?" fragte ich.

„Ich habe genau gehört, wie der Sheriff sagte, du solltest mir etwas mit einem kleinen Schuß darin geben, und du bietest mir Tee an?" Sie sah auf und grinste. „Komm schon, Cass. Ich weiß, daß du irgendwo eine oder zwei Flaschen guten Wein versteckt hast."

Ich hatte sogar eine offene da. „Chardonnay?" fragte ich, goß uns beiden ein Glas ein, ohne die Antwort abzuwarten, und ging zur Couch.

Erica hob das Glas und blickte mir tief in die Augen. „Auf Tommys Gesundheit", sagte sie.

„Auf Tommy." Ich setzte das Glas an die Lippen und schluckte, den Blickkontakt haltend. Ich fühlte, wie meine Wangen glühten. Verdammt! Ich wandte mich ab, stellte das Glas auf den Couchtisch und fing an, Feuer zu machen.

„Sobald die Sonne weg ist, wird es kalt", erklärte ich überflüssigerweise, während ich die Späne in den Kamin schichtete. Erica nahm Bücher und Papiere aus dem Kopfkissenbezug und breitete sie auf dem Boden aus. Auch Panic interessierte sich dafür. Ich war versucht, ihr über die Schultern zu gucken, richtete den Blick aber auf den See. Es war lange her, seit das Schnellboot von Ericas Onkel meine Anlegestelle geziert hatte. Es schaukelte auf dem Wasser; eine türkis schimmernde Erinnerung an den Mann, der vor vier Jahren umgebracht worden war. Er hatte in dem Boot immer lächerlich gewirkt, dachte ich. Doch wenn Erica es fuhr, wirkte sie überhaupt nicht lächerlich.

„Ich war erstaunt, daß du mich auf diese Bücher aufmerksam machtest", sagte sie. „Tommy ist nicht gerade der typische Bücherwurm. Doch dann las ich die Titel, hör dir das an, Cass: *Verborgener Schatz am Rainbow Ridge. Das verlorene Gold des Bergmanns von der West Coast. Mythen und Fabeln aus dem Oregon Forest.* Sie wurden vor einem Monat aus der Bücherei von Cedar Hills entliehen. Die Leihfrist ist abgelaufen. Er hat Auszüge in sein Notizbuch abgeschrieben. Und dann noch diese alten Zeitungsausschnitte, fotokopiert und zusammengeklammert."

Ich legte ein paar Scheite nach, wartete, bis sie brannten, und ging den Wein holen.

„Schau dir das an. *Holzfäller findet Spur zu verborgenem Schatz*. Ich lese es dir vor: Bob Thurston hat möglicherweise zufällig eine Spur zum berühmten Schatz von Rainbow Ridge gefunden. Das ist jedenfalls die Meinung der Einheimischen. Er sei auf dem Weg zum Holzfällerlager in der Nähe des Rainbow Lake gewesen, als er vom Weg abweichen mußte." Ich setzte mich neben Erica und sah über ihre Schulter. Sie näselte in ziemlich glaubwürdigem Hinterwäldlerslang.

„Ich traf auf eine Bärenmutter, riesengroß, mit zwei Jungen. Bevor die mich verfrühstückte, haute ich lieber ab. Ich verließ den Pfad, und schon hatte ich mich verfranzt. Ich beschloß, Richtung Sonnenuntergang zu gehen, weil ich wußte, daß das Camp westlich von meinem Ausgangspunkt war. Nach einer Meile oder so kam ich an einen Baum, an dessen Ast ein rotes Halstuch gebunden war. Sehr seltsam, weil ich mir ziemlich sicher war, daß seit langer Zeit kein menschliches Wesen einen Fuß in diesen Wald gesetzt hatte. Die Neugier war stärker, und obwohl die Sonne unterging, ein Sturm aufkam und ich besser zurück zum Lager gegangen wäre, kletterte ich ein Stück den Stamm hinauf und versuchte, das Tuch zu erreichen. Es war aber außer am Ast auch noch an so was wie einem kleinen Geldbeutel befestigt. Ich kam nicht dran, mußte mich am Ast hochziehen, aber der Beutel klemmte fest. Es gelang mir, mit einer Hand hineinzugreifen, ich kriegte ein Stück Pergamentpapier zu fassen, dann fiel ich runter. Dabei habe ich mir den Knöchel verstaucht.“ Erica, die ganz in Bobs Sprechweise verfallen war, hielt inne und trank ein Schlückchen Wein. „Ist das nicht komisch, wie genau sie seine Sprache wiedergegeben haben?“ fragte sie.

„Für sie klang es vielleicht nicht so komisch wie für uns. Lies weiter.“

Erica fuhr fort: „Als Bob schließlich Stunden später im heftigen Regen ins Camp humpelte und seinen Kumpels die Geschichte erzählte, waren die zunächst skeptisch. Doch als er ihnen das Stück Pergament zeigte, das er aus dem Lederbeutel gezogen hatte, machten sie große Augen. Bob Thurston gibt offen zu, daß er nicht lesen kann. Als der Vorarbeiter, Jake Mays, vorlas, was auf dem Pergament stand, fiel Bob beinahe in Ohnmacht. Es scheint, als habe er den lange verloren geglaubten Hinweis des berühmten Bergmanns von der West Coast gefunden, der Anfang des Jahrhunderts eine Wagenladung Gold versteckt hatte. Das Problem war, daß er das Pergament in der Mitte durchgerissen hatte, so daß der Hinweis rätselhaft bleibt, bis jemand die andere Hälfte findet. Wenn Sie sich aufmachen wollen, das fehlende Teil zu suchen, bedenken Sie: Der Regen in dieser Nacht hat alle Spuren ausgelöscht, die Bob hinterlassen haben könnte, die Holzfäller suchten eine ganze Woche lang erfolglos den Ort, wo Bob angeblich den Hinweis gefunden hat. „Etwa eine Meile von hier“, sagt er immer wieder. Vielleicht ist das Ganze ein Scherz, und Bob will uns nur aufziehen. Aber da er nicht lesen kann, wie soll er eine Nachricht schreiben, geschweige denn eine halbe? Soviel also als Stoff zum Nachdenken von Ihrem freundlichen *Depot*-Reporter.“

„Wann wurde das geschrieben?“ fragte ich.

„Neunzehnhundertzwanzig. In einer Zeitung namens *Depot Monthly.* Gab es nicht früher mal ein Eisenbahndepot in Cedar Hills?“

„Schon. Aber das ist achtzig Jahre her. Und das Schriftstück, wenn es denn tatsächlich existiert, muß noch älter sein. Jetzt sag bloß nicht, Tommy war hinter einem hundert Jahre alten Stück Papier her, weil er hoffte, einen verborgenen Schatz zu finden.“

„Denkbar ist es. Ich meine, bei jedem anderen hätte ich meine Zweifel. Aber Tommy? Das paßt irgendwie, findest du nicht auch?“

Ich gab es ungern zu, aber so war es. „Und der Rest?“

„Weitere Zeitungsberichte. Nach der Veröffentlichung dieses Artikels gab es anscheinend noch einen über den ‚Goldrausch‘ wegen des roten Halstuchs. Und das ist Bob Thurstons Nachruf. Sie wiederholen die Geschichte fast wörtlich. Er habe den Rest seiner Tage mit der Suche nach der anderen Hälfte des Schriftstücks zugebracht. Kein Wunder, daß ganze Bücher darüber geschrieben wurden.“

„Hier ist eine Abbildung davon“, sagte ich und blätterte eines der Bücher durch. Der Text, in einer seltsamen Handschrift verfaßt, war jedoch nicht sehr hilfreich. Er lautete:

„Ich, Mason Ordane von Seat...
daß diese Mitteilung wahr ist. Sie gehört meinem...
ihr rechtmäßiger Anteil an dem Gold und...

falls es den Indianern gelingt...
von diesem Markierungszeichen nach Nor...
dann die Schlucht hinunter und...
noch zwanzig Schritte unt...
direkt am violet..."

„Sieh dir das an", sagte Erica und gab mir zwei Landkarten. Eine war eine Übersichtskarte der Gegend von Cedar Hills, die andere eine detaillierte Karte der Waldwege und Holzfällercamps. Einige Stellen waren rot markiert. Eine war das Holzfällercamp in der Nähe von Rainbow Ridge.

„Okay. Tommy ist also auf Goldsuche. Du wirst aber doch nicht eine Sekunde lang annehmen, daß er tatsächlich was gefunden hat?" Ich stand auf und stocherte im Feuer. Draußen dämmerte es, plötzlich überfiel mich ein Bärenhunger. Gestern hatte ich einen Braten gemacht, die Reste reichten für eine Woche. Ich schob den Topf in den Ofen und schenkte uns Wein nach.

„Das ist aber seltsam", sagte Erica und hielt den Farbausdruck einer Web-Seite hoch.

„Die ganze Geschichte ist seltsam, Erica."

Sie überging meine Bemerkung und studierte sorgfältig den Ausdruck. „Tommy war anscheinend plötzlich am Kauf einer Pistole interessiert. Warum ist er nicht einfach losgegangen und hat eine gekauft? Warum über das Internet?"

„Ich bin erstaunt, daß Tommy überhaupt weiß, wie man das Internet benutzt. Zeig mal her." Ja, tatsächlich, Tommy hatte eine Homepage heruntergeladen, auf der Waffen angeboten wurden. „Sagtest du nicht, er habe diese Bücher vor einem Monat entliehen?"

„Vor mehr als einem Monat. Warum?"

„Weil er das hier letzte Woche heruntergeladen hat. Erst fängt er an, Infos über das verlorene Gold zu suchen, dann, einen Monat danach, informiert er sich über Waffen. Dann wird er überfallen, und er warnt dich, niemandem zu trauen und etwas in den Rosen zu suchen." Vielleicht würde diese

Abfolge irgendwann einen Sinn ergeben, wenn ich sie nur oft genug wiederholte. Ich ließ das Papier auf den Boden fallen und sah nach dem Braten.

„Meinst du, daß Tommy das rote Halstuch gefunden hat?“ fragte Erica, kam mir nach und spähte auch in den Herd. Ich spürte ihre Nähe, sog das verdammte Parfüm ein, schloß die Augen und zwang mich, ihre Anwesenheit zu ignorieren.

„Nein, Erica. Die Chance, daß Tommy etwas findet, wonach hundert Jahre lang vergeblich gesucht wurde, ist minimal. Gut, vielleicht hat er danach gesucht. Aber wahrscheinlich existiert es überhaupt nicht mehr.“

„Was hat er also verborgen? Und warum wurde er niedergeschlagen?“

Ich sah in ihre blauen Augen. Eine dunkle Haarsträhne lag auf ihrer Wange, und ich widerstand dem Drang, sie wegzuschieben, um ihre Wange zu berühren. „Ich wollte, ich wüßte es, Erica. Los. Wenn du den Tisch deckst, hole ich den Rotwein. Vielleicht fällt uns beim Essen etwas ein.“

Der Braten war butterweich, genau wie ich es mochte. Erica schien wochenlang gefastet zu haben und redete mit vollem Mund. „Vielleicht hat er nicht die Notiz gefunden, sondern nur das Gold.“

„Gut, Erica.“ Ich verdrehte die Augen. „Und es war soviel, daß er nicht alles auf einmal tragen konnte, und den Weg zurück fand er auch nicht mehr. So entstehen Mythen. In hundert Jahren wird man sich von Tommy Green und seinem verlorenen Schatz erzählen.“

Erica schien verärgert. „Ich behaupte nicht, die Antworten zu kennen, Cass. Ich stelle nur Fragen.“ Sie goß sich Wein nach, und ich fragte mich, ob die Rötung ihrer Wangen von Gefühlen oder vom Alkohol verursacht war. Ich wollte es nicht soweit kommen lassen, daß sie ihr Boot nicht mehr zum Haus ihres Onkels steuern konnte. Es ist *ihr* Haus, erinnerte ich mich. Seit vier Jahren, auch wenn sie es nur selten bewohnte.

„Kannst du noch fahren?" fragte ich. Ericas Haus lag nur ein paar Buchten weiter, aber in der Dunkelheit konnte man sich leicht auf dem See verirren. Sie sah mich an, und ein Lächeln huschte über ihre Lippen.

„Hast du Angst, daß ich beschwipst werde und dich die Situation ausnützen ließe?"

„Sehr lustig. Ich habe Angst, daß du dieses tolle Schnellboot gegen den Alder Point setzt. Kaffee gefällig?" Ich stand auf, hauptsächlich um die Röte auf meinem Gesicht zu verbergen.

„Nein danke, Cass. Ich räume das Geschirr weg. Willst du nicht Booker anrufen und fragen, was los ist? Dann lasse ich dich allein, ruhig und sicher, ohne jede Grenzüberschreitung."

Ich hätte es dabei bewenden lassen sollen, schaffte es aber nicht.

„Von welchen Grenzen sprichst du?"

„O Gott, Cass. Du weißt es doch. All die Grenzen, die du zu deinem Schutz um dich herum gezogen hast. Du hast dir heute versagt zu weinen, obwohl dein Herz für Tommy leidet. Du hast dir versagt, dich zu freuen, mich zu sehen, obwohl dein Gesicht strahlte. Und du versagst dir, mich zu berühren, obwohl deine Augen um einen Kuß geradezu betteln, sobald ich in deiner Nähe bin."

Ich stand mit offenem Mund da, sah sie an und wußte nicht, ob ich ihr eine scheuern oder lachen sollte. Oder weinen. Sie hatte ja so recht, und deshalb haßte ich sie. Ich schüttelte den Kopf, unfähig, etwas zu sagen.

„Wovor schützt du dich, das frage ich mich." Sie sah mich bohrend an. „Wovor fürchtest du dich? Daß dich jemand für schwach hält, wenn du weinst? Daß dich jemand für leichtfertig hält, wenn du mich küßt? Fürchtest du dich vor mir, Cass? Oder vor dir selbst?"

„Manche Leute werden lustig oder rührselig, wenn sie getrunken haben. Du, Erica, wirst leider nur lächerlich." Ich ging ins Bad, schloß leise die Tür hinter mir und kam erst wieder heraus, als ich hörte, wie der Motor angelassen wurde und das Boot sich von meinem Dock entfernte.

5

Ich schlief unruhig und wachte vor Morgengrauen mit wild klopfendem Herzen auf. Die Ereignisse des vergangenen Tages brachen wie eine Welle über mich herein. Nachdem Erica gegangen war, hatte ich Booker angerufen, Tommys Zustand war unverändert. Seine Mutter und Tante waren gegen zehn aus Texas angekommen und hatten sich in einem Motel in der Stadt eingemietet. Booker hatte versprochen, mich zu verständigen, wenn es Neues geben sollte, aber ich war beunruhigt und wollte nicht warten. Ich stieg aus dem Bett und erschreckte Panic und Gammon, die nicht gewohnt waren, in der Dunkelheit aufzustehen. Nach dem Kaffee rief ich das Krankenhaus an und ließ mich mit der Nachtschwester der Intensivstation verbinden.

„Seine Vitalzeichen sind stabil", berichtete sie.

„Aber er ist noch im Koma?"

„Ja. Bisher gibt es kein Anzeichen einer Infektion, das ist die gute Nachricht."

„Ist jemand bei ihm?"

„Im Moment nicht. Nur Familienangehörige dürfen ihn in Anwesenheit einer Pflegekraft besuchen. Machen Sie sich keine Sorgen. Wir überwachen ihn sehr sorgfältig."

Wahrscheinlich hatte Booker dafür gesorgt, dachte ich, um Tommy zu beschützen.

„Es ist zu seinem Besten, meine Liebe. Er braucht vollkommene Ruhe. Und Zeit zum Heilen."

Ich dankte ihr, legte auf und fühlte mich ein wenig besser. Wenn er die Nacht überstand, würde er vielleicht tatsächlich durchkommen.

Draußen wurde der Himmel langsam hell; der Nebel hob sich wie Zuckerwatte vom See. Das Wasser war wie Glas. Ich sah einen Blaureiher am Ufer entlangfliegen, sein weißer Federschopf wenige Zentimeter über dem Wasser. Panic knabberte an meinem Knöchel, um mich daran zu erinnern, daß sie noch nicht gefrühstückt hatte.

„Okay, ihr kleinen Ratten. Was soll es denn sein? Kitty Kat oder Kitty Kat? Ihr seid Gewohnheitstiere, hab ich gehört."

Ich öffnete eine Büchse ihres Lieblingsfutters und verteilte es in zwei Schälchen. Gammon, fast acht Kilo schwer, pflegte ihr Fressen in wenigen Minuten wegzuputzen und sich dann der Ration ihrer Schwester zu widmen. Aber Panic schien das nichts auszumachen. Sie ging täglich auf die Jagd und besserte ihren Speisezettel mit Maulwürfen und anderen unglückseligen Kreaturen auf. Gammon verbrachte den Tag lieber ausgestreckt auf der Veranda, ließ sich von der Sonne bescheinen und die Welt vorüberziehen. Sie war die schönere der beiden, mit großen Brombeeraugen und dunkel geflecktem, dichtem rehbraunem Fell, das sie für Katzendiebe wie für Katzenzüchter interessant machte. Panic hatte feines, weicheres Fell und einen Schwanz, der so lang war wie der Bauch ihrer Schwester rund.

„Vorsicht, Bären", sagte ich, als ich sie durch die Glasschiebetür nach draußen ließ. Aber eigentlich machte ich mir nicht wegen der Bären Sorgen. Es gab genügend andere Raubtiere, die Katzen gefährlich werden konnten. Im letzten Jahr waren mir Waschbären, Nerze, Otter, Stachelschweine, ein Berglöwe, Kahlkopfadler, Reiher, Bären und natürlich Rehwild auf meinem Grundstück begegnet. Das Wild verursachte den meisten Schaden. Es fraß alles Erreichbare kahl, so daß ich schließlich im hinteren Teil des Gartens ein Gewächshaus bauen mußte, nur damit mir auch etwas von meinem Gemüse blieb.

Ich sah den beiden Katzen nach, die über den Rasen des Vorgartens zum See trippelten, und absolvierte dann meine täglichen Übungen. Ich übte Karatetritte, bis mir die Hüften wehtaten und die Anspannung der letzten vierundzwanzig Stunden ein wenig nachließ. Sie war nicht nur von Tommy verursacht, das wußte ich sehr wohl. Die Szene mit Erica war das passende Ende eines schrecklichen Tages, und so sehr ich mich bemühte, ihre Worte gingen mir nicht aus dem Kopf. Was gab ihr das Recht, so mit mir zu sprechen? Mich so anzusehen?

Erschöpft und verschwitzt und nur geringfügig entspannt ging ich unter die Dusche, zog mich dann an und rief meine beste Freundin, Martha Harper an, die Polizistin in Kings Harbor war. Sie war Frühaufsteherin und möglicherweise bereits bei der Arbeit. Ob sie von Tommy gehört hatte? Obwohl Kings Harbor nur fünfzehn Autominuten südlich von Cedar Hills lag, war es ein relativ vornehmer Ort, in dem sich die Neuigkeiten nicht annähernd so schnell ausbreiteten wie in der winzigen Stadt am Ufer des Rainbow Lake.

„Kommissarin Harper“, dröhnte Marthas rauhe Stimme.

„Hey. Hast du von Tommy gehört?“

„Mußte es aus der Zeitung erfahren. Warum hast du mich nicht angerufen?“

„Ich war damit beschäftigt, den Fall aufzuklären. Aber eben habe ich mit dem Krankenhaus telefoniert und erfahren, daß er noch immer im Koma liegt. Booker hat eine strenge Besuchsregelung angeordnet, aus Angst, der Täter könnte wieder auftauchen und versuchen, die Sache zu Ende zu führen.“

„Ich kapier's nicht, Cass. Warum in aller Welt sollte jemand ausgerechnet Tommy Green schaden wollen? Ich mag den Winzling.“ Wann immer Martha mich besuchen kam, bestand Tommy darauf, sie in seinem grünen Schnellboot zu mir zu bringen. Er war wohl von ihrem Beruf als Cop fasziniert.

„Ich auch, Mart. Ich weiß noch nichts. Aber ich arbeite dran. Hör mal, könntest du vielleicht Maggi anrufen, bei Gelegenheit? Es wird sie interessieren."

„Willst du sie nicht selbst anrufen?"

„Mir wäre lieber, du tätest es, Martha. Wenn es dir nichts ausmacht."

„Natürlich nicht. Hör zu, Kleines. Ich bin in einer Sitzung mit dem Captain, schon seit fünf Minuten, ruf mich bitte an, wenn sich etwas tut. Bis dann!" Sie legte auf, bevor ich antworten konnte.

Es war Montagmorgen, und die städtische Bibliothek öffnete erst um neun. Ich hatte also viel Zeit, um Tommys Haus zu besuchen, mich ein wenig gründlicher umzusehen, mir vielleicht sogar noch in der Lodge ein Frühstück zu gönnen. Booker kam meist gegen acht zum Frühstück, und wenn ich mich danach richtete, würde ich vielleicht erfahren, was die Untersuchung des Tatorts ergeben hatte. Erica hatte Tommys Bücher und Papiere an sich genommen. Nur um mich zu ärgern, dachte ich. Wenn ich Glück hatte, konnte ich eine Begegnung mit Erica Trinidad heute vermeiden.

Manche Häuser am Rainbow Lake hatten eine Straßenzufahrt, mir machte es nichts aus, daß ich das Boot benutzen mußte. Ich sammelte die Abfalltüten zusammen, rief die Katzen herein, damit sie tagsüber im Haus ein Schläfchen machen konnten, und joggte die Rampe hinunter zu meinem Boot. Es ist eine blaue, fünf Meter lange Seaswirl, gerade richtig für das Leben am Rainbow Lake. Ich warf die Müllbeutel nach hinten, ließ den Motor an und fuhr über den See, der dalag wie Glas. Die Morgenfrische tat mir gut.

Es gibt nichts Belebenderes als eine Spritztour in einem schnellen Boot, und als ich in den Hafen einfuhr, fühlte ich mich wesentlich besser. Aber die Abwesenheit von Tommy, der mich jeden Morgen hier begrüßt hatte, dämpfte meine gute Laune wieder. Gus Townsend, dem die Hafenanlage gehört, pumpte Benzin in ein gelbes Fischerboot.

„Hab gehört, daß Sie gesehen haben, was passiert ist", sagte er mit seiner kratzenden Raucherstimme. Er hatte ein zerfurchtes Gesicht und sah wesentlich älter aus als seine fünfzig und ein paar Jahre. Wie oft er sich auch rasierte, immer hatte er einen Fünf-Uhr-Schatten. Als hätte er die Nacht in einem Lokal verbracht, dachte ich.

„Wo zum Teufel haben Sie das gehört?" fragte ich.

„Nun, ich hörte, daß Sie und die Nichte von Walter Trinidad, der vor ein paar Jahren umgebracht worden ist, in der Toilette waren, als es passiert ist."

„Sie sollten wirklich wissen, daß man von dem, was man in dieser Stadt hört, nur die Hälfte glauben darf, Gus."

„Daß ich es glaube, habe ich nicht gesagt. Ich habe es gehört. Diese verdammten Ärzte lassen mich nicht zu ihm. Ich wollte mich nach ihm erkundigen und bin gestern Nacht rübergefahren, aber sie lassen nur Angehörige vor. Als wäre ich nicht praktisch auch ein Angehöriger."

„Nun, vielleicht ist es ein Trost, aber er hätte wohl nichts von Ihrem Besuch mitbekommen. Er liegt noch im Koma. Was erzählen sich die Leute sonst noch? Gibt es Gerüchte über den Täter?"

Er warf den Kopf zurück und lachte. „Sie fragen, ob es Gerüchte gibt? Meine Beste, es gibt überhaupt nichts anderes. Eines davon lautet, er habe einen reichen Kerl am See erpreßt. Ein anderes, daß er mit einer Ehefrau rummachte, was dem Gatten nicht gefiel. Man spekuliert darüber, wer *das* sein könnte. Es gibt einige Kandidaten, wenn Sie wissen, was ich meine." Er zwinkerte mir zu, als wolle er mir bedeuten, daß er über das Ausmaß von Tommys Sexualleben durchaus informiert sei.

„Und was meinen *Sie?*" fragte ich. Er hing den Einfüllstutzen an die Benzinpumpe, zündete sich eine Zigarette an und inhalierte tief.

„Nun, ich will Ihnen was verraten. Tommy war bisher immer pünktlich, hat nie viel krank gemacht. In den letzten

Wochen ging er oft früher weg, stahl sich in der Mittagspause davon und solche Sachen. Dachte wohl, ich bemerke es nicht, weil ich mich um eine Baustelle am See kümmern muß. Aber meine Frau bemerkt es, vom Laden aus, und informiert mich. Er sei ein paar Mal mit den Baileys weggefahren, sagte sie. Also wohl keine Mädchengeschichte. Vielleicht hat er angefangen zu dealen. Dieser Buck Bailey war immer in Schwierigkeiten. Das sieht man schon an seinen Nasenringen. Vielleicht ist ein Drogenhandel schiefgegangen. Vielleicht hat er sich Geld geliehen, nicht zurückbezahlt, und jetzt sind sie hinter ihm her."

Eine durchaus vernünftige Theorie. Ich dankte Gus, trug meinen Müll zum Container und fragte mich, wie viele Leute noch glaubten, Erica und ich wären Augenzeugen gewesen. Wer immer Tommy überfallen hatte, dachte hoffentlich nicht so. Nichts ist schlimmer als ein Bösewicht, der fälschlicherweise meint, du seist hinter ihm her.

Ich kletterte in meinen Jeep und fuhr zu Tommys Wohnung und überlegte mir dabei, wie ich seine Sachen systematisch durchsuchen und wo ich anfangen könnte. Völlig überflüssigerweise, wie sich herausstellte.

Als ich ankam, fiel mir sofort auf, daß Pepper vor der Tür in der Morgensonne lag. Pepper sollte aber drinnen sein, wo Erica sie zurückgelassen hatte.

Ich stieg aus und ging langsam um den Wohnwagen herum. Das Fenster oberhalb des Blumenkastens war eingeschlagen. Schon von draußen war zu sehen, daß Tommys Wohnung durchwühlt worden war. Sein Bettzeug türmte sich auf dem Boden, Klamotten waren aus den Schränken, Bücher aus den Regalen geworfen und überall verstreut. Da hatte jemand seine Sachen nicht nur durchsucht, sondern wütend durchwühlt.

Ich ging zur Garage und stellte fest, daß das Vorhängeschloß mit einem Bolzenschneider gekappt worden war. Drinnen waren die Werkzeuge aus den Regalen gezogen,

Schachteln aufgerissen und ihr Inhalt auf den Betonboden geworfen. Ich suchte nach den Schaufeln, die Tommy angeblich ausgeliehen hatte, sah aber nur eine. Hatten die Zwillinge das Chaos veranstaltet und waren dann mit den Schaufeln abgehauen? Oder hatte es nie Schaufeln gegeben? Booker hatte die Wohnung bereits überprüft, da war ich ganz sicher. Hatte er das Durcheinander gesehen, oder war er vorher dagewesen?

Ich unterdrückte meinen natürlichen Drang hineinzugehen, kehrte zur Veranda zurück und nahm Pepper hoch, die offensichtlich keinen Schaden genommen hatte.

„Ich wette, du könntest mir sagen, wer das getan hat, stimmt's? Waren es diese bösen Bailey-Brüder?" Sie fing an zu schnurren und zeigte mir, wo ich sie unter dem Kinn kraulen sollte. Ich überlegte, ob ich sie mit nach Hause nehmen sollte, aber das Schlimmste hatte sie ja bereits überlebt. Nun mußte ich sehen, daß Booker herkam, wenn er nicht schon dagewesen war, dann mußte ich Ordnung schaffen, sie wieder reinbringen und für genug Fressen, Wasser und sauberen Sand sorgen. Auf diese Weise hätte ich einen Grund, wiederzukommen und ein wenig herumzuschnüffeln. Was immer jemand gesucht haben mochte, ich würde es wohl nicht finden. Entweder war es bereits gefunden worden, oder es hatte es überhaupt nie gegeben. Vielleicht könnte ich aber erfahren, was Tommy beschäftigt hatte. Zuerst mußte ich allerdings Booker die Möglichkeit geben, Fingerabdrücke zu nehmen. Er würde es mir nie verzeihen, wenn ich Spuren am Tatort verwischen würde. Ich setzte Pepper zurück auf die Veranda, ging zu meinem Jeep und fuhr zur Lodge, um dort auf Booker zu warten.

Die Lodge hat zwei Gesichter: Abends ist sie ein erstklassiges Restaurant mit anständigen Weinen, einer ziemlich hochpreisigen Speisekarte und entsprechender Kundschaft, morgens eine Anlaufstelle für die Einheimischen, die ein gutes und billiges cholesterinreiches Frühstück mögen, in den für Oregon typischen Portionen. Booker war schon da, als ich ankam, frühstückte aber bereits mit Newt Hancock. Ich hatte gehofft, ihn allein sprechen zu können, ohne die Schlafmütze von Hilfssheriff daneben. Als Booker mich sah, winkte er mich heran und zog einen weiteren Stuhl an den Tisch.

„Du erinnerst dich an Newt", eröffnete er das Gespräch.

„Ja. Gibt's was Neues?" Ich lächelte Newt zu, richtete die Frage aber an Booker. Newt sah aus, als schliefe er. Er rückte seinen schwarzen Stetson einen Zentimeterbruchteil hoch und starrte mich durch seine dichten Wimpern an.

„Immer noch im Koma. Ich habe veranlaßt, daß nur Angehörige zu ihm dürfen. Die Ärzte sind damit einverstanden, was diesen Teil unserer Aufgabe erleichtert. Hast du Erica gut nach Hause gebracht?" Seine blauen Augen sahen mich interessiert an. Hinter seiner Frage steckte mehr als die Sorge um ihr Wohlergehen.

Ich sagte: „Nun, ich habe sie nicht bis an die Haustür gebracht, aber ich nehme an, sie ist heil und sicher gelandet", womit ich seine eigentliche Frage, die er nicht ausgesprochen hatte, beantwortete. „Neues vom Tatort?"

Booker sah zu Newt und winkte dann die Kellnerin herbei. Ich beobachtete diesen Blickwechsel, konnte ihn aber nicht deuten. Newts Wimpern senkten sich, und er trank seinen Kaffee.

„Du hast bestimmt Hunger", sagte Booker und zwinkerte mir zu. Er wartete meine Bestellung ab, dann berichtete er.

„Es gibt nicht viel zu erzählen. Hab die Waffe im Abfalleimer der Toilette gefunden. Der Täter hat offensichtlich mit der Metallstange zum Öffnen des Fensters mindestens dreimal von hinten auf Tommy eingeschlagen. Der Haken am Ende der Stange war fatal, aber auch die Stelle am Kopf. Vielleicht ist Tommy nur deshalb noch am Leben, weil die Stange zerbrach. Ein weiterer Schlag hätte ihn wohl getötet."

„Du hältst Tommy also für ein Zufallsopfer?"

Da meldete sich Hancock mit seiner trägen Sprechweise. „Möglich. Vielleicht hat jemand in der Toilette darauf gewartet, daß einer allein hereinkommt, sich dann angeschlichen, ihm eins über den Kopf gezogen, seine Brieftasche geschnappt und ist weggerannt." Er trank einen Schluck und sah mit seinen Schlafzimmeraugen, die er gestern auch an mir versucht hatte, die Kellnerin an.

„Haben Sie etwas Sahne da, Schätzchen?"

„Nur Milch. Geht das auch?"

„Was immer Sie bringen, soll mir recht sein."

Ich verdrehte die Augen zu Booker hin und machte mich über mein Rührei her. Was wollte Booker vor mir verbergen? Solange sein Hilfssheriff in der Nähe war, wollte er sich offensichtlich nicht weiter auslassen.

„Warst du schon in Tommys Wohnwagen?" fragte ich und biß in meinen Toast.

„Hab mich gestern drin umgesehen. Warum?"

„In der Zwischenzeit war jemand da und hat die Wohnung ziemlich demoliert."

Booker richtete sich auf und legte seine Gabel hin „Wann warst du dort?"

„Vor fünfzehn Minuten. Ich wollte die Katze füttern und habe die Verwüstung gesehen. Hab' aber nichts angerührt."

„Soll ich mich darum kümmern?" fragte Newt und schob seinen Stuhl zurück. Er hatte Pfannkuchen bestellt und sie mit vier Bissen verschlungen.

„Nein. Ich will selbst danach sehen. Du solltest den schriftlichen Kram fertig machen und dann rausfinden, was die Damen Lewis mit diesen Hunden zu tun gedenken."

Newt nahm die weniger anspruchsvolle Aufgabe bereitwillig an. „Dann geh ich mal los", sagte er. „Schön, Sie getroffen zu haben, Cassandra."

„Ganz meinerseits, Nate." Dieses Spiel konnte ich auch spielen.

Er reagierte etwas verzögert, dann grinste er. „Newt."

„Cassidy."

„Stimmt." Er zog einen Packen Geldscheine aus seiner Brieftasche und legte ihn auf den Tisch. Ohne nachzuzählen, sagte er: „Das Frühstück geht auf meine Rechnung." Booker und ich sahen ihm nach, wie er mit großen Schritten hinausging. Seine langen Beine durchmaßen den Raum mit langsamen Bewegungen, die Krokodillederstiefel klackerten hübsch rhythmisch über die Hartholzdielen.

„Du hast nicht viel für ihn übrig, stimmt's?" fragte Booker und sortierte das Geld auf dem Tisch.

„Ein merkwürdiger Typ. Macht sich an alles ran, was zwei Beine hat. Und sieht immer so verpennt aus. Ich muß mich jedesmal zwingen, ihm kein Wasser ins Gesicht zu spritzen."

Booker kicherte. „Er braucht jemand, der ihm Feuer unterm Arsch macht. Das genaue Gegenteil seines Onkels. Scheint sich nicht viel aus der Polizeiarbeit zu machen. Es geht ihm wohl mehr um den Status, mit dem Herzen ist er nicht dabei. Vielleicht hat ihn sein Onkel deswegen zu mir geschickt. Damit ich ihm Feuer unterm Arsch mache."

„Möglich. Aber du bist auch nicht mit ganzem Herzen bei seiner Ausbildung. Ich habe das Gefühl, du denkst, er sollte überhaupt nicht Polizist sein."

„Diese Entscheidung steht mir nicht zu."

„Was hast du sonst noch am Tatort gefunden?" wechselte ich das Thema. Booker sah mich seltsam an.

„Ich habe bemerkt, wie du Newt angesehen hast, Tom. Was steckt dahinter?"

„Nicht viel." Er seufzte, schob seinen Teller weg und lehnte sich zurück. „Ich hätte den Tatort selber sichern sollen, das ist alles. Statt mit Tommy im Krankenwagen mitzufahren. Aber ich dachte, vielleicht kommt er zu sich, und wollte dabei sein, falls er etwas sagt. Ich glaubte, mich auf Newt verlassen zu können."

„Und?"

„Er hat Tommys Brieftasche gefunden. Sie war natürlich leer. Sein Führerschein steckte in einer netten Plastikhülle. Schöne glatte Oberfläche für Fingerabdrücke."

„Fein!"

„Newt hat seine verdammten Fingerabdrücke darauf hinterlassen."

„Oh."

„Jawohl. Jetzt weißt du, warum ich ihn lieber nicht in Tommys Wohnung geschickt habe. Los, komm. Ich will dort sein, bevor jemand die Sache vermasselt."

Booker hieß mich auf der Veranda warten. Ich streichelte Pepper und beobachtete, wie er systematisch die Zimmer abging.

„Was mögen sie gesucht haben?" fragte er mich dann. Ich fühlte mich unbehaglich und schuldbewußt; meine Wangen glühten, und ich wußte, daß sie rotgefleckt waren.

Ich pfeife auf Erica, dachte ich. Schließlich war Booker mein Freund und ein Freund von Tommy. „Ich muß dir etwas sagen", fing ich an. Booker hörte sich mit verschränkten Armen an, was Tommy zu Erica gesagt hatte. Dann berichtete ich ihm von unserem Zusammentreffen mit den Bailey-Brüdern und über die Bücher und Landkarten, die Tommy aus der Bibliothek entliehen hatte. Ich erwähnte auch, daß Tommy sich Informationen über Waffenkäufe heruntergeladen hatte. Nur die Rosen verschwieg ich. Vielleicht hätte ich es nicht getan, aber er unterbrach mich.

„Warum hast du mir das gestern nicht gesagt, Cass?"

Ich schwieg, weil mir keine Antwort einfiel.

„Hattest du Zweifel an meiner Vertrauenswürdigkeit?" fragte er ungläubig.

„Das ist es nicht, Tom. Nur, daß Erica –"

„Erica. Richtig. Verdammt noch mal, Cass. Du hättest es mir sofort sagen sollen!" Er war so wütend, daß sein dunkler Teint fast schwarz wurde. Wütend stapfte er auf und ab.

Ich wartete, bis er sich etwas abgeregt hatte. Jedes Wort hätte die Sache nur noch verschlimmert. Schließlich blieb er vor mir stehen.

„Nun, du hattest ja mehr Zeit, darüber nachzudenken, als ich. Hast du eine Idee, was da vorgeht?"

„Erica denkt, Tommy habe die andere Hälfte der Wegbeschreibung gefunden und..."

Da explodierte er. „Was Erica Trinidad denkt, ist mir scheißegal. Ich will wissen, was du denkst!"

„Tom. Ich habe mich entschuldigt. Ob du gestern Abend oder heute davon erfährst, ist doch wirklich egal –"

Er unterbrach mich. „Keineswegs. Erstens, wenn ich gewußt hätte, daß die Bailey-Brüder hier waren, wäre ich gekommen und hätte gewartet, ob sie zurückkommen. Besonders wenn ich gewußt hätte, daß Tommy Erica gebeten hat, etwas zu suchen. Seine Brieftasche wurde geleert, Cass. Sie haben nicht nur sein Geld mitgenommen, sondern alles. Dann kam jemand und hat die Wohnung verwüstet. Sie haben sogar im Spülkasten der Toilette nachgesehen! Was immer sie gesucht haben, war also nicht groß. Klein genug für eine Brieftasche? Ich weiß es nicht. Wir wissen nicht einmal, ob sie es gefunden haben oder nicht. Wenn ich gewußt hätte, daß es etwas zu suchen gab, hätte *ich* es vielleicht gefunden!"

Ich nickte und fühlte mich abscheulich. „Er hat auch noch etwas von Rosen gesagt", bekannte ich. „Nur ein Wort. Das war das letzte, was er gesagt hat."

Booker starrte mich an, die blauen Augen eisig. „Das fällt dir jetzt ein? Was wird dir in ein, zwei Minuten noch einfallen? Oder morgen, oder in einer Woche?"

„Das ist alles, ich schwöre es. Er sagte zu Erica: ‚Trau niemandem, finde es', und dann sagte er ‚Rosen' und verlor das Bewußtsein. Vielleicht hätten wir das Rosenbeet vor der Toilettenanlage durchsuchen sollen, aber es standen so viele Leute herum und beobachteten uns..."

„Du lieber Himmel!“ knurrte er, stapfte mit wild entschlossenem Schritt zu seinem Wagen, stieg ein, knallte die Tür zu und raste davon, daß Kiesel und Erde aufstoben.

„Soviel zum Thema Ehrlichkeit“, sagte ich und fühlte mich wie der letzte Abschaum. Ich schmuste eine Weile mit Pepper, um mich zu trösten, doch sie wurde der Zuwendung überdrüssig und sprang mir vom Arm. Ohne irgend etwas zu berühren, damit Booker alle Fingerabdrücke sichern konnte, sorgte ich dafür, daß Pepper reichlich Katzenfutter hatte, kletterte in meinen Jeep und fuhr äußerst schlecht gelaunt in die Stadt zurück.

6

Die öffentliche Bibliothek von Cedar Hills war in einem alten Backsteingebäude untergebracht, das noch aus der Zeit stammte, als die Stadt eine blühende Holzfällersiedlung war. Die kleine alte Dame, die der Bücherei vorstand, war fast so alt wie das Haus. Mrs. Peters hatte weißes Haar, oft mit einem Stich ins Rosarote oder Stahlblaue, je nachdem, welche Spülung sie benutzte. Sie trug ihre rosarote Strickjacke am Hals zugeknöpft, von der Mitte ab jedoch offen, wegen ihres beträchtlichen Leibesumfangs. Als sie mich sah, leuchtete ihr Gesicht auf. Sie trug eine starke Brille, die ihre Augen dahinter riesig vergrößerte.

„Cassidy James! Einer meiner liebsten Bücherwürmer!“

Na bitte, dachte ich, es *gibt* Leute, die mich mögen!

„Hallo, Mrs. Peters. Wie geht es Ihnen?“

„Einigermaßen, Cassidy. Nur einigermaßen. Der arme, arme Tommy Green. Wie traurig. Einer meiner Cousins fiel auch mal in ein Koma. Erst nach über einem Jahr haben sie sich entschlossen, den Stecker zu ziehen. Hoffentlich machen sie das nicht mit Tommy – ihn so lange liegen lassen. Wenn die Zeit gekommen ist, dann ist sie gekommen, davon bin ich fest überzeugt. Auf künstliche Wiederbelebung kann ich verzichten. Alles Unsinn. Was kann ich für Sie tun?"

„Eigentlich komme ich wegen Tommy. Hat er vor einiger Zeit ein paar Bücher ausgeliehen? Erinnern Sie sich vielleicht daran?"

„Aber sicher. Sie sind überfällig. Die Sachen über den verlorenen Schatz waren in letzter Zeit viel gefragt. Das Interesse verläuft in Wellen. Kaum erscheint ein Artikel über das verschwundene Gold in der Zeitung, schon stürzen sich die Leute auf die entsprechenden Bücher. Ich habe Tommy und seinem Freund sogar gezeigt, wie man mit dem Microfiche umgeht, und er hat sich einige alte Artikel kopiert."

„Wer war der Freund?"

„Oh, keine Ahnung. Ein rothaariger Junge. Sah ziemlich ungewaschen aus."

Bart Bailey. „Wissen Sie zufällig, was die beiden am meisten interessierte?"

„Nein..." Sie legte den Finger an die Schläfe. „Wenn ich zurückdenke, muß ich wohl davon ausgehen, daß es einen Auslöser für das plötzliche Interesse gegeben hat."

„Es haben sich also auch noch andere Bücher über das verlorene Gold ausgeliehen?"

„Ja. Ein paar, ungefähr zur gleichen Zeit."

„Erinnern Sie sich noch, wer das war?"

„An einen erinnere ich mich. Einen Augenblick." Sie ging hinter den Tresen und drückte ein paar Computertasten.

Es erstaunt mich immer wieder, wie ältere Menschen die neueste Technologie benutzen, als wären sie damit aufgewachsen. Sie war bestimmt über achtzig, redete aber ganz selbstverständlich von RAM, Gigabytes und Megahertz.

„Nun, ich glaube, daß der, an den ich mich erinnere, nichts ausgeliehen hat, sonst hätte ich ihn im Computer. Ich entsinne mich, daß er da drüben saß und sich in ein halbes Dutzend Bücher über den verlorenenen Schatz vertiefte. Das wunderte mich, weil er eher der Typ für Shakespeare war als für Folklore."

„Erinnern Sie sich, wie er aussah?"

„Aber sicher. Ende sechzig, und zum erstenmal hier, deshalb fiel er mir auf. Die meisten älteren Leute von hier kenne ich. Weißes Haar, ziemlich lang, passender Schnurrbart und Bart. Wie eine feinere Ausgabe von Grandpa Walton, dachte ich. Vielleicht ein neuer Rentner am See? Den Wohnwagenplatz schloß ich aus, weil er eine edle Strickjacke und Lederschuhe trug. Ein pensionierter Arzt vielleicht. Wie auch immer, ich wunderte mich, daß er sich für die Geschichten über den verschollenen Schatz interessierte. Das paßte nicht zu meinem Bild von ihm."

„War das, bevor Tommy Bücher auslieh, oder danach?"

„Vorher, da bin ich mir ziemlich sicher. Ja, so war es. Denn als Tommy nach den gleichen Unterlagen fragte, dachte ich: Aha! Wieder mal eine Dokumentation über diesen alten Holzfäller, der angeblich die eine Hälfte des Schriftstücks fand, auf dem das Versteck des Goldes beschrieben wird. Wie gesagt, das habe ich in den letzten Jahren immer wieder erlebt."

„Sie sagten, noch jemand sei am Gold interessiert gewesen?"

„Ja, die hier. Eine Ginny Cathwaite. Die sah ich auch zum erstenmal. Sie hat nur ein einziges Buch mitgenommen."

„Wann war das?"

„Einen Tag nachdem Tommy da war. Ich habe nur zwei Exemplare davon, beide wurden ausgeliehen. Manchmal vergeht ein ganzes Jahr, ohne daß jemand auch nur einen Blick hineinwirft."

„Hat sie das Buch zurückgebracht?"

„O ja. Schon nach ein oder zwei Tagen. Es ist hier, falls Sie reinschauen wollen." Sie führte mich zum Regal, und ich erkannte das Buch. Das gleiche hatte ich gestern gesehen. Ich blätterte die abgegriffenen Seiten durch und sah mir das Bild des beschädigten Schriftstücks, das der Holzfäller gefunden hatte, genauer an. Die Seite hatte ein Eselsohr, als hätten sich die Leser über Jahre hinweg nur darauf konzentriert.

„Möchten Sie es ausleihen?“ fragte sie.

„Nein, danke. Ich weiß, daß Sie das normalerweise nicht machen, aber könnten Sie mich verständigen, wenn jemand danach fragt?“

Mrs. Peters sah mich prüfend an und schob die Brille zurecht. „Hat das was mit Tommys Unglück zu tun?“

„Ich bin mir nicht sicher“, antwortete ich wahrheitsgemäß. „Ich sehe mir nur das Ganze aus verschiedenen Blickwinkeln an. Wie sah denn diese Ginny Cathwaite aus?“

„Ein hübsches kleines Ding. Erinnerte mich an eine Cheerleaderin, obwohl sie bestimmt an die Vierzig war. Sie schien genau zu wissen, was sie suchte. An mehr erinnere ich mich leider nicht. Ich glaube, ich habe am Computer gearbeitet, als sie reinkam.“ Sie schlug die Augen nieder, als wäre das ein peinliches Eingeständnis.

„Surfen Sie immer noch soviel im Netz?“ fragte ich. Seit es das Internet gab, war Mrs. Peters eine unersättliche Mailerin, Chat-Room-Benutzerin und Web-Surferin geworden, süchtig nach dem Netz wie ein Spieler nach Automaten.

Sie sah mich an, und in ihren Augen standen Stolz und Ärger zugleich. „Ich habe eine Brieffreundin in Pakistan, ausgerechnet Pakistan. Ist das nicht unglaublich? Schrecklich, was die Frauen dort alles ertragen müssen.“

„Haben Sie Tommy vielleicht gezeigt, wie man sich Informationen herunterlädt? Ich habe in seiner Wohnung etwas gefunden, das aussieht, als stammte es von einer Webseite, und Tommy besitzt nicht mal einen Computer.“

„Ja, das habe ich. Er kam letzte Woche, und ich erinnerte ihn, daß die Ausleihfrist für seine Bücher abgelaufen war. Er wollte sie mir umgehend zurückbringen und bat mich, ihm zu zeigen, wie man sich Informationen aus dem Computer holt. Er wollte mir nicht verraten, was ihn interessierte, da erklärte ich ihm nur die Grundbegriffe und ließ ihn allein weitersuchen. Er war ziemlich lange hier, aber ob er gefunden hat, wonach er suchte, das weiß ich nicht. Da er sich aber was ausgedruckt hat, ist gut möglich, daß er erfolgreich war." Sie sah sehnsüchtig zu ihrem Computer hinüber, als wollte sie möglichst schnell wieder davorsitzen, weshalb ich mich für ihre Hilfe bedankte und in den hellen Sonnentag hinausging.

Die Bibliothek liegt nahe am Stadtpark. Halb hoffend, halb fürchtend, dort Booker zu treffen, ging ich das kurze Stück. Er war offensichtlich da gewesen und schon wieder weg. Die Rosenbeete sahen zertrampelt aus und waren nun auch in den abgesperrten Bereich um den Tatort einbezogen. Städtische Gärtner waren dabei, den Park zu säubern.

Trotz des Überfalls auf Tommy war das Fest weitergegangen und so wie das Gelände aussah, ein voller Erfolg gewesen. Der Muschelsuppenwettbewerb fiel mir ein. Wer ihn wohl gewonnen hatte? Eine Ewigkeit schien vergangen zu sein, seit ich ein paar Meter weiter unter den Augen der halben Stadt Muschelsuppe getestet hatte. War Tommys Angreifer unter den Zuschauern gewesen? Oder hatte er – angenommen, es war ein Mann – gewartet, bis Tommy sich von der Menge entfernte, um ihn allein stellen zu können?

Und warum hatte er ihn an einem so belebten Ort angegriffen? Warum nicht ihm zu Hause aufgelauert? Dachte der Täter, Tommy trüge, was immer er haben wollte, bei sich? Ich schüttelte den Kopf und wußte, daß ich mehr Fragen hatte als Antworten. Ich mußte mit jemand sprechen, der mir ein paar davon beantworten konnte.

Bart Bailey arbeitete in einer Autowerkstatt kurz vor der Stadtgrenze von Cedar Hills am Highway One. Er war auf Wohnmobile und Sattelschlepper spezialisiert. Ich hatte ihn aber auch schon an Tommys Boot arbeiten sehen und wußte daher, daß er vielseitig begabt war. Als ich auf den Parkplatz fuhr, war er über den Motor eines Lieferwagens gebeugt und fuhrwerkte mit einem Schraubenschlüssel herum.

„Einen Augenblick Zeit?" fragte ich und erschreckte ihn damit. Er stieß sich den Kopf an der Kühlerhaube, richtete sich auf und rieb die schmerzende Stelle.

„Ja, klar", sagte er. „Ist sowieso nicht viel los. Sie sind Cass, stimmt's?" Aus der Nähe betrachtet, war Bart nicht direkt hübsch, aber er hatte ein angenehmes Gesicht, intelligente grüne Augen, von hellen Wimpern umgeben, und rot gefleckte Wangen, als hätte er Sport getrieben. Die vielen kupferfarbenen Sommersprossen auf seiner Nase erinnerten an Tom Sawyer. Sein rotes Kraushaar war zu einem Pferdeschwanz gebunden, ein paar Strähnen hatten sich gelöst und fielen über die dunkleren Koteletten. Seine fleckige Baseballmütze, die bessere Tage gesehen hatte, trug er nach hinten geschoben.

„Warum haben Sie Tommys Wohnung verwüstet, Bart?"

Er machte große Augen, dann schüttelte er den Kopf. „Ich? Nein, ich nicht. Wenn seine Wohnung verwüstet ist, dann war's jemand anderer. Das kann ich beweisen. Ich war bis zum Lokalschluß in der Taverne. Dann ging ich mit Candy Morris weg." Er redete schnell und atmete flach.

„Ich habe nicht erwähnt, wann es passiert ist, Bart. Sie scheinen was zu wissen. Wann hat Buck die Bar verlassen?"

„Warum fragen Sie ihn nicht selbst?" Es klang herausfordernd, aber seine Augen blickten ängstlich. Er merkte wohl, daß er nicht den harten Burschen markieren konnte. Seine Schultern sackten nach vorn, er seufzte abgrundtief.

„Weil ich erst hören wollte, was Sie zu sagen haben, Bart. Wonach habt ihr gesucht?"

„Ich war nicht dabei!" Seine Stimme wurde lauter. Er blickte sich um, als wäre ihm der Ausbruch peinlich, dann senkte er die Stimme. „Wie gesagt, ich war's nicht."

„Okay, okay. Ich glaube Ihnen. Wonach hat Buck gesucht?"

Er schüttelte den Kopf. Zuckte die Schultern. Sah mich deutlich verschreckt an.

„Ich weiß über die Gold-Geschichte Bescheid, Bart. Über den verborgenen Schatz, den Sie und Tommy gesucht haben. War Buck mit von der Partie?"

Er machte Augen wie ein Zwölfjähriger und fragte: „Woher wissen Sie das?"

„Ihr seid nicht eben diskret vorgegangen. Habt Bücher aus der Bibliothek geliehen. Tommy fehlte bei der Arbeit. Ihr drei seid zusammen gesehen worden. Ich weiß, daß ihr in Rainbow Ridge wart und nach dem Schatz gesucht habt. Was ich nicht verstehe: Was besaß Tommy, das Buck so dringend haben wollte?"

„Sie sind Privatdetektivin, stimmt's? Tommy hat es mir erzählt. Sie sind eine... hm..." Er hielt inne und errötete. „Eine wie Ellen."

„Ellen?"

„Im Fernsehen. Sie wissen schon." Bart war jetzt dunkelrot.

„Eine Buchhändlerin?"

Bart sah mir in die Augen und lächelte über sich selbst. „Entschuldigung. Sie müssen mich für einen Idioten halten. Ich klinge vollkommen schwachsinnig."

„Schon gut, Bart. *Lesbisch* ist das richtige Wort."

„Stimmt." Sein Gesicht war tiefrot verfärbt. „Tommy sagt, Sie wären aber in Ordnung. Man könne gut mit Ihnen reden. Wenn Tommy Ihnen vertraute, kann ich es wohl auch." Bart holte tief Atem und blickte über die Schulter, als hätte er Angst, beobachtet zu werden. Von Buck womöglich.

„Kommen Sie, Bart. Ich lade Sie zu einem Drink ein."

Neben der Werkstatt war eine Fernfahrerkneipe. Die Kellnerin schien Bart zu kennen und begrüßte ihn herzlich. Bart lächelte zurückhaltend. Er setzte sein Lächeln sparsam ein, aber wenn, dann war er richtig süß. Wir setzten uns an einen Tisch und bestellten zwei Colas. Sobald die Bedienung weg war, nahm Bart seine Mütze ab, strich sich über das rote Haar, beugte sich vor und sah mir fest in die Augen.

„Buck hat Tommy nicht niedergeschlagen, falls Sie das denken. Ich wußte, daß so was kommen würde, und hab' ihn gewarnt, Tommys Wohnung zu durchsuchen, aber wenn Buck sich was in den Kopf gesetzt hat, kriegt er es nicht mehr raus."

„Warum hat er die Wohnung verwüstet? Was hat er gesucht?"

„Das ist ziemlich kompliziert." Er holte tief Luft. „Sie wissen von dem verlorenen Gold, richtig? Ich hatte nichts davon gehört, bis eines Abends dieser Alte in die Bar kam und anfing zu jammern, wie er beinahe reich geworden wäre, aber jetzt eine seltsame Krankheit habe und was für eine Verschwendung. Nun gut, Tommy lädt ihn zu einem Glas ein, zu mehreren, und schon erzählt er die Geschichte von dem Gold, das irgendwo am Rainbow Ridge versteckt ist, und wie er angeblich die andere Hälfte des Schriftstücks gefunden habe, auf dem steht, wo das Gold versteckt ist. Er könne bloß nicht drankommen, weil die Bäume so gewachsen sind, und außerdem, in seinem Zustand, und ohne Nachkommen sei sowieso alles sinnlos. Da lädt ihn Buckie zu weiteren Gläsern ein, und bevor der Abend rum ist, hat er uns genau erklärt, wo der Baum ist, auf dem der Beutel mit dem Schriftstück hängt. Er wäre mit einem roten Halstuch markiert. Er hat uns sogar auf einer Serviette einen Lageplan gezeichnet. Ich wollte dem Typ nicht glauben, aber Tommy und Buck waren total fasziniert, und am nächsten Morgen machten sie schon Pläne, was sie mit dem Geld anfangen wollten."

Die Colas kamen, und Bart trank seine praktisch in einem Zug durch den Strohhalm. Das Reden schien ihn zu erleichtern, seine Haltung entspannte sich.

„Wir haben als drei gleichberechtigte Partner angefangen. Wer immer das rote Halstuch zuerst findet, informiert die anderen, verstehen Sie? Wir wollten den Anweisungen des Alten folgen und die Bäume nach dem Halstuch absuchen. Buck trieb eine Ausrüstung zum Bäumeklettern auf – Stiefel mit speziellen Beschlägen, Gürtel mit Flaschenzügen, Seile, Ferngläser... Wir haben Geld in das Unternehmen gesteckt, will ich damit sagen. Eigentlich war es mein Geld und Tommys. Buck übernahm die Lauferei, hatte die Beziehungen und so. Nun gut, wir gingen so oft wie möglich rauf, aber Tommy und ich mußten arbeiten und konnten nicht so oft weg, wie Buck es wollte. Buck meinte, er könnte auch allein gehen, wenn's uns recht ist, aber Tommy bestand darauf: alle oder keiner."

Er trank den Rest Cola, beugte sich vor und stützte seine fleckigen Ellbogen auf den Tisch. Ich wartete gespannt.

„Dann, letzte Woche, kommt Tommy zu mir und sagt, er könne beweisen, daß Buck den Hinweis gefunden habe und mit jemand anderem arbeite. Ich sagte, so was würde Buck nie tun, aber Tommy, ganz aufgeregt, behauptete, er könnte es beweisen. Darauf frage ich, wie, und er sagt, er sei Buck nachgegangen und habe ein Foto von seinem Wagen gemacht und von dem anderen Auto, was beweist, daß Buck mit jemand zusammenarbeitet. Er sei Buck gefolgt, habe seinen Rucksack und die Kletterausrüstung gefunden und sich entschlossen, den Rucksack zu filzen. Da fand er das Schriftstück, das wir gesucht hatten. Tommy sagt, er habe es genommen und versteckt, denn erstens wolle er mir beweisen, daß mein Bruder uns hintergeht, und zweitens gehöre es uns genauso gut wie Buck." Er hielt inne und sah sich nach der Kellnerin um.

„Hat er Ihnen das Schriftstück gezeigt?"

„Er wollte es tun, doch dann wurde er wütend und beschuldigte mich, mit Buck gemeinsame Sache zu machen. Ich wollte Tommy erst nicht glauben, verstehen Sie. Buck ist anders, gut, aber er bleibt doch mein Bruder. Die Leute halten ihn für einen Dummkopf, aber eigentlich ist er ganz schlau. Das versteckt er aber vor den Leuten, er stellt sich dumm, prügelt herum und kann gemein sein, besonders zu meinen Freunden. Deshalb dachte ich, er spielt Tommy einen Streich.“ Barts grüne Augen blickten mich direkt an.

„Ich kapier's nicht“, sagte ich.

Er seufzte. „Immer wenn ich einen Freund hatte, einen wirklich guten Freund, gelang es Buck, die Freundschaft zu zerstören. Ich dachte, es sei nur wieder ein Trick, um zwischen mich und Tommy einen Keil zu treiben.“ Bart lächelte die Bedienung an, die ihm ungefragt eine frische Cola brachte, und richtete dann seinen Blick wieder auf mich.

„Sie haben also an einen Streich geglaubt?“

„Genau. Ich dachte, Tommy lügt mich bestimmt nicht an, deshalb war die einzige Erklärung, daß Buck wußte, Tommy spionierte ihm nach, und hat ein fingiertes Schriftstück in den Rucksack gesteckt, um ihn auszutricksen. Um das zu verstehen, muß man Buck wohl kennen, aber glauben Sie mir, so was bringt er fertig. Wie auch immer, ich stellte Buck zur Rede, sagte ihm, daß Tommy ihm gefolgt wäre, sein Auto und das andere fotografiert und das gefälschte Schriftstück in seinem Rucksack gefunden hätte. Ich sagte, er sollte zugeben, daß er versucht hatte, Tommy zu täuschen. Ich sei sicher, daß es gefälscht ist, weil ich selbst das echte gefunden habe.“

„Wow. Einen Moment bitte. Sie haben auch ein Schriftstück gefunden?“

Bart lächelte schüchtern. „Ich sagte doch, es ist kompliziert. Nachdem Tommy erzählt hatte, daß Buck sich selbständig gemacht hat, wollte ich mich überzeugen und bin ihm auch nachgegangen.“

„Wann?“ unterbrach ich ihn.

„Am Freitag. Ich nahm den Nachmittag frei und ging Buck suchen. Sein Auto stand tatsächlich am Fuß des Berges geparkt, da ging ich ihm nach. Doch dann kam mir der Gedanke, ihn von der Felskante aus, die ich gesehen hatte, durchs Fernglas zu beobachten. Leichter als ihn zu verfolgen. Nun gut, ich stieg hinauf, fing an, die Bäume und das Gelände abzusuchen, und plötzlich entdeckte ich das rote Halstuch im mittleren Drittel einer riesigen Fichte! Unglaublich! Erst war ich erleichtert, daß Tommy sich in Buck getäuscht hatte. Dann fing ich an zu schwitzen, und mein Herz hämmerte, weil mir klar wurde, daß ich die echte Spur gefunden hatte!"

„Und?" Ich verkniff mir den Hinweis, wie unwahrscheinlich es sei, nach hundert Jahren irgendein Halstuch zu finden, ausgebleicht oder nicht.

„Ich suchte mir einen Orientierungspunkt, zählte die Bäume und versuchte, mir die Stelle zu merken. Sie von der Kante aus zu sehen, war eine Sache, sie vom Boden aus zu finden, was anderes. Nun, dachte ich, wir müssen mindestens zu zweit sein, vielleicht mit Walkie-talkies, um uns zu verständigen. Ich war so aufgeregt, daß ich kaum richtig denken konnte. Jetzt, wo ich den echten Hinweis gefunden hatte, war mir Buckies Spielchen egal. Aber als ich wieder in der Stadt war und Tommy davon erzählte, beschuldigte er mich, mit Buck unter einer Decke zu stecken und zu versuchen, ihn auszubooten. Sobald der Film entwickelt sei, würde er mir beweisen, daß Buck uns betrog. Ich sagte, vielleicht war Buck tatsächlich oben gewesen, daß aber das Schriftstück gefälscht war, um ihn zu täuschen. Aber Tommy ließ sich nicht überzeugen. Das Schriftstück aus Bucks Rucksack sei echt, er habe sich selbst überzeugt. Dann sah er mich an, als steckte ich mit Buck unter einer Decke, und stürmte davon."

Bart lehnte sich zurück und blies sich rote Strähnen von der Stirn, ganz offensichtlich fassungslos von diesem Verlauf. Gleichzeitig schien er erleichtert, daß er darüber sprechen konnte.

„Am Samstagabend rief ich ihn an, nachdem er sich ein wenig beruhigt hatte, und da versprach er, mir am nächsten Tag die Fotos und das Schriftstück zu zeigen. Buck kam dazu und wollte wissen, was Tommy und ich zu reden hatten. Da platzte ich mit allem heraus – daß Tommy seinen Wagen gesehen hatte und ihm gefolgt war, daß er das gefälschte Papier gefunden hatte, daß ich die ganze Zeit gewußt hatte, daß es nur ein Streich war, und daß ich von dem Felsen aus das echte rote Halstuch gefunden hatte. Anstatt sich über meine Entdeckung zu freuen, wurde Buck aggressiv. Er würde die miese kleine Ratte umbringen, und ich sollte mich besser raushalten, wenn mir meine Gesundheit was wert sei. Ich weiß, das klingt ziemlich belastend, aber dazu muß man Buck kennen. Er sagt andauernd so was, meint es aber nicht so. Trotzdem glaubte ich nicht, daß es wirklich nur ein Streich war. Vielleicht hatte Tommy doch recht. Aber was war dann mit dem roten Halstuch im Baum, das ich gesehen hatte?"

„Das war am Samstagabend?"

„Ja. Ich weiß, was Sie jetzt denken. Daß Buck Tommy am nächsten Tag im Park überfallen hat. Aber das stimmt nicht. Er war wütend und wollte das Papier wieder haben, aber ich weiß, daß er Tommy nichts antun würde. Ich denke, er ging in den Park, um ihn zu stellen, und dann war es zu spät. Ein anderer hatte ihn erwischt."

„Und was ist mit dem zweiten Auto? Hat Buck gesagt, wen er dabei hatte?"

Bart schüttelte den Kopf, Verwirrung in den grünen Augen. „Er verstand nicht, was Tommy wollte, und das glaube ich ihm. Warum sollte er lügen? Gestern hat er mir gestanden, daß er das Papier behalten habe, weil er Tommy nicht traute. Er schwört, daß er vorhatte, mich zu informieren, wenn's soweit ist. Ich warnte ihn, Tommys Wohnung zu betreten, aber ich wußte, daß er nicht auf mich hören würde."

„Glauben Sie tatsächlich, daß Ihr Bruder ein Schriftstück gefunden hat, das die ganze Zeit verschollen war?"

„Nun, er und Tommy sind davon überzeugt. Aber was ist mit dem Halstuch, das ich gesehen habe?"

„Weiß sonst noch jemand von der Sache?"

„Soweit ich weiß, nicht. Außer vielleicht der Person, die in dem Auto war, das Tommy gesehen hat. Wenn Sie die finden, erfahren Sie vielleicht, was mit Tommy passiert ist."

Genau das war auch mein Gedanke gewesen.

„Sie wissen also nicht, ob Buck gefunden hat, wonach er gestern abend bei Tommy gesucht hat, stimmt das?"

„Ich zweifle dran."

„Wieso?"

„Als ich heute morgen heim kam, lag er besinnungslos auf dem Sofa, und so wie es aussah, hatte er schwer einen im Tee. Buck trinkt nur, wenn er sehr wütend ist. Er hat nicht gefeiert, Cass. Er hat sich in Rage gebracht."

7

Nachdem ich mit Bart gesprochen hatte, ging ich schnurstracks zu der kleinen Doppelhaushälfte, die er mit seinem Bruder teilte, aber Buck war schon weg. Laut Bart hatte Buck im Moment keine feste Stelle. Gut möglich, daß er am Rainbow Ridge nach dem verlorenen Schatz suchte. Wenn ich mit ihm reden wollte, mußte ich ihn wohl dort aufsuchen, aber auf eine Wanderung durch die Wildnis war ich nicht vorbereitet. Andererseits sprach nichts dagegen, ein wenig herumzuschnüffeln, nur um ein Gefühl zu bekommen für diesen Kerl. Es gibt natürlich ein Gesetz, das Einbrechen untersagt, aber mit solchen Kleinigkeiten hielt ich mich ja auch sonst nicht auf.

Die Wohnung der beiden lag nach hinten raus, weg von der Straße und von neugierigen Augen. Als ich am Vorderhaus vorbeiging, bellte ein kleiner Hund, aber da niemand aus dem Fenster sah, war ich ziemlich sicher, daß keiner zu Hause war. Ich klopfte an ihre Tür, um sicherzugehen, daß die Bailey-Brüder keinen Hund hatten, dann zückte ich meine Dietriche. Eine Minute später sprang das Schloß auf, und ich war drin.

So sauber und gemütlich Tommys Wohnung gewesen war, so unordentlich war die von Buck und Bart. Offensichtlich war einer der beiden ein Schmutzfink, und ziemlich schnell wußte ich auch, wer. Während die Küche einigermaßen aufgeräumt war, lag im Wohnzimmer Ober- und Unterbekleidung herum, die dringend gewaschen werden mußte. Eine Notiz am Kühlschrank erinnerte Buck, daß er dran war, den Müll rauszubringen, aber ein Blick unter die Spüle bewies, daß er die Aufforderung ignoriert hatte. Das Waschbecken im Bad war geputzt, die Toilettenspülung jedoch nicht gezogen. Ein Schlafzimmer wies ein sorgfältig gemachtes Bett und einen ordentlich eingeräumten Schrank auf; das andere glich einem Katastrophengebiet. Bucks Zimmer roch nach Bourbon und Zigaretten. Bierdosen, die er als Aschenbecher benutzte, waren umgefallen und hatten ihren Inhalt auf das billige Imitat der Schreibtischplatte vergossen.

Wie um alles in der Welt konnte aus dem einen Zwilling ein Oscar Madison, aus dem anderen ein Felix Unger werden, fragte ich mich. War Bart zwanghaft hinter Bucks Schlamperei her, aus angeborenem Ordnungssinn? Oder war Buck rücksichtslos und unordentlich aus Protest gegen Barts Ordnungsliebe? Die arme Mutter, dachte ich. Andererseits hätte es schlimmer kommen können. Mit zwei Bucks.

Mit spitzen Fingern und angehaltenem Atem durchsuchte ich die Hosen in seinem übelriechenden Schrank. Ich fand Streichhölzer, einen Kaugummistreifen, einen zerknüllten Dollarschein, nichts Besonderes. Wenn er gefunden hatte, was er bei Tommy gesucht hatte, trug er es wohl bei sich. Trotzdem kroch ich unters Bett und suchte nach einem Hinweis, ob Buck es gewesen war, der Tommy überfallen hatte. Vergebliche Mühe, schmutzige Socken und verstaubte Kartoffelchips waren leider keine Beweismittel.

Dann sah ich Bucks Schubladen durch und wurde mit ebenso wertlosen Fundstücken belohnt. In der obersten, unter einem Haufen Boxershorts und weißen T-Shirts, grub ich ein gerahmtes Foto der Bailey-Brüder aus, im Alter von etwa sieben, mit ihren Eltern und der kleinen Schwester. Die Mutter, rothaarig wie die Jungen, hatte ein süßes Lächeln, das mich an Bart erinnerte. Ihre Hände auf die Schultern der Jungen gelegt, blickte sie Bart zärtlich an, der seinem Bruder zahnlückig zulächelte. Der Vater war ein stämmiger Mann mit kurzem Matrosenhaarschnitt und einem Lächeln, das beinahe ein Grinsen war. Seine verschränkten Arme ließen die Bizeps hervortreten. Er wirkte verhalten ungeduldig. Das Interessanteste aber war Buck. Sein Blick war frisch und frei, und sein Lächeln schien echt. Er hielt seine kleine rothaarige Schwester mit unverhohlener Bewunderung im Arm. Mit ihren Grübchen und Locken glich sie einer Miniaturausgabe von Shirley Temple. Ein aufschlußreicher Schnappschuß. Die Mutter liebte Bart. Bart liebte Buck, Buck liebte seine Schwester, und der Vater liebte niemanden, außer vielleicht sich selbst. Aber wie war aus dem engelsgleichen Jungen ein wüster Schläger geworden? Wann war aus seinem süßen Wesen Wut geworden? Und Wut auf wen? Was hatte Buck Bailey so abstoßend gemacht? Was war passiert?

Ich steckte das Foto in die Schublade zurück und ging zum Schreibtisch, wobei ich versuchte, das klebrige Zeug zu vermeiden, das aus den umgekippten Bierdosen gelaufen war. Unter einer brennenden Schreibtischlampe lag ein beim Buchstaben B aufgeschlagenes Telefonbuch. Ich überflog die Seite und fragte mich, wen Buck anrufen wollte. Ich drückte die Wahlwiederholungstaste des Telefons, hörte aber zu meiner Enttäuschung nur den Werbespruch von Domnicks Pizza Pub. Das war sicher nicht die von Buck gesuchte Nummer. Vielleicht hatte er auch gar keine Telefonnummer gesucht, sondern eine Adresse. Ich ging die Seite durch und war fast am Ende angelangt, als mir ein Name ins Auge sprang, der meinen Puls beschleunigte: E. Trinidad, Willow Cove, Cedar Hills. Warum interessierte sich Buck Bailey für Ericas Anschrift? Hatte er den Verdacht, daß sie mehr wußte, als sie gesagt hatte?

Ich brachte meine Suche hastig zu Ende, wohl wissend, daß ich bereits zu lange hier war. Es war später Nachmittag, und ich mußte mich noch nach Tommy erkundigen. Vielleicht war er zu sich gekommen und konnte alles aufklären, dachte ich voller Optimismus. Ich hielt die Hoffnung während der Fahrt zum Krankenhaus aufrecht, schaffte es aber nur bis zum Stationszimmer, wo ich von einem weißgekleideten, übellaunigen Dragoner aufgehalten wurde. Obwohl ich ihr alles genau erklärte, blieben ihre Lippen zusammengepreßt. Sie schüttelte den Kopf, ließ mich nicht vorbei und versicherte mir, daß sein Zustand unverändert sei, mein Name auf der Liste der bei einer Veränderung zu benachrichtigenden Personen stünde und seine Mutter, Schwester und Tante so viele Besuche machten wie gestattet.

„Wo kann ich sie finden?“ Tommy hatte keine Schwester. Vielleicht gab sich eine Freundin dafür aus, um vorgelassen zu werden.

„Ich glaube, der Sheriff hat sie zum Mittagessen eingeladen. Sie halten sich wacker.“ Mit anderen Worten, ich sollte abhauen.

Auf dem Rückweg hielt ich bei MacGregors an und kaufte ein paar Lebensmittel ein. Immer wenn ich durcheinander bin, koche ich, und nach allem, was in den letzten beiden Tagen passiert war, hatte ich eine Kochtherapie dringend nötig. Ich nahm ein paar Pfifferlinge, ein halbes Pfund Butter, etwas italienischen Parmesan, eine Artischocke, ein paar

Hähnchenbrüste und andere Kleinigkeiten, die mir ausgegangen waren. Dann düste ich nach Hause und ließ die Sommersonne meine Seele wärmen und die kühle Brise meine Stimmung heben.

Als ich um die Insel fuhr, sah ich eine Gestalt auf meinem Steg stehen und etwas in der Luft schwenken. Ich bekam Herzklopfen und checkte schnell alle Möglichkeiten durch. Im Näherkommen stellte ich fest, daß eine weiße Fahne geschwenkt wurde und zwar von einer Person namens Erica Trinidad. Sie signalisierte Waffenstillstand.

„Schlau", sagte ich und unterdrückte ein Lächeln, als ich anlegte. Erica beugte sich herunter und sicherte die Leinen in den Metallklampen. Sie trug weiße Baumwollshorts, die ihre langen braunen Beine, und ein knappes Oberteil, das den Rest zur Geltung brachte. Ihr dunkles Haar war feucht und ungekämmt, als käme sie eben vom Schwimmen. Ich reichte ihr eine Lebensmitteltüte und kletterte mit den anderen beiden Tüten an Land.

„Wo ist dein Boot?"

„Ich habe es am anderen Ende der Bucht bei einer Weide versteckt. Für die paar hundert Meter am Ufer lang brauchte ich fünfzehn Minuten. Unglaublich. Ich mußte zur Abkühlung in den See springen."

„Warum hast du dein Boot versteckt, Erica?"

„Weil mich jemand verfolgt hat. Zwei Leute waren in dem Boot, glaub' ich, bin mir aber nicht sicher. Ich habe sie gleich nach der Hafenausfahrt bemerkt. Sie hielten Abstand, machten aber die gleichen Richtungswechsel wie ich. Als ich zu Hause anlegte, fuhren sie weiter, aber ich könnte schwören, daß sie mich beschatteten. Ich wartete, bis sie außer Sichtweite waren, dann kam ich herüber und versteckte das Boot. Vor einer Weile sind sie ganz langsam vorbeigefahren."

Buck Bailey hatte Ericas Adresse nachgesehen. Verfolgte er sie? Wenn ja, warum? Und wer war bei ihm? Gehörte ihm das Boot? Mußte er es von einem Freund leihen?

„Was für ein Boot war es?“

„Ein wenig größer als deines, aber flacher, wie ein Wasserskiboot. Dunkle Farbe, glaube ich. Mehr konnte ich nicht erkennen, sie waren zu weit weg.“ Sie hielt inne, bis ich sie ansah. „Cass, wegen gestern abend. Es tut mir leid. Ich war völlig durcheinander und hab’ mich idiotisch benommen.“

„Stimmt. Komm mit. Du kannst mir helfen und was Wärmeres anziehen. Du frierst.“

Erica sah auf ihre Brust und, ich hätte schwören können, errötete dabei. „Ich wollte dich später anrufen und über Tommy berichten...“ sagte sie.

„Du hast Tommy besucht?“ Ich starrte sie ungläubig an.

Sie grinste. „Ich gab mich als seine Schwester aus. Seine Mutter und Tante bürgten für mich. Sie sind wirklich nett. Tommy hat uns wohl nicht bemerkt. Du solltest ihn sehen, Cass. Er sieht so klein aus. All diese Schläuche und Monitore. Zum Fürchten. Jedenfalls lud Booker uns zum Mittagessen ein, und ich lernte sie ganz gut kennen. Kein Wunder, daß Tommy so ein netter Kerl ist.“

„Wie war Booker?“ fragte ich.

„Charmant, wie immer, vor den anderen. Als er mich zum Auto begleitete, hat er mir allerdings den Marsch geblasen.“

„Ich mußte ihn informieren, Erica. Es war falsch, es nicht schon früher zu tun.“

Sie nickte und folgte mir zum Haus hinauf. Panic und Gammon begrüßten uns lautstark, rieben sich an unseren Knöcheln und waren uns beim Gang in die Küche im Weg.

„Was hast du damit vor?“ fragte Erica beim Auspacken der Lebensmittel. Sie warf eine leere Tüte auf den Boden, und Panic kroch hinein, so daß nur noch der lange, zuckende Schwanz herausschaute. Gammon warf seine acht Kilo auf die Tüte und löste einen wilden Kampf aus.

„Ich hatte Lust auf Pasta. Wollte die Pfifferlinge anbraten, dann eine Parmesansauce machen, das Hühnchen grillen, die Artischocke dämpfen, so ungefähr.“

„Wenn ich dir verspreche, den Abwasch zu erledigen, die Katzen zu füttern und nie mehr mit dir zu streiten, würdest du mich dann zum Abendessen einladen?"

„Nur wenn du mir bei den Nudeln hilfst. Du kannst gleich die Maschine herrichten."

„Abgemacht." Sie lehnte am Küchentisch und beobachtete, wie ich im Kühlschrank wühlte. „Gott, ich habe dich vermißt, Cass."

Ich drehte mich um, völlig sprachlos.

„Ich werde dich nicht anmachen, das verspreche ich. Ich wollte es dir nur mal sagen. Es wird sich nicht wiederholen."

Ich wandte mich wieder dem Kühlschrank zu. Mein Gesicht fühlte sich heiß an. Verdammt, alles ihre Schuld. Schließlich griff ich nach dem Olivenöl für eine Hühnchenmarinade, dann ging ich ins Gewächshaus und pflückte ein wenig frisches Basilikum. Als ich zurückkam, hatte ich mich etwas gefaßt.

Erica zerkleinerte Knoblauch, ich montierte die Nudelmaschine. Während der Arbeit erzählte ich ihr von der Verwüstung in Tommys Wohnung und den Gesprächen mit der Bibliothekarin und Bart Bailey. Sie war eine gute Zuhörerin und verstand alles.

„Irgendwie komisch, daß hundert Jahre lang niemand diesen Hinweis findet, dann kommen die Bailey-Brüder und finden gleich zwei."

„Ich weiß. Vielleicht hat Buck eine falsche Spur gelegt, um Tommy und Bart abzuhängen, nur daß nicht Tommy darauf reinfiel, sondern Bart. Ich weiß es nicht. Das Ganze ist irgendwie lächerlich. Nehmen wir mal kurz an, es *gibt* ein Halstuch. Nach hundert Jahren in Wind und Wetter ist bestimmt nichts mehr davon übrig! Es wäre zumindest nicht mehr rot. Oder?"

„Ich weiß nicht. Und was ist mit dem alten Mann, der ihnen von dem Gold erzählt hat? Ist das nicht auch ein wenig seltsam?"

„Das kann man wohl sagen. Vielleicht hat Mrs. Peters recht, und es gab irgendwo einen Bericht über das Gold. Der Alte in der Bar hat ihn möglicherweise auch gelesen und die beiden nur an der Nase herumgeführt. Möchtest du ein Glas Wein?“

„Bist du sicher, daß du mir vertrauen kannst?“

Ich war mir keineswegs sicher. Aber Erica hatte immer frei ihre Meinung gesagt. Auch wenn sie stocknüchtern war. Ich verdrehte die Augen und wies auf den Weinkeller. „Zieh dir was Wärmeres an. Nimm dir ein T-Shirt oder so!“ Erica kicherte, marschierte aber gehorsam in mein Schlafzimmer und kam in einem alten Flanellhemd und dünner Baumwollhose zurück. Ein komisches Gefühl, sie in meinen Sachen zu sehen. Sie stieg in den Weinkeller hinunter und war lange damit beschäftigt, die Regale zu prüfen. Als sie wiederkam, hielt sie eine Flasche Pinot Grigio in die Höhe, als habe *sie* den versteckten Schatz gefunden. Sie entkorkte die Flasche, schenkte zwei Gläser ein und schnupperte vor dem Probieren das volle Aroma.

„Könntest du vielleicht die Nudeln machen?“ fragte ich. „Oder willst du den ganzen Abend herumstehen, die Nase im Glas?“

Sie trank das Glas leer, holte die Schürze vom Haken, zog sie über den Kopf und band sie hinter dem Rücken zu. „Zu Diensten, Pasta-Queen. Was soll ich tun?“

„Eier“, sagte ich.

Erica knickste, öffnete den Kühlschrank und offerierte mir mit schwungvoller Geste den Eierkarton.

„Mehl“, sagte ich.

Erica wirbelte herum und griff nach der Mehlbüchse. „Rosenmehl“, wiederholte sie und reichte es mir. „O Gott, daran habe ich überhaupt nicht gedacht.“

„Woran?“

„Mehl. Vielleicht hat er nicht Rosen gesagt, sondern Rosenmehl.“

„Tommy?“

„Ich meine, ich hörte nur Rosen. Aber vielleicht war es Rosenmehl.“

„Ich bin mir fast sicher, daß du beim erstenmal von Rosen gesprochen hast.“

„Nun, vielleicht habe ich mich geirrt!“

Ohne ein Wort zu verlieren, drehte ich das Gas ab, legte die marinierten Hähnchenbrüste in den Kühlschrank und rannte mit Erica um die Wette zum Boot.

Auf den ersten Blick sah Tommys Wohnung nicht schlimmer aus, als Booker und ich sie verlassen hatten – schrecklich. Als wir eintraten, beklagte Pepper sich lauthals und führte uns in die Küche, wo zu meiner Überraschung ihr Freßnapf fast leer war. Ich hatte ihn doch mit Futter für ein paar Tage gefüllt. Ein zweiter Blick verriet mir den Grund – der Napf war umgekippt, die Crunchies lagen auf dem Küchenboden verstreut. Vielleicht war nach Booker und mir noch jemand zu Besuch gekommen? Hatte diese Person, wer immer es war, in dem Durcheinander ebenfalls etwas gesucht?

Ich sah mich in der Küche um. Tisch und Stühle waren umgedreht worden. Die Schubladen standen offen, und ein Teil ihres dürftigen Inhalts lag auf der Ablage verstreut. Tommys Küche war nicht besonders gut ausgestattet, aber daß er manchmal kochte, war klar. Er besaß sogar ein altes Betty Crocker-Kochbuch, das zusammen mit ein paar anderen Büchern respektlos auf den Boden geworfen war. Ich hielt den Atem an, öffnete eine Schranktür und suchte nach einer Mehlbüchse. Fehlanzeige. Ich öffnete einen Schrank in der Vorratskammer und fand zwischen Saucengläsern und Chilibohnenkonserven neben der Schachtel mit braunem Zucker einen blau-weißen Sack mit der Aufschrift Rosenmehl. Mein Herz setzte einen Schlag aus.

Hoffend wider alle Hoffnung grub ich die Hand in die kühle, weiche Masse. Meine Finger berührten einen härteren

Gegenstand, und mein Herz setzte wieder einen Schlag aus. Vorsichtig zog ich einen kleinen luftdicht verschlossenen Gefrierbeutel heraus. Darin befanden sich Fotos und ein abgegriffen aussehendes Stück Papier. Rasch steckte ich die Tüte in meine Jackentasche und ging zur Tür.

„Gehen wir, schnell!"

„Ich nehme Pepper mit. Die Wohnung ist mir unheimlich!" Erica nahm Pepper auf den Arm und rannte hinter mir her zum Jeep.

8

Wir fuhren zuerst zu Erica, um Tommys Buch zu holen, und sie fragte, ob es mir recht sei, wenn sie ein paar Sachen für die Nacht einpackte. Eigentlich hatte ich sie nicht zum Übernachten eingeladen und war mir auch nicht sicher, was ich davon halten sollte. Aber ich hatte ja viel Platz, sie konnte mit Pepper im Gästezimmer wohnen. Bis wir herausgefunden hatten, wer sie verfolgte, war es vielleicht keine schlechte Idee, sich bedeckt zu halten.

Ich nahm nicht an, daß Panic und Gammon begeistert wären, Pepper kennenzulernen, damit lag ich richtig. Panic fauchte, blies sich mächtig auf und reckte den Schwanz in die Höhe. Gammon schnüffelte ein wenig, hob die Nase in die Luft und stakste davon, um ihren Futternapf zu schützen. Pepper ihrerseits hielt sich wacker, indem auch sie den Schwanz aufrichtete und ihr orangefarbenes Fell in alle Richtungen spreizte. Erica hob Pepper hoch, sprach beruhigend auf sie ein und trug sie ins Gästezimmer, was ihr bei Panic viele Minuspunkte eintrug. Während die beiden sich in ihrer neuen Behausung einrichteten, tröstete ich meine Katzen, füllte eine Extraportion in ihre Näpfchen und ging dann den Grill anzünden. So neugierig ich auch war, was Tommy versteckt hatte, Essen und Wohlfühlen kamen zuerst.

Erst nachdem die Nudeln zum Trocknen über den Holzstangen hingen, die Sauce köchelte, die Artischocke dämpfte und die Kohle zu feiner weißer Asche geworden war, setzte ich mich mit Erica zu einem Glas Wein nieder und untersuchte den Inhalt des Beutels.

„Kennst du den?“ Ich deutete auf das erste Bild.

„Buck Baileys Lastwagen“, sagte Erica. „Aber wem gehört dieses Auto?“ Sie nahm das zweite Foto zur Hand.

„Keine Ahnung. Schau, er hat das Nummernschild gut getroffen. Ob Tommy den Besitzer herausgefunden hat?“ Das besagte Fahrzeug war ein schwarzer Explorer mit einer Nummer aus Oregon. Die Rückseite von Bucks Lastwagen konnte man gerade noch erkennen. Er parkte etwa dreißig Meter weiter oben am engen, zerfurchten Weg. „Buck hat das Auto vielleicht gar nicht bemerkt“, sagte ich, „wenn es erst nach ihm kam und vor ihm wieder wegfuhr. Bart meinte, Buck sagte die Wahrheit. Vielleicht stimmt das ja.“

„Vielleicht hat jemand gehört, was der Alte in der Bar erzählte, und ist Buck gefolgt?“

„Vielleicht.“ Vorsichtig zog ich das letzte Stück heraus, ein abgegriffenes Stück Pergament, mit eingerissenen Ecken, in der Mitte durchgerissen.

Erica schlug die Buchseite mit der Abbildung des alten Schriftstücks auf und hielt Tommys Papier daneben.

„Verdammt noch mal“, sagte sie. Plötzlich waren die Sätze vollständig, mit ein paar Ausnahmen an ausgeblichenen Stellen des Papiers. Es war eine genaue Beschreibung, wo der Schatz versteckt war. „Glaubst du, daß es echt ist?“

„Mensch, Erica. Wir wissen nicht mal, ob die Abbildung im Buch echt ist. Bob könnte sich einen Scherz erlaubt haben. Vielleicht hatte Bart recht, und Buck hat sich auch mit Tommy einen Scherz erlaubt. Oder, wie ich schon sagte, der Alte wollte die Jungs reinlegen.“ Ich nahm das Stück

Pergament und hielt es gegen das Licht. „Unter Umständen können wir eine Altersbestimmung machen lassen."

„Sie scheinen zusammenzupassen. Aber wenn es echt ist, was ist dann mit dem Halstuch, das Bart gesehen hat?"

Ich hielt die beiden Textfragmente enger aneinander und fing an, einzelne Buchstaben und Buchstabenverbindungen zu vergleichen. Etwa auf der Hälfte der Seite entdeckte ich einen Unterschied. „Siehst du dieses *g*? Das Häkchen am Ende? Im Buch ist das anders."

Erica studierte die Texte mit gerunzelter Stirn. „Wenn du meine Schrift vergleichst, findest du auch Unterschiede, da wette ich drauf."

„Hier ist noch etwas. Die Querbalken bei den *Ts* sind stärker als im Buch. Das Teil ist gefälscht, Erica. Darauf wette ich. Warte mal, ich möchte was nachsehen."

Ich ging in mein Arbeitszimmer und suchte im Bücherregal nach einem bestimmten Titel.

„Was ist das?" fragte sie, als ich zurückkam.

„Ein Buch über Handschriftendeutung. Ich habe es vor ein paar Jahren gebraucht, als ich einen Ehemann verdächtigte, den Abschiedsbrief seiner Gattin gefälscht zu haben. Es ist keine exakte Wissenschaft, aber manche Amateurpsychologen schwören darauf. Besonders gut funktioniert es bei Persönlichkeitsmerkmalen. Wie auch immer, ich erinnere mich, daß in dem Buch etwas über breite Querstriche steht." Ich blätterte bis zum entsprechenden Kapitel. „Hier. Ich wußte, daß breite Querstriche ein schlechtes Zeichen sind. Ein breiter Querstrich sei eine deutliche Abweichung und ein ziemlich verläßlicher Hinweis auf eine tyrannische Persönlichkeit, heißt es hier."

„Klingt ganz nach Buck."

„Ja. Aber ob Buck sich die viele Arbeit gemacht hat, wo er doch mitten in der Schatzsuche ist?"

Ich trank einen Schluck Wein und überlegte, ob ich Booker bitten könnte, die Wagennummer zu überprüfen, oder ob ich Martha fragen sollte. Booker war nicht nachtragend, andererseits hatte ich ihn noch nie so wütend erlebt, zumindest gegen mich. Vielleicht sollte ich ihn besser ein, zwei Tage in Ruhe lassen, dachte ich. Also rief ich Martha an.

Ich erwischte sie noch im Büro. Als sie meine Stimme hörte, wurde sie sehr ernst.

„Ist was mit Tommy?“

Ich versicherte ihr, daß es keine Veränderung gab, und erzählte dann die Geschichte von dem verlorenen Schatz und dem Auto, das Tommy am Rainbow Ridge gesehen hatte. „Könntest du ein Nummernschild überprüfen?“

„Schieß los“, sagte sie.

Ich nannte ihr die Nummer und dachte, sie würde sie notieren und zurückrufen. Zu meiner Überraschung gab sie die Zahlen sofort ein und hieß mich warten. Ich hörte, wie sie im Büro umherging und Aktenschränke zuknallte und fühlte mich schuldig, daß ich sie bei der Arbeit störte. Doch als sie den Hörer wieder aufnahm, klang sie fast fröhlich.

„Nun, das war leicht. Ihr bellt anscheinend den falschen Baum an. Das Nummernschild gehört einem Polizisten.“

„Mach keine Witze. Kannst du mir sagen, wem?“

„Klar. Du kennst ihn wahrscheinlich. Tom Bookers neuer Hilfssheriff, Newt Hancock.“

Erica fuhrwerkte im Hintergrund mit den Töpfen, und ich ging mit dem schnurlosen Telefon nach draußen. Martha hatte die Geräusche gehört. „Hast du Gesellschaft?“

„Hm. Ja, eigentlich schon.“ Ich hatte ihr von Tommys Überfall berichtet, den Teil über Erica aber weggelassen. Nun mußte ich damit rausrücken. Wie nicht anders zu erwarten, fing Martha an zu glucksen. „Was ist los?“ fragte ich.

„Das weißt du verdammt gut. Spült sie das Geschirr oder ist sie nur beim Möbelrücken?“

„Sehr witzig, Martha. Sie ist hier, weil sie sich verfolgt fühlt, und nach dem, was Tommy zugestoßen ist, sind wir lieber vorsichtig.“

„Hm, hm." Ich kannte diese Töne. Martha konnte sich kaum das Lachen verkneifen. „Bleibt sie über Nacht?"

„Martha!"

„Nun?"

„Wenn sie bleibt", sagte ich fast flüsternd und ging weiter auf die Veranda, „dann im Gästezimmer."

„Hm, hm", murmelte sie wieder. „Hör zu, Schätzchen, ich hab's eilig, aber ich will alles erfahren, jedes Detail, und zwar bald!"

Irgendwie wußte ich, daß sie nicht Tommys Unglück meinte. Wir verabredeten uns für Mittwoch zum Lunch, dann ging ich ins Haus und erzählte Erica die Neuigkeit.

„Du wirst es nicht glauben", sagte ich, „der Explorer gehört Newt Hancock. Meinst du, er ist Buck aus einem bestimmten Grund nachgefahren?"

„Ich weiß nicht. Schade, daß ich es nicht früher erfahren habe. Ich hätte ihn heute fragen können. Ich glaube, der Kerl hat eine Schwäche für mich."

„Du hast Hancock heute getroffen?"

„Ja. Er war am Hafen, als ich vom Krankenhaus kam. Hat mich sogar zu meinem Boot begleitet. Er war sehr bemüht, erkundigte sich nach Tommy und so, war aber wohl mehr an mir interessiert, wenn du weißt, was ich meine."

Ich wußte genau, was sie meinte, ich hatte Hancocks Schlafzimmeraugen selbst erlebt. Ericas auch, was das betraf. Wobei Hancock ihr das Wasser nicht reichen konnte.

Wir tauschten Theorien und Spekulationen aus, während des Abendessens und bis in die Nacht. Erica hielt ihr Versprechen, kümmerte sich um den Abwasch und machte mir keinerlei Avancen. Panic hielt es schließlich nicht mehr aus und streckte Pepper an der Tür zum Gästezimmer die Pfote hin. Gammon kuschelte sich demonstrativ in meinen Schoß, nur um die Besitzverhältnisse klarzustellen. Kurz, es war ein ganz wunderbarer Abend. Ich ging seltsam beschwingt zu Bett, und das hatte überhaupt nichts mit dem Wein zu tun.

9

Donnerstagmorgen wachte ich früh auf. Obwohl auf dem Wasser noch Nebel lag, war in ein paar Stunden ein herrlicher Tag zu erwarten. Seit ich das ganze Jahr über hier lebte, waren mir alle Anzeichen vertraut, die etwas anderes als Nieselregen erwarten ließen.

Ich erinnerte mich an Ericas Anwesenheit im Nebenzimmer und zog mir für den Weg zur Dusche einen selten benutzten Morgenmantel über. Panic rannte mit mir um die Wette zur Tür und ließ mich stolpern. Gammon, das gutmütige Fäßchen, blieb auf dem Bett ausgestreckt liegen. Ich hatte eben das Bad erreicht, da öffnete sich die Tür und Erica kam heraus, splitternackt.

„Oh", machte ich.

„Verzeihung. Ich dachte, du schläfst noch", sagte sie mit einem Lächeln auf den Lippen. Sie machte keine Anstalten, sich zu bedecken, sondern trat nach links, um mich vorbeizulassen. Gleichzeitig machte auch ich einen Schritt nach links, dann machten wir beide einen nach rechts, ein ungeschickter Versuch, uns gegenseitig den Vortritt zu lassen. Schließlich lachte Erica und hob beide Arme als Zeichen der Kapitulation. „Ich bleibe hier stehen. Geh du zuerst."

„Danke", sagte ich, wie üblich errötend. So sehr ich es auch versuchte, ich konnte unmöglich ignorieren, wie mich ihre vollen Brüste lockten. Mein Blick glitt an ihrem schlanken, drahtigen Körper entlang und blieb einen Moment an dem schimmernden schwarzen Dreieck unter der Bikinilinie hängen. Der Augenblick währte eine Ewigkeit, und tief in meinem Innern regte sich etwas, eine Sehnsucht, die nie ganz fort gewesen war. Ich schloß die Augen, ging an ihr vorbei und zog die Badezimmertür hinter mir zu. Ich stellte das Wasser mehrere Grade kühler ein, als es mir sonst angenehm war, und stieg in die Dusche, wobei ich mich bemühte, Ericas feuchten Körper aus dem Kopf zu kriegen und das sehnsüchtige Ziehen in meiner Körpermitte abzustellen.

Zu meinem Entzücken hatte Erica Kaffee und Frühstück hergerichtet. Über unsere Begegnung im Flur schwiegen wir beide. Dafür schmiedeten wir Pläne für den Tag, riefen Bart an, und bald schon fegten wir in meiner Seaswirl über den See. Wir trugen Wanderschuhe und Rucksäcke mit Ferngläsern und anderen notwendigen Sachen einschließlich meinem .45er Colt.

Bart öffnete uns und war bereits fertig zum Gehen. Er hatte sich auf unsere Bitte freigenommen und reparierte heute keine Zugmaschinen und Camper. Es gäbe zur Zeit sowieso nicht viel zu tun, sagte er. Er trug sein rotes Haar in einem Pferdeschwanz und sah mit der Baseballkappe, die er verkehrt herum aufgesetzt hatte, wie ein Schuljunge aus. Verblüffend, wie Buck durch seinen rasierten Kopf und das Gesichtspiercing die jugendliche Unschuld, die Bart verkörperte, verloren hatte. Es war aber nicht nur ihr Aussehen. Die Unterschiede lagen tiefer und spiegelten sich in ihren Augen. Bart hatte die lebhaften, vertrauensvollen Augen eines verspielten Welpen, während die von Buck an einen Rottweiler gemahnten. Doch ich erinnerte mich an das Foto in Bucks Schublade und wußte, daß es nicht immer so gewesen war.

„Er ist womöglich gar nicht da oben", sagte Bart und kletterte auf den Rücksitz meines Jeeps. „Ich habe ihn seit gestern früh nicht mehr gesehen, als er auf dem Sofa schlief, aber das heißt nicht, daß er die Nacht oben verbracht hat. Er könnte auch bei einem Mädchen sein." Bart klang nicht überzeugt.

„Wenn die Polizei erfährt, daß Buck Tommys Wohnung verwüstet hat, werden sie ihn auch des Überfalls verdächtigen. Es ist besser, wenn wir ihn vorher finden." Das hatten wir bereits besprochen, aber Bart hatte noch immer Vorbehalte, uns zu seinem Bruder zu führen. Einerseits wollte er die Wahrheit wissen, andererseits seinen Bruder schützen, um jeden Preis. Nach dem, was er mir über seine Vergangenheit erzählt hatte, war das ein vertrautes Muster. Bart hatte seine ganze Kindheit für Bucks Missetaten geradegestanden. Ich war mir nicht sicher, aber ich hatte das Gefühl, daß Bart seiner Rolle in dieser Beziehung überdrüssig war.

Außerhalb der Stadt fuhren wir auf einer alten Holzfällerstraße nach Nordosten. Sie war zerfurcht und wegen der wild wuchernden Brombeerbüsche an beiden Seiten kaum passierbar. Die Straße wand sich durch den nachgewachsenen Wald beständig in die Höhe, und bald lagen Cedar Hills und der Rainbow Lake weit unter uns.

„Gleich kann man den Ozean sehen", bemerkte Bart vom Rücksitz aus. „Schauen Sie nach hinten, wenn wir zur Lichtung kommen. Es ist ziemlich eindrucksvoll."

„Die Straße wird doch hoffentlich nicht noch schmaler, oder?" fragte Erica und beugte sich aus dem Beifahrerfenster. „Wir sind ganz schön nah am Rand."

„Wenn Hancocks Explorer es geschafft hat, schaffen wir es auch. Woher kennen Sie Newt Hancock, Sie und Buck?"

„Wir haben ihn ein paarmal gesehen, das ist alles."

„Das Auto, das Tommy hier bemerkt hat, gehörte ihm."

„Und das Schriftstück? Haben Sie das auch gefunden?"

Erica und ich hatten uns überlegt, ob wir Bart die Wahrheit sagen sollten. Erica meinte, wir sollten es noch geheimhalten, aber aus irgendeinem Grund hatte ich Vertrauen zu Bart. Ich sah Erica an, und sie zuckte die Achseln. Da erzählte ich ihm, was wir gefunden hatten.

„Sie glauben also nicht, daß es echt ist?" Er klang gleichzeitig enttäuscht und erleichtert. War es gefälscht, hatte Buck womöglich wirklich nur einen Streich gespielt. Aber ich bezweifelte inzwischen, ob Buck so etwas tun würde.

„Okay, hier geht's rauf", sagte er. „Ab jetzt wird die Straße ein wenig schwierig."

„Oh, fein", sagte Erica. Die Art, wie ihre Nase an der Windschutzscheibe klebte und ihre Augen in den Abgrund starrten, zeigte mir, daß ihr die Fahrt keinen großen Spaß machte. Die Straße wurde, wie angekündigt, immer schwieriger, und bald ging es nur noch im Schneckentempo vorwärts. Die Reifen wühlten sich durch Schlaglöcher und kämpften schwer um Halt. Ich wähnte uns schon am Ende der befahrbaren Strecke, da kamen wir auf einem Hügel plötzlich zum Stehen. Zwanzig Meter vor uns stand Bucks grüner Lieferwagen.

„Er ist oben", sagte Bart überflüssigerweise. „Wir können einfach hier warten, bis er zurückkommt. Das tut er sicher." Es hörte sich nicht an, als würde er gern hier herumhängen, und ich hatte genausowenig Lust dazu.

„Ist die Straße hier zu Ende?"

„Sie geht noch ein Stück weiter, ist aber kaum noch befahrbar, sogar für Vierradantrieb. Ab hier gehen wir besser zu Fuß. Wir steigen zu einem der Felsplateaus auf und suchen ihn mit dem Fernglas, das dürfte am erfolgreichsten sein." Bart hatte die Felsplateaus beschrieben, steinerne Plattformen hoch über dem Abgrund am Nordrand des Waldes. Von dort sei die Sicht grandios, versprach er, bis zum Ozean im Westen. „Das einzige Problem ist der Zugang."

„Fein", sagte Erica. „Noch ein schwieriges Stück. Es kann nicht schlimmer sein als das erste. Los, packen wir es an."

Das war es, was ich an Erica so liebte. Immer bereit für ein Abenteuer, selbst wenn sie verrückt war vor Angst. Ich erinnerte mich, ein wenig zu spät, daß Erica unter Höhenangst litt.

„Möchtest du lieber hier warten?" fragte ich.

Sie verdrehte die Augen und schulterte ihren Rucksack. „Geh, zeig uns den Weg."

So machten wir uns auf den Weg, der kaum erkennbar war, eher ein Wildwechsel als ein Pfad für Menschen. Mit Bart voran und Erica am Schluß kletterten wir die steile, gewundene Spur hinauf.

Das erste Felsplateau erklommen wir unter größter Anstrengung auf allen vieren. Wir keuchten, unsere Gesichter waren schweißgebadet.

„Hier sind wir richtig", sagte Bart und zog sich auf einen Felsen hinauf, der mehrere hundert Meter über der waldigen Schlucht emporragte. Das Felsplateau war etwas über einen Meter breit und etwa zehnmal so lang. Es war das erste von vielen, aus der Ferne sahen sie aus wie Trittsteine für Riesen. Wir ließen uns auf den kalten, harten Fels fallen und legten unsere Rucksäcke ab. Erica wühlte in ihrem und reichte uns je eine Plastikflasche mit Wasser. Bart spritzte sich erst Wasser über den Kopf, dann trank er gierig. Immer an guten Ideen interessiert, tat ich es ihm nach.

„Nicht schlecht hier, solange man nicht runterschaut", sagte Erica und rückte zum Rand. „O Gott! Sind wir hoch!"

„Toll, nicht wahr? Dort, sehen Sie nur!" Bart zeigte nach Westen, wo das gleißende Blau des Pazifischen Ozeans leuchtete.

„Ich weiß nicht, ob der Platz so günstig ist", sagte sie. „Wenn wir Buck von hier oben entdecken und runtergehen, finden wir die Stelle bestimmt nicht mehr wieder."

„Da muß ich widersprechen", sagte Bart. „Als ich kürzlich das Halstuch fand, habe ich mir ein System zurechtgelegt. Heben Sie ihre Hand hoch, wie ich es vormache." Er hob seine Hand und spreizte die Finger. „Suchen Sie sich jetzt einen Baum aus, irgendeinen, und bewegen Sie die Finger, bis sie fünf Bäume bedecken. Verstanden? Gehen Sie jetzt zu den nächsten fünf. So kann man ganz leicht die Entfernung messen. Ein Blick durch das Fernglas wird es bestätigen. Die Waldarbeiterstraße ist von hier oben gut zu sehen. Sie windet sich direkt durch den Wald. Buck wird nicht weit von der Straße entfernt sein. Wir müssen ihn nur finden und dann mit Hilfe der Finger die Strecke messen, die er von der Straße entfernt ist. Es gibt viele Anhaltspunkte, wenn man danach sucht. Hier, sehen Sie mal."

Bart reichte Erica das Fernglas, ich nahm meines. Plötzlich verstand ich, was er meinte. Die alte Straße war deutlich zu erkennen. Sie führte als häßliche braune Narbe im Zickzack zwischen den Bäumen hindurch.

„Wir suchen uns jetzt alle einen Merkpunkt. Sehen Sie die Stelle, wo nicht gerodet wurde und die Bäume doppelt so hoch sind? Fangen wir damit an." Er wartete, bis wir die Stelle gefunden hatten, ließ uns ein paar Übungen machen und unterwies uns noch mal im Gebrauch unserer Hände als Maßeinheit. Bald waren Erica und ich so geschickt wie Bart im Auffinden von Merkpunkten und konnten sie genau beschreiben und lokalisieren. Als wir uns der Sache sicher waren, teilten wir den Wald in Sektionen ein und suchten diese systematisch nach Anzeichen von Buck ab.

Bart hatte das Halstuch nicht wieder erwähnt; vermutlich wollte er die Fundstelle nicht verraten. Ich suchte genauso intensiv nach einem roten Farbfleck wie nach Buck, denn ich wollte wissen, was er tatsächlich gesehen hatte. Es war wohl kein Halstuch gewesen. Vielleicht ein Rotschwanzfalke oder der Rest von einem roten Luftballon an einem Zweig. Aber er war sich so sicher, daß ich meine Zweifel für mich behielt.

Nach fünf Minuten Suche fluchte Bart in sich hinein.

„Was ist los?"

„Es ist weg. Buck hat es wohl gefunden."

„Das Halstuch? Vielleicht ist es von hier aus einfach nicht zu sehen."

„Nein. Ich habe es mir genau eingeprägt. Ich bin mir sicher. Es ist weg."

Er seufzte, wischte sich die Stirn und nahm die Suche nach Buck wieder auf.

„Könnte es nicht etwas anderes gewesen sein?“ fragte ich vorsichtig. „Ein Rotschwanzfalke vielleicht?“

„Cass, ich weiß, daß Sie mich für verrückt halten, aber ich weiß auch, was ich gesehen habe. Es war ein rotes Halstuch.“

Obwohl die Sonne auf uns niederbrannte, kühlte der Wind unseren Schweiß, und der Fels war fast kalt. Es war anstrengend, das Fernglas so lange zu halten, und irgendwann waren auch meine Augen müde. Ich wollte eine Pause einlegen, da stieß Erica einen Schrei aus, der mich so erschreckte, daß ich beinahe das Fernglas fallen ließ.

„Ich hab' ihn!“

„Wo?“ fragten Bart und ich gleichzeitig. Ich setzte mein Fernglas an und folgte Ericas aufgeregten Anweisungen in unserem Zählsystem.

„Er klettert noch. Etwa acht Meter hoch. Schau! Ich glaube, er hält inne!“

Eben hatte ich die ferne Gestalt im Blick, die die riesige Föhre hinaufkletterte, da fluchte Bart.

„Was ist?“

„Es ist nicht Buck.“

„Das dachte ich mir“, sagte Erica. „Außer es sind ihm über Nacht Haare gewachsen.“

Es war schwierig, aus der Ferne Einzelheiten zu erkennen, aber ich konnte dunkle Kleidung ausmachen und, wie Erica bemerkte, dunkles Haar. Bucks Glatze hätte geglänzt wie ein Scheinwerfer.

„Er steigt wieder herunter“, sagte Erica.

„Kannst du ihn erkennen?“ fragte ich.

„Nur wenn er sich umdreht“, sagte Erica.

„Von hier aus nicht möglich“, fügte Bart hinzu. „Wow. Das ist ja sehr seltsam. Seht euch das an!“

„Er hat das rote Halstuch!“ sagte Erica.

„Ja, aber er holt es nicht runter vom Baum, sondern bringt es rauf.“

Wir beobachteten, wie die Person das rote Tuch an einem Ast befestigte, dann am Stamm entlang wieder hinunterkletterte und aus unserer Sicht verschwand.

„Versteh ich nicht", sagte Bart. „Warum sollte jemand –"

Er konnte seinen Gedanken nicht zu Ende bringen, weil ich ihn unterbrach. „Da ist sein Wagen!" Ich hatte den Fuß des Berges abgesucht, wo unser Auto stand, war dann der Straße gefolgt, an Bucks Lieferwagen vorbei bis zu einer Kehre. Ich konnte schwach eine Stoßstange erkennen und einen weißen Fleck unter den Bäumen.

„Ist er vor Buck dagewesen? Dann weiß Buck, daß er hier oben ist", sagte Bart.

„Nicht unbedingt", bemerkte ich. „Er kann auch nach Buck gekommen und an seinem Wagen vorbeigefahren sein, bis er nicht mehr weiterkam. Den Rest ist er dann vielleicht zu Fuß gegangen."

„Aber wer ist es?" fragte Erica. „Und was in aller Welt tut er?"

„Das werden wir rauskriegen", sagte ich. „Wenn wir uns beeilen, sind wir unten, bevor er seinen Wagen erreicht."

Eine ziemlich optimistische Einschätzung. Das Runterklettern erwies sich als schwieriger als das Raufklettern. Ericas Angst machte die Sache noch tückischer. Beim Aufsteigen konnte sie den Blick in den Abgrund vermeiden, beim Abwärtssteigen war das unmöglich.

„Geht ihr nur vor. Ich komme langsam nach", sagte sie tapfer.

Ich fragte mich, wie jemand trotz triefendem Schweiß und angstverzerrten Zügen so gut aussehen konnte.

„Klettern Sie ruhig weiter, Bart. Ich bleibe bei Erica."

„Okay." Er klang nicht sehr begeistert. „Was soll ich machen, wenn ich ihm begegne?"

„Hinhalten. Ein wenig plaudern. So tun, als wären Sie ein harmloser Wanderer. Ihn keinesfalls direkt darauf ansprechen. Sich das Nummernschild gut einprägen."

„Und wenn es ein Bekannter ist?"

„Um so besser. Zeigen Sie sich überrascht, aber nicht zu interessiert. Eine Begegnung zweier Wanderer. Keine große Sache."

Wir sahen Bart nach, der den Pfad hinuntereilte, dann wandte ich mich Erica zu.

„Es ist vielleicht besser, wenn du nicht nach unten schaust."

„Guter Vorschlag. Aber wir gehen nun mal nach unten, ich muß runterschauen."

„Weißt du was? Ich gehe voran, du trittst in meine Fußstapfen und fixierst nur fest meinen Hintern."

Erica lachte, trotz ihrer Angst. „Weißt du, wie lange ich auf diese Einladung gewartet habe?"

„Witzig, Erica. Du weißt, was ich meine. Los, komm."

Schritt für Schritt stiegen wir ab, wobei Erica ab und zu meine Schultern packte, um das Gleichgewicht zu halten. Wir waren schon fast unten, als sie plötzlich stehen blieb.

„Hey", sagte sie. Ich drehte mich um.

„Was ist los?"

„Danke." Sie beugte sich vor und berührte meine Lippen mit den ihren, leicht, sanft, nicht ganz unschuldig.

„Gern geschehen", sagte ich und merkte, wie die Schmetterlinge zum Flug ansetzten. Ich wollte einen Schritt zurücktreten, aber Erica zog mich an sich und wiederholte den Kuß. Jetzt reagierte ich, und plötzlich wurde aus der leichten Berührung ein heißer Kuß. Sie zog mich an sich, ich schmeckte sie, fühlte ihr Begehren. Am liebsten hätte ich sie auf den Waldboden gezogen und auf der Stelle geliebt.

Ich machte mich los, peinlich berührt von meinem hechelndem Atem und der Röte in meinem Gesicht.

„O Cass", sagte sie. „Wenn du wüßtest..."

„Pst", machte ich und legte meinen Finger an ihre Lippen. Schließlich wußte ich sehr wohl, und das machte mir fürchterliche Angst. Ich hatte mir geschworen, mich nie mehr in eine Frau wie Erica zu verlieben. Erst recht nicht mehr in Erica selbst. Ich hatte es gelobt! Und jetzt: Ein einziger Kuß, und ich schmolz dahin wie ein Teenager. „Los, gehen wir. Bart kann den Kerl nicht ewig hinhalten.“ Ich wandte mich ab und ging mit großen Schritten den Pfad hinunter, obwohl ich wußte, daß Erica mir nur schwer folgen konnte, aber ich wagte nicht, langsamer zu werden, um nicht meine Vorsätze zu vergessen und etwas Dummes zu tun, zum Beispiel sie zu bitten, zu mir zu ziehen.

Als wir zum Auto kamen, saß Bart auf der Kühlerhaube und grinste. Das Fernglas baumelte an seinem Handgelenk. Hatte er uns beobachtet?

„Nun?“ fragte ich leicht geniert.

„Der Typ war weg, als ich ankam. Er muß gerannt sein. Ich wäre ihm nachgefahren, aber die Schlüssel haben Sie.“

„Also was jetzt?“ fragte Erica.

„Möchten Sie noch immer auf Buckie warten?“

„Es war wohl nicht Ihr Bruder, der sich einen Scherz erlaubt hat“, meinte ich.

„Irgend jemand spielt ein seltsames Spiel, und Buck ist irgendwie darin verwickelt. Bevor wir diese Person nicht gefunden haben, werden wir auch nicht wissen, was mit Tommy passiert ist.“

„Dann suchen wir also den Kerl mit dem weißen Auto?“

„Dem schmutzigen weißen Auto“, stellte ich richtig. „Mit einem Aufkleber vom Automobilclub an der Stoßstange.“

„Hast du das gesehen?“ fragte Erica beeindruckt.

„Ich sah ein Stück von einem blauen Kreis. Da fällt mir nur der Automobilclub ein. Los, er kann nicht weit sein.“

Wir quetschten uns in den Jeep, und ich fuhr so schnell es die Straße erlaubte, sehr zu Ericas Mißfallen, das wußte ich wohl. Doch als ich sie von der Seite ansah, schien sie nicht so versteinert zu sein wie auf der Herfahrt. Vielleicht hatte die Kletterei ihre Höhenangst etwas gemildert. Vielleicht war es auch der Kuß.

Zurück in der Zivilisation, suchten wir die Straßen von Cedar Hills ab, in der Hoffnung, irgendwo ein schmutziges weißes Auto mit einem blauen runden Aufkleber an der Stoßstange geparkt zu sehen, vergeblich. Schließlich gab ich auf und lud beide zu einem Drink in Lizzies Kneipe ein.

10

Lizzies Kneipe heißt eigentlich Logger's Tavern, aber niemand nennt sie so. Ich bin mit Lizzie Thompson, einer großen, grobknochigen Frau, gut befreundet. Sie winkte uns herein und bedeutete einem Stammgast, zur Seite zu rücken, damit wir drei an der Bar Platz nehmen konnten.

„Wie immer?“ fragte sie Bart.

Er nickte, dann wandte sich Lizzie zu mir: „Ich habe eine Flasche Cabernet in Reserve und einen offenen Chardonnay, der seit etwa zwei Wochen im Kühlschrank steht.“

„Ich lechze nach einem Bier, Lizzie. Egal welche Marke.“

„Und Sie?“ fragte sie Erica und zwinkerte ihr zu.

Lizzie erinnerte sich offensichtlich an die Art meiner Beziehung mit Erica, als wir zum letztenmal zusammen in ihrem Lokal gewesen waren. Sie schien über mein Liebesleben informiert zu sein, und ihr Grinsen sollte wohl zeigen, daß sie sich über Ericas Rückkehr freute.

„Für mich auch ein Bier“, sagte Erica. „Wie geht es Ihnen, Lizzie?“

„Fünfhundert Dollar ärmer als heute morgen.“ Sie schenkte das Bier ein und stützte die Ellbogen auf die Bar, in Erwartung einer Rückfrage.

„Wie das?“ ging ich darauf ein.

„Das ist mein Eigenanteil an der Versicherung. Statt die zu informieren, hätte ich die Sache wahrscheinlich selbst billiger erledigt.“ Sie deutete mit dem Kinn auf eine geschwärzte Stelle an den Dachbalken.

„Du meinst den Brand im letzten Monat? Wird das jetzt erst geregelt?“ fragte ich. Das Bier war eiskalt und rann köstlich durch meine Kehle.

„Was ist denn passiert?“ erkundigte sich Erica.

„Das Lokal ist beinahe abgebrannt, das ist passiert“, ließ Bart sich vernehmen.

Lizzie nickte. „Ein im Kamin verstecktes Vogelnest hatte Feuer gefangen. Zumindest hat der Kaminkehrer das gesagt. Ich könne von Glück sagen, daß nicht schon früher etwas passiert sei, so schmutzig wie der Kamin war. Er sähe aus, als wäre er seit seinem Bau, vor etwa fünf Jahren, nicht mehr gereinigt worden. Und ratet, was ich heute erfahren habe?“ Lizzie machte eine erwartungsvolle Pause.

„Was denn?“ fragte Erica schließlich.

„Der Vorbesitzer hat eine Überwachungskamera in den Dachbalken hinterlassen. Der Versicherungsmensch hat sie gefunden. Eine gute Kamera, sagt er. Was ich nicht beurteilen kann. Ich frage mich, warum dieser aufgeblasene Kerl mir nichts davon gesagt hat.“

„Vielleicht wollte er sein Personal im Auge behalten, um nicht betrogen zu werden“, sagte Bart.

„Ja, aber der Versicherungsfachmann sagte, das Ding sei direkt auf die Bar gerichtet gewesen. Genau auf die Stelle, wo ihr jetzt sitzt.“

„Bist du sicher, daß dein Vorgänger die Kamera installiert hat?“

„Nun, ich war es bestimmt nicht. Ich kann kaum eine Instamatic bedienen. Warte, ich zeig dir das Ding.“ Sie verschwand hinter der Bar und kam mit einer silberfarbenen Videokamera zurück. „Ziemlich aufwendig für den alten Ed“, sagte sie.

„Lizzie, das ist eine Untertreibung. Das Ding ist auf dem allerneuesten Stand der Technik.“ Ich untersuchte den Apparat. „Wie lange gehört dir das Lokal? Zehn Jahre? Ich glaube nicht, daß Ed diese Kamera installiert hat."

„Wer dann?" Sie sah plötzlich besorgt aus. „Schließlich kommt hier niemand ohne mein Wissen rein, erst recht nicht an die Dachbalken. Kelly, die Freitags Dienst macht, ist die einzige mit einem Schlüssel."

„Vielleicht hat Kelly einen eifersüchtigen Freund, der sie während der Arbeit gern überwacht", sagte ich.

„Das ist doch krank", bemerkte Bart.

„Ja, aber denkbar. Sie wird den Schlüssel wohl nicht über Nacht in ein Safe legen, oder? Es kann ihn also jemand in die Finger kriegen."

„Sie hat nicht mal einen Freund", versicherte Lizzie, die nicht glauben wollte, daß jemand in ihr Heiligtum eingedrungen war.

„Wie steht es mit Handwerkern? Oder Lieferanten? Wäre es möglich, daß jemand dran kam, während du vor Lokalöffnung im Hinterzimmer beschäftigt warst?"

Lizzie schüttelte den Kopf und sah immer entsetzter aus. „Ich werde Mittwochs beliefert, am Hintereingang. Sie kommen gar nicht bis hier. Und seht euch doch um, es macht nicht den Eindruck, als wären Handwerker dagewesen."

„Und was ist mit dem Kaminkehrer? Nach dem Brand?"

Lizzie kniff die Augen zusammen, wollte etwas sagen, schürzte dann aber nachdenklich die Lippen. „Das ist möglich. Unlogisch zwar, aber möglich."

Es waren in letzter Zeit viele unlogische Dinge passiert. Warum sollte Lizzie ausgenommen sein, dachte ich. Aus irgendeinem Grund richteten sich die Härchen an meinen Armen auf, oft das Vorzeichen einer plötzlichen Erkenntnis. Als wüßte ich, daß ich etwas weiß, ohne zu wissen, was. „Wer hat den Kamin gekehrt?" fragte ich und versuchte, mich zu konzentrieren.

„Guy Waddell. Kennst du ihn? Gelegenheitsarbeiter. Lebt am See bei Professor Cathwaite. Er hat mir vor kurzem den

Elektroherd zu Hause repariert. Einmal im Monat holt er die Getränkebestellung für die Cathwaites ab."

Ich zog eine Augenbraue hoch, und sie erläuterte: „Sie feiern häufiger Parties. Ich weiß auch, daß der Professor jede Woche eine Wettgemeinschaft bei sich hat. Jedenfalls ist es einfacher für sie, direkt am Dock einzuladen, als die Getränke im Laden zu kaufen. Sie sind nicht die einzigen, die bei mir kaufen. Bei gleichen Preisen bin ich für Leute ohne Straßenanbindung die bequemere Lösung. So habe ich jedenfalls Guy kennengelernt. Er kommt auch gelegentlich auf ein Bier vorbei."

Irgend etwas irritierte mich, aber ich war so auf Guy Waddell konzentriert, daß ich erst nach einer Minute begriff, was es war. Plötzlich kam mir die Erleuchtung.

„Ist Ginny Cathwaite die Frau des Professors?" fragte ich. Ginny Cathwaite hatte nach Tommy das Buch über den Schatz am Rainbow Ridge ausgeliehen.

„Ja. Eine selbstbewußte Person. Forsch und scharfzüngig. Sie kommandiert diesen Guy wie ihren persönlichen Sklaven herum."

„Und wann hat Guy den Kamin gefegt?"

„Am Sonntag direkt nach dem Brand. Er meinte, das sei eine so schmutzige Arbeit, daß sie nicht während der Öffnungszeit erledigt werden könne. Ich ließ ihn gegen zehn Uhr rein und kam nach etwa einer Stunde wieder. Da war er immer noch dabei, rußig von Kopf bis Fuß."

„Was hältst du davon, Cass?" fragte Erica. Ich hob die Hand und versuchte, mich zu konzentrieren.

„Und wie lange ist das her?"

„Etwas mehr als einen Monat."

Kurz zuvor hatten die Frau des Professors und ein alter bärtiger, gutgekleideter Mann die Bücher ausgeliehen. Kurz danach trafen Tommy und die Bailey-Brüder einen alten bärtigen Mann in Lizzies Bar, der ihnen eine lange Geschichte über den verlorenen Schatz erzählte. Ich hatte das Gefühl, einzelne Teile eines Puzzles zu betrachten, ohne mir das Bild vorstellen zu können. Ich wandte mich an Bart:

„Wo habt ihr gesessen, als ihr den Alten hier kennengelernt habt?"

„Hier, an unserem Stammplatz. Er saß da, auf Ihrem Platz. Und wissen Sie was? Ich glaube mich zu erinnern, daß auch Guy Waddell im Lokal war. Aber er war meistens am Billardtisch drüben. Warum?"

Ich beschrieb Lizzie den alten Mann und fragte sie, ob sie sich an ihn erinnere.

„An dem Abend hatte Kelly Dienst. Aber er klingt mir überhaupt nicht bekannt. Ein neu Zugezogener vielleicht. Was hat der alte Mann mit Guy Waddell zu tun, und warum sollte Guy eine Kamera an meinen Dachbalken installieren?"

„Ich weiß es nicht, Lizzie. Darf ich die Kamera mal ausleihen?"

„Klar, Cass. Der Versicherungsmann sagte, daß sie nur mit einem anderen Teil zusammen funktioniert. Die Kamera allein ist nutzlos. Nicht, daß ich verstünde, wie das geht."

Ich verstand sehr wohl. Irgendwo beobachtete irgendwer am heimischen Bildschirm, was an Lizzies Tresen vorging. Wenn nicht Guy Waddell selbst, dann kannte er zweifellos diese Person. Der Professor? Seine Gattin? Der alte Mann? Wenn ich auch nicht die Antworten kannte, so wenigstens die richtigen Fragen. Wobei die wichtigste lautete: Warum um alles in der Welt gab jemand einen Furz darauf, was an Lizzies Tresen geschah? Ich hatte das Gefühl, daß mir die Antwort, wenn ich sie finden sollte, nicht gefallen würde.

Ich kippte mein Bier runter und stellte Lizzie eine letzte Frage, wobei ich mir die Daumen drückte: „Wie zahlen die Cathwaites ihre Rechnungen? Bar, mit Kreditkarte, oder wie?"

„Nun, meist unterschreibt Mrs. Cathwaite den Lieferschein, während Guy das Boot belädt. Ich schicke ihnen die Rechnung per Post, sie zahlen monatlich mit einem Scheck. Immer pünktlich, muß ich sagen."

„Du hast nicht zufällig einen Scheck greifbar, oder?"
„Nein, aber den letzten Bestellzettel. Wie wär's damit?"
Ich nickte, und sie ging ihn holen. Nach ein paar Minuten kam sie zurück und reichte mir ein Stück Papier.
„Oh, oh!" sagte ich.
„Was?" fragten alle drei gleichzeitig.
„Wetten, daß Mrs. Cathwaite dominierend und unsensibel ist."
„Wieso?" fragte Bart.
„Weil der Querstrich ihres Ts breiter ist als der Längsstrich."
„Und?" fragte Lizzie.
„Das Stück Papier", sagte Erica. „Die Frau des Professors hat Tommys Schriftstück gefälscht!" Sie war ebenso aufgeregt wie ich.
„Ich komme nicht mit", beklagte sich Lizzie.
„Erklär ich später." Ich nahm die Kamera an mich. „Bart kann trinken, soviel er möchte, geht auf meine Rechnung."
„O nein. Ich komme mit." Bart stand auf und sah uns herausfordernd an.
„Also gut. Gehen wir. Lizzie, sobald ich was rauskriege, erfährst du es als erste."
„Ja, gut." meinte sie, offensichtlich eingeschnappt, aber für Erklärungen war keine Zeit. Ich ging zu meinem Jeep, Erica und Bart mir auf den Fersen.

11

Bei mir angelangt, sprangen Bart und ich sogleich in den See, um den Staub der Wanderung abzuwaschen. Erica ging lieber unter die Dusche. Dann breiteten wir uns auf der vorderen Veranda aus und tranken kaltes Bier. Barts Anwesenheit war mir im Grunde nicht unangenehm. Sie verhinderte, daß ich Gefühle auslebte, die ich mir nicht eingestehen wollte – Gefühle, die sich weigerten, an dem ihnen von mir zugewiesenen Platz zu bleiben. Bart war eine Barriere, aber ich mochte ihn auch. Ich verstand, was Tommy und ihn verband. Sie waren beide ehrlich, gutmütig und großherzig. Im Moment kicherte Bart wie ein kleiner Junge.

„Soll ich es ihm erzählen?"

„Ach, ich weiß nicht, Bart", sagte Erica. „Wenn Sie es ihm nicht sagen, klettert er womöglich Tag für Tag auf die Bäume und jagt gefälschten Schriftstücken nach."

Bart kicherte wieder.

„Ja, das wäre schade", pflichtete ich bei. „Der arme alte Buck hat sich die Bäume raufgequält, nicht wissend, daß es nie einen Schatz gegeben hat."

Bart versuchte, den Lachanfall unter Kontrolle zu bringen, es fiel ihm schwer. „Wäre nicht nett von mir", sagte er.

„Nein", stimmte ihm Erica zu. „Der arme Buckie."

„Irgendwie geschähe es ihm recht", sagte ich.

Bart lachte hemmungslos. „O ja, das geschähe ihm recht." Offensichtlich gefiel ihm der Gedanke, seinen Bruder auszutricksen. „Aber lange könnte ich es nicht für mich behalten. Ein paar Tage vielleicht."

„Richtig", sagte Erica.

„Eine Woche längstens."

„Bestimmt nicht mehr als einen Monat", sagte ich.

„Junge, das gibt einen Spaß!" sagte Bart.

Bart würde es nicht lange aushalten, dachte ich bei mir. Ich gab ihm einen Tag, vielleicht zwei, dann würde ihn das schlechte Gewissen zum Reden bringen.

„Hey, Bart. Was ich mich schon länger frage, haben Sie außer Buck noch mehr Geschwister?"

Ich hatte Buck von meinem Besuch in ihrer Wohnung nichts gesagt, er konnte nicht wissen, daß ich das Foto gesehen hatte.

„Ich habe nur diesen Bruder“, sagte er. Er lag noch immer auf dem Sofa ausgestreckt, aber sein Körper wurde steif und seine Stimme ernst. Ich fragte mich, was mit dem Mädchen auf dem Bild geschehen war. Die Stille war beklemmend. Schließlich richtete er sich auf. „Wir hatten eine Schwester, aber sie ist gestorben.“

Ich dachte an die kleine Shirley Temple in Bucks Armen und seinen entzückten Blick. „Was ist passiert?“

„Eine lange Geschichte“, sagte er. Er sah mich an, Tränen in den Augen, trank dann einen Schluck aus der Flasche und starrte hinaus auf den See. „Mein Vater hat meine Mutter mit einem Nachbarn im Bett überrascht. Er hat erst ihn, dann sie zusammengeschlagen, dann hat er Leslie gepackt und ist mit ihr abgehauen.“

Er hielt inne, als wäre das Erklärung genug.

„Euer Vater hat eure Schwester gekidnappt?“

„Er hat es versucht. Buck und ich kamen von der Schule nach Hause, da sahen wir ihn wegfahren. Leslie drückte sich ans Fenster und schrie um Hilfe, und wir sahen, wie mein Vater sie ohrfeigte. Buck war immer tapferer als ich, hatte aber dennoch Angst vor meinem Vater. Doch als er sah, wie er Leslie schlug, wurde Buck wild. Er rannte hinter ihnen her, schrie, er solle sie rauslassen. Er hatte sie fast erwischt, weil an der Ecke eine Ampel war. Doch als mein Vater Buck näherkommen sah, gab er Gas und schoß über die Kreuzung. So ist Leslie gestorben.“

Er holte tief Luft, und ich merkte, daß er kaum geatmet hatte, während die Worte aus ihm hervorbrachen. Auf seinen Wangen standen rote Flecken, und seine Augen waren naß.

„Und Ihr Vater?“

„Sie sind beide bei dem Unfall umgekommen. Ich wollte, er hätte überlebt, so sehr ich ihn auch haßte. Dann hätte Buck meinen Vater beschuldigen können, statt...“ Seine Stimme erstarb.

„Statt wen, Bart?“

„Statt sich selbst die Schuld für den Unfall zu geben. Es ist schwer, einen Toten zu hassen. Verstehen Sie?"

Ich verstand. Buck hatte Wut und Haß, die er auf seinen Vater hatte, gegen sich selbst gerichtet. Bart hatte an einem Tag seine kleine Schwester, seinen Vater und genaugenommen auch seinen Zwillingsbruder verloren. Buck war zu einer wandelnden Zeitbombe geworden, und Bart hatte all die Jahre danach versucht, ihn an der Selbstzerstörung zu hindern.

„Da tragen Sie eine ziemlich schwere Bürde", sagte Erica.

Bart runzelte die Stirn. „Wie meinen Sie das?"

„Sie wissen, was ich meine, Bart. Sie lassen Buck auf sich herumtrampeln, um ihn nicht auch noch zu verlieren und dann ganz allein zu sein."

Bart starrte sie kopfschüttelnd, mit weit aufgerissenen Augen an. „Nein, Sie verstehen nicht. Buck hat wenigstens versucht, ihn aufzuhalten. Er hat wenigstens etwas getan! Ich habe Buck nur nachgebrüllt, stehen zu bleiben, weil ich Angst hatte, mein Vater würde wenden und uns über den Haufen fahren! Ich war ein Feigling, und Buck weiß das. Er glaubt, daß ich ihn für den Unfall verantwortlich mache. Aber das tue ich nicht. Habe ich nie getan. O Gott. Es ist so verdammt kompliziert, mir wird ganz schlecht."

Bart hatte die Arme um die Knie geschlungen und schaukelte vor und zurück.

„Haben Sie mal mit jemand darüber gesprochen?" fragte ich leise.

„Sie meinen mit einem Therapeuten? Ja, früher, in der Schulzeit. Buck weigerte sich. Mutter wollte ihn dazu zwingen, aber damals war Buck schon zu nichts mehr zu zwingen. Besonders nicht von ihr. An dem Unfall gab er sich die Schuld, aber ihr nahm er die Affäre übel. Niemand von uns hat diesen Tag überlebt, wenn Sie es genau wissen wollen. Ich verstehe das Ganze besser, als Sie denken. Ich weiß bloß nicht, wie ich es ändern könnte."

„Haben Sie jetzt, als Erwachsener, daran gedacht, sich wieder Rat zu holen?“

Er blickte mich an, kniff die Augen zusammen und nickte. „Ja, schon. Aber außer Tommy und Ihnen habe ich niemand davon erzählt, abgesehen von dem Psychologen in der Highschool. Für Anfängerinnen sind Sie nicht schlecht. Ich fühle mich wirklich ein bißchen besser.“ Er grinste, aber ich wußte, daß der Schmerz unter der Oberfläche schwelte.

„Ich gebe Ihnen die Nummer einer guten Therapeutin“, sagte ich, an Maggie denkend. Ich übersah Ericas hochgezogene Augenbraue bei dieser Bemerkung, ging ins Haus und ließ die beiden auf der Veranda zurück.

Durch das Fenster konnte ich beobachten, wie sie sich unterhielten, und wußte, daß sie das Thema gewechselt hatten, denn sie lachten gelegentlich. Ich suchte Karteikarten, Papierbögen, Klebeband und Farbstifte zusammen, befestigte die Papierbögen am Wohnzimmerfenster und fing an, Notizen auf die Karten zu schreiben. Als Bart und Erica schließlich kamen, um nach mir zu sehen, hatte ich je sechs Karten in zwei Reihen untereinander auf das Papier geklebt. Eine Reihe unter der Überschrift *Fragen,* die andere unter *Antworten*.

„Was machen Sie denn da?“ fragte Bart, jetzt wieder ganz freundlich.

„Ich versuche, System in das Durcheinander zu bringen. Was sonst.“

Unter *Fragen* hatte ich geschrieben: *Wer hat Tommy überfallen und warum? Warum hat Ginny Cathwaite das Schriftstück über den verlorenen Schatz verfaßt? Was hat Newt Hancock am Rainbow Ridge gesucht? Wer hat falsche Spuren an den Bäumen befestigt und warum? Wer war der alte Mann in der Bibliothek? Wer war der alte Mann in der Kneipe? War es die gleiche Person? Hat Guy Waddell die Videokamera in Lizzies Taverne versteckt. Wenn ja, wer hat das Video angeschaut? Wer ist Erica gefolgt und warum? Was haben Hancock, Guy, der alte Mann und Ginny Cathwaite gemeinsam?*

„Das ist die Kernfrage", sagte Erica und deutete auf die letzte Zeile.

„Gut möglich."

„Fehlen nur noch die Antworten", bemerkte Bart spitz.

„Da seid ihr gefragt. Wir machen ein Spiel. Macht es euch bequem, Leute."

Wir breiteten uns im Wohnzimmer aus und machten uns ans Brainstorming.

„Was immer euch einfällt", sagte ich. „Nicht lange nachdenken. Einfach losquatschen. Fangen wir an. Warum wurde Tommy überfallen? Jeder Vorschlag wird angenommen."

„Jemand wollte die falsche Fährte wissen", sagte Bart.

„Um an das Foto von Hancocks Wagen zu kommen."

Ich warf Erica einen Blick zu, dann kritzelte ich die Antworten eilig auf die Karten. „Was hat Hancock da gesucht?"

„Er hat Buck nachspioniert. Vielleicht dachte er, Buck hätte was vor."

Erica schüttelte den Kopf: „Nein, ich wette, irgendwie ist er in die Sache verwickelt. Vielleicht legt er die falschen Fährten."

„Er fährt einen schwarzen Explorer. Der Typ im Baum hatte ein weißes Auto", sagte ich.

„Vielleicht wechseln sie sich ab", sagte Bart.

Ich beschrieb blitzschnell meine Karteikarten. „Sehr gut, ihr Lieben. Okay. Welche Rolle spielt Mrs. Cathwaite?"

„Sie schikaniert Guy Waddell. Er arbeitet für die Cathwaites und hat auf deren Anweisung die Videokamera da oben installiert."

„Gut, Erica. Warum?"

Beide sahen mich ratlos an.

„Nicht nachdenken. Einfach rausplatzen."

„Sie ist pervers. Sie liegt im Bett und sieht zu, wie sich fremde Männer an der Bar betrinken", sagte Erica verlegen.

Bart kicherte. „Sie macht Filme. Nur daß die Akteure nicht wissen, daß sie gefilmt werden. Wie bei der *Versteckten Kamera.*“

Ich hörte auf zu schreiben und starrte Bart an.

„Ich weiß, ich weiß. Aber wir sollten doch einfach alles rausquatschen.“

„Weiter. Das ist wirklich gut. Was für Filme?“

„Dokus“, sagte Erica. „Über das Kleinstadtleben.“

„Langweilig“, lachte Bart.

„Vielleicht sind sie zu langweilig, und sie inszeniert Ereignisse.“

„Zum Beispiel?“ fragte Erica.

„Den Alten in der Bar zum Beispiel. Vielleicht war er eingeschmuggelt?“

„Ich kapier’s nicht“, sagte Bart.

„Okay. Nehmen wir an, der Alte war ein Schauspieler. Er geht in die Bücherei, macht seine Recherchen, dann ins Lokal und sagt seinen Part auf. Die Kamera nimmt alles auf, und ohne es zu wissen, seid ihr Teil eines Spiels.“

„Langweilig!“ sagte Bart noch einmal.

„Eigentlich nicht, Bart“, meinte Erica. „Überlegen Sie. Die Erzählung des Alten hat eine Menge in Bewegung gesetzt. Ihr Bruder hat versucht, Sie zu hintergehen, Tommy hat versucht, Buck damit zu konfrontieren, Hancock folgte Buck zum Rainbow Ridge, Tommy wurde überfallen. Langweilig keineswegs.“

„Angenommen, es ist nur ein Spiel, warum hat jemand versucht, Tommy umzubringen? Ich weiß nicht, aber die Geschichte scheint mir reichlich weit hergeholt. Haltet ihr Hancock auch für einen Schauspieler?“ fragte Bart.

„Denken wir mal kurz in eine andere Richtung. Was haben Hancock, Guy und der alte Mann gemeinsam?“

Sie dachten nach, kamen aber zu keinem Ergebnis.

„Gut, dann tragen wir zusammen, was wir wissen. Zuerst der Alte.“

„Er war sterbenskrank", sagte Bart.

„Er *sagte,* er sei sterbenskrank", berichtigte Erica. „Wenn wir davon ausgehen, daß er geschauspielert hat, könnte das zum Stück gehören. Wenn aber der Mann, den die Bibliothekarin beschrieben hat, auch der Mann in der Bar war, dann wissen wir etwas über sein echtes Wesen, vorausgesetzt, er hat in der Bibliothek nicht auch Theater gespielt."

„Richtig", sagte ich. „Gut gekleidet. Wohlhabend. Sie tippte auf einen pensionierten Arzt. Einer, der Shakespeare liest."

„Intellektuell", sagte Erica.

„Reich", fügte Bart hinzu.

„Jetzt eine Beschreibung von Hancock", sagte ich fleißig notierend.

„Eitel. Ein Frauenheld. Falsch", sagte Erica.

„Gut gekleidet?" sekundierte ich.

„Und ob. Dazu gut betucht."

„Dann haben sie also etwas gemeinsam!" sagte Bart.

„Ja, vielleicht haben sie sich im Kaufhaus Nordstrom getroffen?" scherzte Erica.

„Okay, schon gut. Weiter. Was wissen wir über Guy?"

„Nicht gut gekleidet", sagte Bart. „Ich habe ihn immer nur in Jeans und T-Shirt gesehen. Ein hagerer Kerl, aber kräftig."

„Gelegenheitsarbeiter, wohnt aber bei den Cathwaites. Vielleicht hat er was mit Mrs. Cathwaite?" überlegte Erica.

„Und was ist mit Mr. Cathwaite? Welche Rolle spielt er?"

„Er ist Professor", sagte ich, wobei mir ein Gedanke kam. „Ich glaube, er war im Park, als Tommy überfallen wurde. Erinnert ihr euch an den Mann, der sein T-Shirt auszog und es Booker reichte? Booker sprach ihn mit Professsor an. Möglich, daß er es war."

„Ich erinnere mich an ihn", sagte Erica. „Gelbes Tennishemd."

„Er ist reich, nicht wahr?" fragte Bart. „Er und Hancock und der Alte, alle drei haben Geld."

„Guy nicht", gab Erica zu bedenken.

„Guy arbeitet aber für den Professor, stimmt's?"

„Stimmt." Was nun? Wir überlegten.

„Ich glaube, wir sind in einer Sackgasse", meinte Bart schließlich.

„Wir müssen rausfinden, wem das weiße Auto gehört", sagte ich zu ihm. „Könnten Sie vielleicht noch einen Tag frei nehmen?"

„Soll ich das rausfinden?"

„Die Stadt ist nicht groß. Es ist den Versuch wert."

„Er könnte allerdings auch in Kings Harbor wohnen."

Ich sah ihn an. Pessimismus half uns jetzt nicht weiter.

„Schon gut, schon gut. Ich übernehme die Sache."

„Fein. Erica, könntest du dich an Newt Hancock ranmachen?"

„Soll das ein Witz sein? Das Problem besteht nicht im Ranmachen, sondern im Fernhalten."

Bart lachte.

„Na gut, was soll ich rauskriegen?" fragte Erica.

„Alles, was möglich ist, ohne aufzufallen. Ob er die Cathwaites kennt. Ob er Guy kennt. Was er in Rainbow Ridge suchte. Alles, was seine Rolle in dieser Angelegenheit erklären könnte. Sei aber vorsichtig! Er darf keinesfalls merken, daß er ausgehorcht wird."

„Keine Sorge. Oh, Newt. Sie haben aber schöne Bizeps. Könnte es sein, daß Sie die beim Klettern am Rainbow Ridge erworben haben?"

„Es wird dir schon was einfallen."

„Und was wirst du übernehmen?"

„Alles über den guten Professor rausfinden. Seine Frau fälscht das Schriftstück, sein Helfer installiert das Überwachungssystem in Lizzies Bar, beim Überfall auf Tommy ist er im Zentrum des Geschehens. Ich denke an das Hemd, das er angeboten hat. Warum? Wollte er in Tommys Nähe sein, damit er nur ja nichts aussagt?"

„A propos Tommy, wir sollten anrufen", sagte Erica.

Wir sahen einander schuldbewußt an. Für einen Augenblick hatten wir den Grund für unsere Nachforschungen ganz vergessen. Während Bart und Erica telefonierten, klebte ich Zettel auf den Papierbogen, trat einen Schritt zurück und fragte mich, ob uns die kreative Sitzung der Wahrheit nähergebracht oder auf eine völlig falsche Fährte geführt hatte. Sie kamen mit grimmigen Gesichtern zurück.

„Keine Veränderung“, sagte Erica. „Tommy liegt noch immer im Koma.“

12

Am Mittwochmorgen wachte ich im leeren Haus auf und fühlte mich erleichtert. Erica hatte sich sicher genug gefühlt, um wieder nach Hause zu gehen, und Bart war bereit gewesen, auf ihrem Sofa zu schlafen – nur für den Fall. Aber eigentlich fürchtete er sich wohl vor der Begegnung mit Buck in seiner Wohnung. Wie auch immer, die Katzen waren froh, daß sie Pepper los waren, und ich lief nicht Gefahr, im Flur einer nackten Erica zu begegnen.

Nachdem ich Panic und Gammon gefüttert hatte, absolvierte ich mein tägliches Fitnesstraining, goß die Blumen hinterm Haus, zupfte im Gewächshaus ein wenig Unkraut und machte mir dann ein kleines Frühstück. Um neun Uhr war ich bereit, den Tag anzugehen.

Das städtische College von Kings Harbor liegt auf einem der schönsten Grundstücke der Küste von Oregon. Durch die Zedern und Föhren, die auf den mächtigen Sanddünen an der Westseite des Campus stehen, blinkt der Pazifische Ozean. Ich habe mal einen Monat dort eine Studentin der Theaterwissenschaft gemimt und kenne die Gebäude und das Gelände des Campus. An diesem Morgen parkte ich vor der Verwaltung, um mir ein Verzeichnis der Sommerkurse und eine Namensliste des Lehrkörpers zu besorgen.

Der zufolge hatte Professor Cathwaite einen Doktortitel in Verhaltenswissenschaften der Universität von New York und den Master der Psychologie der Universität Boston. Ich wunderte mich, daß ein Absolvent der großen Ostküstenuniversitäten bei uns im abgelegenen Westen an einem Kleinstadtcollege unterrichtete. In diesem Sommer gab er nur einen sozialwissenschaftlichen Grundkurs für Anfänger, von Dienstag bis Donnerstag jeweils von 11 bis 12 Uhr. Wenn ich mich beeilte, konnte ich in der Bibliothek einen Blick in seine Dissertation werfen, dann im Hörsaal den Mann in Aktion erleben, und mich anschließend mit Martha zum Mittagessen treffen.

In der kleinen, gut bestückten Collegebibliothek herrschte eine angenehm entspannte Atmosphäre. Der Bibliothekar, ein junger Schwuler, verhalf mir gern zu Professor Cathwaites Dissertation sowie zu einem Buch, das er zusammen mit einem hiesigen Kollegen namens Kip Cage verfaßt hatte. Ich nahm die beiden Bände mit zu einem gepolsterten Lesesessel und machte mich auf eine zähe, langweilige Dosis akademischen Kauderwelschs gefaßt.

Zu meiner Überraschung war die Lektüre alles andere als zäh und langweilig. Professor Cathwaite konnte nicht nur schreiben, er vertrat auch ziemlich avantgardistische Ideen, worauf schon der Titel seiner Doktorarbeit hinwies: *Vorhersage menschlichen Verhaltens: Eine Studie über Wahrscheinlichkeit und Charaktereigenschaften.* Erst überflog ich die Seiten, doch schon bald war ich gefesselt und las jedes Wort. Als ich halb durch war, legte ich die Dissertation zur Seite und nahm das Buch des Professors zur Hand. Der Titel *Freier Wille?* machte mich noch neugieriger als die Dissertation. Ich ging das Inhaltsverzeichnis durch und stellte fest, daß das Buch eine Erweiterung und Fortentwicklung der früheren Thesen war.

Er begann mit der kühnen Feststellung, daß die meisten Leute zwar glaubten, Herr über die eigenen Handlungen zu sein, in Wirklichkeit aber Opfer von Wahrscheinlichkeit und Sklaven ihrer Natur waren. Dann widmete er mehrere Kapitel der Gewichtung von Veranlagung und Erziehung, verließ anschließend die Kontroverse und behauptete, es sei egal, wie ein Mensch zu seinen Charaktereigenschaften komme. Als Erwachsener sei jeder, seiner Meinung nach, in vorhersagbaren Mustern gefangen, und alle Handlungen in fast allen Situationen seien vorbestimmt.

Um seine Theorie zu untermauern, hatte er ein ahnungsloses Seminar von Studierenden im Examenssemester herangezogen. Er bestimmte mit Hilfe des Rorschach- und des Stanfod-Binet-Tests deren IQ und stellte mit einer Handschriftenanalyse ihre Persönlichkeitsmerkmale fest, um dann die Reaktion jeder Person auf verschiedene Stimuli im Laufe des Semesters genauestens vorherzusagen. Meine Härchen an den Armen und im Nacken sträubten sich heftig, als ich las, daß er vorsätzlich ein Feuer im Hörsaal gelegt hatte, um zu beweisen, daß bestimmte Studierende auf diesen Notfall erwartungsgemäß reagierten. Er ließ ferner vorsätzlich Prüfungsantworten offen herumliegen, um zu belegen, daß bestimmte Studierende schwindelten und andere nicht – die Liste war lang.

Als ich mit einem Gefühl entsetzter Faszination die Seiten durchblätterte, kam mir immer wieder das Überwachungsgerät in Lizzies Bar in den Sinn und wie es die Reaktionen von Tommy, Bart und Buck auf die Geschichte des Alten über den verlorenen Schatz aufzeichnete. Waren sie Material für das nächste Buch dieses Mannes? Oder ging es um etwas ganz anderes? Wie dem auch sei, wenn es der Professor war, der heimlich im Lokal Filmaufnahmen machte, dann war etwas schrecklich schief gegangen, und Tommy steckte mittendrin. Ich sah auf die Uhr und rannte zum Hauptgebäude in Professor Cathwaites 11-Uhr-Vorlesung.

Ich kannte ihn vom Fest im Park, das war mir sofort klar. Groß und schlank, mit einem gut getrimmten, an den Enden weißen Bart, modisch kurzem Haarschnitt, grauen Schläfen und grauen, durchdringenden Augen. Er war leger gekleidet, helle Hose, braune Lederslipper und ein hell orangefarbenes Polohemd. Er stand am Lesepult vor dem nur halb vollen Saal. Die Anwesenden jedoch lauschten gebannt seinem Vortrag, und schon bald war auch ich von der Begeisterung des Professors angesteckt.

Ich hoffte, ihn über das Thema seines Buches sprechen zu hören, aber er besprach eine häusliche Lektüre des Vortags, einen Artikel über Genderentwicklung und sexuelle Neigungen. Männer und Frauen schienen von seiner Ansicht in gleicher Weise erschüttert zu sein: Es sei durchaus vernünftig anzunehmen, daß in einer anderen Gesellschaft, mit anderen gesellschaftlichen Normen, die große Mehrzahl der Anwesenden bisexuell wäre.

Die Zuhörenden waren schockiert, er schien das zu genießen und stachelte sie zu einem Streitgespräch an. Eigentlich, überlegte ich, stand seine Vorlesung im Widerspruch zu seiner These über den freien Willen, da verkündete er der Klasse, daß ihre schockierte Reaktion vollkommen vorhersehbar war. Einen Augenblick wurde es ganz still, als kuschten die Studierenden vor dieser Beleidigung.

„Wer setzt meiner These etwas entgegen?“ reizte er sie. Zögerlich hoben sich ein paar Hände, und bald tobte die Debatte. Weit entfernt von der langweiligen Vorlesung, die ich erwartet hatte, leitete Professor Cathwaite eine lebhafte, emotional aufgeladene Diskussion, an der sich alle beteiligten. Als die Glocke ertönte, blieben alle auf den Plätzen.

„Nun, wir werden diese Diskussion wohl morgen fortführen müssen“, sagte er. Erstmals hörte ich Erstsemester am Ende einer Stunde Unmut äußern.

Angeregt und neugierig verließ ich den Hörsaal. Der Professor war zweifellos charismatisch, intelligent und leidenschaftlich bei der Sache. Er hatte unkonventionelle Ideen, mit denen er die Leute reizte. Daß seine Äußerungen über Bisexualität seine Studierenden aufbringen würden, war ihm sehr wohl bewußt gewesen. Er hatte ihre Reaktion vorausgesehen, wie er es in seiner Doktorarbeit dargelegt hatte, dachte ich. Skrupel, mit Menschen zu experimentieren und sich dabei zu amüsieren, schien Professor Cathwaite damals, 1975, so wenig gehabt zu haben wie heute. Die Studierenden waren neugierig gewesen, ja fasziniert, er jedoch hatte offensichtlich Riesenspaß gehabt.

Auf der kurzen Fahrt zum Salad Palace spielte ich verschiedene Szenarien durch. Was führte der Professor im Schilde? Warum benutzte er Tommy und seine Freunde als Versuchskaninchen? Bart lag mit seiner Vermutung vielleicht gar nicht so falsch. Allerdings machte nicht die Frau des Professors ihre speziellen Videofilme, er selbst führte ein Experiment an Kneipenbesuchern durch. Aber wozu? Und wie konnte es so entgleiten, daß Tommy im Koma endete?

Der Salad Palace sah aus wie eine ehemalige Scheune. Von den rohen Dachträgern hingen grüne Topfpflanzen, die den unfertigen Eindruck ein wenig kaschieren sollten. Das Salatbuffet war üppig, phantasievoll und immer frisch. Martha wartete am Eingang auf mich und hielt bereits ungeduldig ein Tablett in der Hand.

„Ich wollte schon ohne dich anfangen“, sagte sie und umarmte mich herzlich. Martha ist eine stattliche Frau, die auch ohne Uniform wie eine Polizistin aussieht. Selbst im Pyjama und mit Badeslippern wäre sie als Ordnunghüterin zu erkennen. Heute war sie ganz elegant gekleidet: marineblauer Blazer und passende Hose. Die vertraute Wölbung unter ihrer Jacke sagte mir, daß sie eine .45er bei sich trug. Eine kleinere Waffe steckte in ihrem Stiefel.

„Du siehst gut aus“, sagte sie und musterte mich mit Kennerblick. „Kriegst du genug Schlaf?“

„Sehr witzig, Martha. Die Antwort lautet, ja, viel. Los, ich bin am Verhungern."

Martha lachte über ihren fehlgeschlagenen Anlauf, herauszufinden, ob ich mit Erica schlief, und ging voran zum Buffet, wo sie genüßlich verschiedene Salate auf ihren Teller häufte. „Ich weiß nicht, warum die Leute meinen, Salat wäre Diät", sagte sie. „Wenn ich das Zeug verputzt habe, bin ich um mehr Gramm Fett reicher als bei einem Bic Mac." Sie lud noch einen Löffel Sonnenblumenkerne auf und griff nach dem geriebenen Käse.

„Es gibt kein Gesetz, das dir vorschreibt, von allem nehmen zu müssen, nur weil es angeboten wird."

Sie sah mich schmerzerfüllt an und blickte vielsagend auf meinen Teller, der nicht weniger voll war. „Ich gebe auf", sagte sie und ging zur Salatsauce aus Blauschimmelkäse und Mayonnaise über.

Einen Augenblick überlegte ich, die italienische Sauce zu nehmen, nur um ihr zu beweisen, daß ich durchaus auf ein paar Gramm Fett verzichten konnte, wenn ich es wollte, dann seufzte ich und nahm von der anderen.

„Wie geht es dem Kleinen?" fragte sie, als wir uns setzten.

„Noch immer im Koma. Niemand wagt eine Prognose."

„Irgendein Tatverdächtiger?"

„Seltsame Frage, Martha. Hast du ein paar Stunden Zeit?"

Sie lachte. „Erzähl mir die *Readers Digest*-Version."

Das tat ich. Als ich fertig war, stellte Martha ihre Jagd nach ein paar Gramm Fett auf ihrem Teller ein und legte die Gabel hin. Ihre braunen Augen blickten besorgt.

„Ich habe den Eindruck", sagte sie schließlich, „daß hier mindestens zwei verschiedene Dinge laufen. Dieser Buck Bailey scheint eine wandelnde Zeitbombe zu sein. Hancock ist ihm vielleicht aus gutem Grund auf den Fersen. Aber das andere mit dem Professor ist schlicht unheimlich. Die Sache stinkt. Was meint Booker?"

„Hm. Ich habe ihm nicht viel erzählt, Martha."

Sie kniff die Augen zusammen. „Du verheimlichst Tom etwas? Warum?“

„Wegen Hancock. Wenn Tom erfährt, daß sein Hilfssheriff mit Tommys Überfall zu tun hat, geht er hoch. Er wird ihn stellen, ganz sicher. Ich will nur ein wenig Zeit schinden.“

„Und was hast du vor?“ fragte sie und griff nach ihrer Geldbörse.

Ich winkte ab und legte einen Zwanziger auf den Tisch. Martha hatte beim letzten Mal bezahlt. „Ich überlege noch“, sagte ich wahrheitsgemäß.

Martha runzelte die Stirn. „Mir wäre wohler, wenn Tom sich daran beteiligen würde.“

„Sobald ich weiß, was los ist, erzähle ich ihm alles. Versprochen.“

„Ja, gut, aber sei vorsichtig. Und halte mich auf dem Laufenden, okay? Jetzt erzähl mir von meinem Lieblingsstar. Kommst du mit Erica zurecht?“

„In etwa“, lachte ich. „Sie hat mich geküßt.“

„Und?“

„Ich habe zurückgeküßt.“

„Gut. Ein Fortschritt.“ Martha grinste. „Ich fürchtete schon, daß dir nie mehr ein Licht aufgehen würde!“

„Aber Martha. Das klingt, als wäre bereits ausgemacht, daß wir wieder zusammenkommen. Schließlich habe ich auch ein Wort dabei mitzureden.“

Sie warf den Kopf zurück und lachte. „Dir ist klar, daß du die einzige bist in der Stadt, die *nicht* weiß, daß du sie noch immer liebst?“

Jetzt lachte ich. „Ach, Martha. Ich will einfach nicht blindlings in etwas reinstolpern, ohne es vorher durchdacht zu haben.“

„Du meine Güte. Du solltest dich einfach mal gehen lassen und tun, wonach dir zumute ist.“ Sie stand auf, beugte sich vor, küßte mich auf die Stirn und marschierte zum Ausgang. „Ruf mich an!“ befahl sie.

***

Als ich gegen zwei den Jeep im Hafen parkte, wurde ich von Sheriff Booker erwartet. Er stand da, den Stetson aus der Stirn geschoben, einen Zahnstocher zwischen den Zähnen, als habe er alle Zeit der Welt. Ich kannte diesen Blick. Seine entspannte Haltung täuschte mich keinen Augenblick.

„Täusche ich mich, oder gehst du mir aus dem Weg?"

Ich stieg aus und lehnte mich gegen die Tür. „Vielleicht liegt es daran, daß du dich bei unserem letzten Gespräch wie ein sturer Holzkopf benommen hast."

Da mußte er lachen, trotz allem. „Zugegeben. Andererseits hast du dich, wenn ich mich recht erinnere, der Unterschlagung von Beweisen schuldig gemacht. Du kannst von Glück sagen, daß ich dich nicht vorgeladen habe!"

Wir starrten einander etwa zwei Sekunden lang an. Dann warf Booker seinen Zahnstocher in den Abfall und folgte mir zu meinem Boot.

„Ich kann mir die Frage ersparen, ob du etwas im Schilde führst, denn das sehe ich deinen Augen an. Informierst du mich, oder muß ich warten, bis du mich mit einer weiteren Enthüllung beglückst?"

„Du mußt warten", sagte ich mit süßem Lächeln. „Ich habe die Sache noch nicht ganz enträtselt. Und du?"

Er warf mir einen finsteren Blick zu, doch dann gewann sein Drang, darüber zu sprechen, die Oberhand. „Die Bailey-Brüder sind abgetaucht. Man sagt, Buck sei kürzlich völlig ausgerastet. Tommys Wohnung ist voll mit seinen Fingerabdrücken. Er war bei der Verwüstung also dabei. Ich hatte irgendwie gehofft, daß du mir verraten würdest, wo sich dieser angeblich verlorene Schatz oder was immer es ist, befindet, so daß ich selber vorbeischauen und mit den Jungs reden könnte."

„Bart ist nicht da oben und hat mit der Verwüstung von Tommys Wohnung nichts zu tun."

„Okay." Er wartete, zog einen frischen Zahnstocher aus der Brusttasche seines Hemds und drehte ihn zwischen den Lippen. Typisch Ex-Raucher. Wenn sie angespannt sind, müssen sie sich etwas in den Mund stecken. Sollte ich Booker alles erzählen? Oder nicht? Beides war ein Risiko. Sagte ich nichts, würde ich tatsächlich Beweismaterial unterschlagen – ein Delikt, wie er mich zartfühlend erinnert hatte. Schlimmer noch: Ich würde einen Freund belügen. Doch da war die Sache mit Newt. Was ich Martha gesagt hatte, traf zu. Wenn Booker seinen Hilfssheriff verdächtigen mußte, würde er ihn wahrscheinlich darauf ansprechen. So sehr ich Booker Ehrlichkeit schuldete, ich schickte ein stummes Stoßgebet zum Himmel und entschloß mich zu einer Halbwahrheit.

„Buck ist oben, glaube ich wenigstens. Bart hat uns gestern mit hinaufgenommen, aber wir haben ihn nicht gefunden. Nur seinen Wagen. Ich glaube, er campiert irgendwo." Das gab Booker zumindest eine grobe Richtung.

„Hm", brummte Booker. „Mit ‚wir' meinst du dich und Erica Trinidad. Woher weißt du, daß Bart unschuldig ist?"

„Weil ich mit ihm geredet habe." Ich erzählte Booker, was mir Bart in der Werkstatt mitgeteilt hatte: Wie Tommy erfahren hatte, daß Buck allein nach dem verlorenen Hinweis gesucht hatte, wie Tommy das verschollene Schriftstück in Bucks Rucksack fand und an sich genommen hatte und wie Buck ausrastete, als er das entdeckte. Jedes Wort war wahr. Nur daß ich unterschlug, was ich seitdem erfahren hatte. Daß die Schriftstücke gefälscht waren und meines Wissens der Professor, seine Frau, sein Helfer, ja vielleicht sogar Newt und wer weiß wer sonst noch auf Kosten der Jungen irgendein perverses Spiel spielten. Buck hatte womöglich gar nichts mit dem Überfall auf Tommy zu tun. Andererseits *hatte* er tatsächlich Ericas Adresse nachgesehen, und irgend jemand *hatte* sie verfolgt, vielleicht er. Ich hielt mich an diesem Gedanken fest und versuchte, Booker mit ehrlicher Unschuld anzusehen.

„Hm“, machte er wieder. Er sah sich um, weil er seinen Zahnstocher loswerden wollte, steckte ihn dann aber ein und strich sich den silbernen Schnauzbart.

„Dann sollte ich wohl zum Ridge fahren und mich mit Buck unterhalten. Du siehst irgendwie komisch aus. Alles in Ordnung, da draußen am See?“

Er meinte Erica.

„Ja. So ziemlich. Ich denke schon.“

„Hm“, machte Booker wieder. Manchmal sagte er mit einer einzigen gegrunzten Silbe mehr als andere mit Worten, aber wie er so von einem Fuß auf den anderen trat, wollte er offensichtlich etwas loswerden.

„Wie bitte?“ fragte ich schließlich.

„Oh, nichts. Ich denke nur eben daran, daß ich dir kürzlich riet, vorsichtig zu sein, weil ich dich ungern wieder verletzt sähe. Nicht daß mich das etwas anginge, aber, nun ja...“

„Tom, was willst du mir sagen?“

„Nun, manchmal zahlt sich Vorsicht nicht aus. Gute Sachen kommen einem nicht so oft unter. Wenn du verstehst, was ich meine.“ Seine Wangen hatten eine uncharakteristische rosa Farbe angenommen.

„Danke für den guten Rat“, sagte ich und fühlte mich meinerseits erröten. Booker zuckte lässig die Schultern und kletterte in seinen Cruiser, bevor einer von uns noch etwas Peinliches sagen konnte. Ich wartete, bis er wegfuhr, dann ging ich das kurze Stück zu Lizzies Lokal zu Fuß.

13

„Mit dir rede ich nicht mehr“, informierte mich Lizzie, als ich mich auf den Barhocker setzte. „Es geht etwas vor, und du läßt mich im Ungewissen!“

Das Lokal war wunderbar leer, abgesehen von ein paar Jungs am Billardtisch und einem am Flipper.

„Du hast recht“, sagte ich. „Du hast das gleiche Recht auf Information wie alle anderen. Deshalb bin ich ja gekommen.“ Das beschwichtigte sie ein wenig, sie stützte die Ellbogen auf den Tresen.

„Letzte Nacht konnte ich nicht schlafen“, gestand sie. „Der Gedanke, daß meine Gäste ausspioniert werden, macht mich wütend. Ich wäre Guy Wadell am liebsten an die Gurgel gegangen. Mußte alle Beherrschung aufbieten.“

Deshalb war ich gekommen. Lizzie wußte genug, um gefährlich zu werden. Besser ich nahm sie mit ins Boot. Auf sich gestellt, würde sie womöglich die Sache verpatzen.

„Meinst du, du könntest dich für eine Weile von hier entfernen?“

Lizzie blickte sich um, ging dann zum Telefon an der Wand und wählte eine Nummer. Schon war sie wieder da, hatte ihre Tasche über die Schulter geworfen und sagte: „Kelly ist in fünf Minuten hier. Sie wohnt gleich gegenüber.“

„Gut. Hast du die Adresse der Cathwaites?“

Sie verschwand wieder, und als sie zurückkam, trocknete Kelly bereits hinterm Tresen Gläser ab.

Ich streckte den Kopf aus der Tür und blickte prüfend nach links und rechts. Booker war nirgendwo in Sicht. Dann führte ich Lizzie zu meinem Boot.

Ich tuckerte durch den Kanal und setzte sie über die Ereignisse ins Bild. Ihre braunen Augen weiteten sich, als ich von den Experimenten des Professors mit seinen Studenten erzählte. Sie stellte sofort eine Verbindung zu den Vorgängen in ihrem Lokal her.

„Das ist unmoralisch“, empörte sie sich. „Wenn jemand einem untreuen Ehepartner nachspioniert, das könnte ich vielleicht noch verstehen. Aber meine Gäste zu belästigen...“

„Ganz meine Meinung. Die Frage lautet, wozu verwenden sie die Aufnahmen?“

„Für ein neues Buch?"

„Möglich", sagte ich ohne rechte Überzeugung. „Warst du schon mal bei den Cathwaites?"

„Ich? Nein. Man hat mich nie eingeladen, außer einmal bei einer Party an der Bar zu bedienen. Ich habe Kelly geschickt. Sie läßt sich von solchen Geschichten mehr beeindrucken als ich. Am kommenden Sonntag ist sie übrigens wieder bei den Cathwaites engagiert."

„Sie veranstalten an diesem Wochenende eine Party?"

„Jawohl. Meine Schwägerin hilft beim Service. Beim letzten Mal sei Essen für eine ganze Armee aufgefahren worden, erzählte sie."

„Hm. Sagtest du nicht, der Professor hätte wöchentlich eine Kartenrunde zu Gast?"

„Mrs. Cathwaite sprach von einer Wettgemeinschaft, glaube ich mich zu erinnern. Jeden Freitagabend."

„Was spielen sie?"

„Wer weiß? Bridge? Poker? Ich hab' keine Ahnung. Ich führe nur die Bestellungen aus. Am Getränkekonsum gemessen, muß der Club ziemlich groß sein."

Nicht weiter verwunderlich, daß ich den Cathwaites nicht schon mal begegnet war. Während man im kleinen Cedar Hills praktisch alle Bewohner kennen konnte, erstreckte sich der See mit einem Gewirr von Seitenarmen auf einer Uferlänge von fast fünfzig Meilen. Das Ufer war mit Häusern in jeder Größe übersät, von Blockhäusern bis zu palastartigen Anwesen. Die meisten dienten als Wochenendquartiere und Sommerfrischen, doch bei der letzten Erhebung hatte sich herausgestellt, daß fast hundert Häuser das ganze Jahr bewohnt waren. Leute, deren Grundstück direkten Zugang zur Fernstraße hatte, konnten Cedar Hills ohne weiteres umgehen und in Kings Harbor ihre Angelegenheiten erledigen.

Zwischen den größeren Häusern lagen Campingplätze, Sommerhäuschen und heruntergekommene Hausboote. Hier und da ankerten Wasserflugzeuge vor den Grundstücken ihrer Besitzer. Ich kannte keinen anderen Ort, an dem Arm und Reich so friedlich nebeneinander lebten.

Als wir zu den Bojen kamen, die das Ende der Geschwindigkeitsbegrenzung anzeigten, gab ich Gas, daß eine weiße Gischtwelle hochspritzte, und fuhr Richtung Sturgeon Bay. Sie lag am südlichsten Arm des Rainbow Lake, ziemlich abseits, dahinter erstreckte sich dichter Wald. Die wenigen Häuser lagen weit auseinander und hatten eine prächtige Sicht auf den See.

Es gab kein Adressensystem am Rainbow Lake. Der Zusteller, der dreimal pro Woche die Post ausfuhr, verließ sich auf die Namensschilder auf den Briefkästen, die an den Anlegestellen befestigt waren. Ich fuhr langsam, bis ich einen Briefkasten mit der Aufschrift *Cathwaite* fand. Im nachhinein war es ganz klar. Unter dem halben Dutzend Wochenend- und Sommerhäuschen befand sich ein riesiges zweistöckiges Haus aus Zedernholz, mit auffallenden, dreieckig verglasten Giebeln zum See hinaus. Breite Terrassen zogen sich auf beiden Stockwerken um das Haus herum, ein gemauerter Kamin überragte das grüne Metalldach. Das Anwesen war gepflegt, das Bootshaus am Ufer groß genug für eine kleine Flotte. An einem Ende des Stegs befand sich ein weißer Ponton mit Sonnendach und einer kleinen Bar. Die Cathwaites hatten anscheinend ihr eigenes Partyboot. Ich wendete, fuhr in die Mitte der Bucht und stellte den Motor ab.

„Wow!“ machte Lizzie.

„Ziemlich groß für zwei“, sagte ich. „Haben sie Kinder?“

„Keine Ahnung. Aber bestimmt viele Freunde. Und Guy wohnt auch hier, soviel ich weiß. Tolles Haus, nicht wahr?“

„Sieht ziemlich sicher aus“, sagte ich und betrachtete das Anwesen durchs Fernglas. Zäune waren am Rainbow Lake eher unüblich, aber die Cathwaites, oder vielleicht die Vorbesitzer, hatten sich für den Bau einer mit Stuck verzierten Mauer um ihren Besitz in erhebliche Unkosten gestürzt. „Bestimmt halten sie außerdem Hunde auf der anderen Seite der Mauer."

„Warum?"

„Weil sie nicht hoch genug ist, um jemanden abzuhalten, der wirklich eindringen will. Ich weiß, daß *er* Professor ist, aber was macht *sie?* Das Ding kostet sein Geld."

„Meines Wissens ist sie nicht berufstätig."

In dem Moment hörten wir ein Boot in die Bucht fahren.

„Schnapp dir eine Angelrute", sagte ich zu Lizzie und deutete nach hinten. Ich schob mein Fernglas unter den Sitz, griff nach einer Angel, warf einen leeren Haken ins Wasser und holte ihn langsam wieder ein. Es war ein klassisches von Hand gebautes Holzboot mit V-förmigem Rumpf in fast perfektem Zustand. Ich hatte es schon mal auf dem See gesehen, wobei ich nie dem Fahrer, nur dem schlanken, schnellen Fahrzeug einen zweiten Blick geschenkt hatte. Jetzt konnte ich den Fahrer deutlich erkennen. Professor Cathwaite kam von seiner Vorlesung nach Hause.

„Einfach weiterfischen und ihm den Rücken zugekehrt lassen", flüsterte ich, weil ich wußte, wie gut Stimmen über das Wasser trugen. Aus den Augenwinkeln beobachtete ich den Professor beim Anlegen. Er trug eine blaue Kapitänsmütze, die bei einem anderen vielleicht lächerlich ausgesehen hätte, ihm stand sie gut zu Gesicht. Aufrecht hinter dem altmodischen Steuerrad, das er mit einer Hand hielt, sah er in unsere Richtung, dann lenkte er das Schiff zum Bootshaus. Die Metalltür glitt automatisch zurück und schloß sich hinter dem schnittigen Fahrzeug. Da hatte ich aber bereits drinnen ein Paar Wasserskier und ein rotes Schnellboot erspäht. Nach ein paar Minuten sah ich ihn die Rampe zum Eingangstor hochgehen, dann erscholl Hundegebell. Große Hunde, dachte ich. Zwei mindestens. Der Professor ließ die Türen sich irgendwie automatisch öffnen. Dann drehte er sich um, sah sich mein Boot ganz genau an und verschwand hinter den sich schließenden Türen.

„Er hat uns gesehen“, sagte Lizzie.

„Was hat er schon gesehen? Zwei Leute, die fischen.“

Aber mein Herz pochte heftig. Einen Augenblick hätte ich schwören können, daß Professor Cathwaites Blick mich direkt durchbohrt hatte.

„Vielleicht kannte er dich von der Vorlesung“, sagte Erica.

„Oder vom Stadtpark“, vermutete Bart.

Wir saßen auf der Terrasse und schlürften ein halbgefrorenes Getränk, das Lizzie zusammengebraut hatte. Es war eine Art Daiquirri, sie wollte das Rezept nicht preisgeben. Ich ließ den Fruchtgeschmack auf der Zunge zergehen und versuchte zu raten. Minze aus meinem Garten. Die Banane auf meinem Küchentisch. Limette. Rum. Weiß der Himmel was noch. Lizzie war ein Genie. Der Grill war in Aktion, Bart hatte versprochen, *carne asada* zu machen. Er hatte alle Zutaten mitgebracht, die Küche sah aus wie nach einem Tornado. Doch das kümmerte mich nicht. Ich koche selbst gern, und noch lieber lasse ich mich bekochen.

Ich trank noch ein Schlückchen Daiquirri und fragte Erica: „Meinst du, daß Hancock drauf reingefallen ist?“

„Es ging ihm gar nicht schnell genug. Als ich ihm mein Pseudonym nannte, geriet er tatsächlich ins Stottern. Seine Mutter lese alle meine Bücher. Als ich sagte, daß ich für einen Roman recherchieren muß, wie der typische Tagesablauf eines Polizisten aussieht, wollte er wissen, ob sein Name bei der Danksagung erwähnt würde.“

Bart richtete sich in seinem Liegestuhl auf. „Was für ein Pseudonym? Bist du Schriftstellerin?“

Erica nannte ihm ihren Autorinnennamen, Bart sah sie verständnislos an. Erica lachte, bemerkte dann aber Lizzies Gesichtsausdruck. Sie war rot geworden, und ihre großen braunen Augen waren noch größer als sonst.

„Du bist Sheila Gay? Ich faß es nicht. Ich habe jedes deiner Bücher gelesen! Ich finde sie toll!“ Sie stotterte förmlich.

„Danke“, sagte Erica peinlich berührt, obwohl sie solche Reaktionen gewohnt war. „Nun gut, der große Hilfssheriff bemühte sich sehr, mir seinen Tagesablauf zu zeigen. Er nahm mich sogar auf eine Tour im Polizeiboot mit und ließ sich beobachten, wie er Strafzettel für so aufregende Delikte wie abgelaufene Bootszulassungen und defekte Feuerlöscher ausstellte. Da Booker mit anderen Dingen beschäftigt war, konnte ich mit ihm allein reden, und als ich ihn so weit hatte, sprudelte er geradezu über. Ich glaube, er sieht sich schon als Titelheld meines nächsten Buchs.“

Lizzie starrte Erica noch immer kopfschüttelnd an. Selbst Bart schien beeindruckt – zumindest von Lizzies Reaktion.

„Und was hast du herausgefunden?“

„Unser Held liebt das Glücksspiel. Sieht sich als Supercop. Betrachtet seinen Job als Hilfssheriff mehr als Gelegenheit, Erfahrungen zu sammeln, denn als Berufung. Booker hält er für ein bißchen verklemmt, Cedar Hills für ein zurückgebliebenes Provinznest. Die Frauen in Oregon wären für seinen Geschmack zu dick, aber sehr entgegenkommend, wenn ich verstünde, was er meinte. Kein Witz. Er zwinkerte mir dabei zu, als solle ich ihm zustimmen. Ich stellte ihm weiter Fragen, um ihn bei Laune zu halten, und ratet mal, was ich erfahren habe.“ Ihre Augen blitzten begeistert, und sie beugte sich in ihrem Sessel vor. „Ratet mal, wo der kleine Hilfssheriff jeden Freitagabend Karten spielt.“

„Bei den Cathwaites“, sagten Lizzie und ich gleichzeitig.

„Bingo. Ich fragte ihn, was sie spielen, und da wurde er ganz vage. Ich sei eine eifrige Poker- und Blackjackspielerin, erzählte ich, aber mein Lieblingsspiel sei Siebener raus. Darauf er: Sehen Sie? Wir haben etwas gemeinsam. Mein Lieblingsspiel heißt Siebter Himmel. Das kannte ich nicht, und er meinte, das sei ein neues Spiel und kompliziert zu erklären. Dann stellte er die Sirene an, jagte einem Angler nach, um seine Lizenz zu überprüfen, und wir kamen nicht mehr auf das Thema zurück.“

„Irgendwie zweifle ich daran, daß sie Karten spielen bei diesem Professor", sagte ich.

„Was sonst?" fragte Bart.

„Ich weiß nicht." Ich dachte an den Titel der Doktorarbeit von Professor Cathwaite, *Vorhersage menschlichen Verhaltens: Eine Studie über Wahrscheinlichkeit und Charaktereigenschaften*. Cathwaite studierte menschliches Verhalten. Er machte Videoaufnahmen von völlig fremden Menschen und ihren Reaktionen auf Stimuli, die er einsetzte. Und dann? Sagte er das Ergebnis voraus? Ging er Wetten ein?

„Scheiße", sagte ich.

„Was ist los?" Alle drei beobachteten mich.

„Sie wetten um Menschen", sagte ich. „Ich kenne weder die Spielregeln noch die Einsätze, weiß nur, daß sie wetten. Wer von ihnen gewinnt wohl diese Runde?"

„Du meinst, jemand hat gewettet, daß Buck uns hintergehen wird?" sagte Bart.

„Oder Tommy überfallen?" fragte Lizzie.

„Ich weiß es nicht. Meine Vermutung ist, daß der Überfall auf Tommy überraschend kam. Irgend etwas ist schief gelaufen. Könnt ihr euch das vorstellen? Sie sitzen vor dem Videogerät und sagen die Reaktionen der Leute voraus."

„Sie spielen Gott", sagte Erica.

„Siebter Himmel", sagte Lizzie. „Das ist pervers."

„Ja, ist das denn legal?" fragte Bart.

„Ich glaube nicht, daß das Gesetz verbietet, Fremde zu filmen", sagte Erica. „Jeder kann seine Videokamera mit an den Strand nehmen und filmen, wer gerade vorbeigeht, das ist völlig legal, stimmt's?"

„Stimmt. Viele Leute haben Überwachungsanlagen", sagte ich. „Warenhäuser, Banken, Firmen, Versicherungen..."

„Privatdetektivinnen", stimmte Erica grinsend ein.

„Kommt nur darauf an, wie sie verwendet werden."

„Ist das nicht eine Verletzung der Privatsphäre? Die Kamera in meiner Bar kann nicht legal sein", sagte Lizzie.

„Ich denke an etwas ganz anderes", bemerkte ich.

„Woran?" fragte Bart.

„Ich glaube, daß ein kleiner Racheakt durchaus angebracht wäre. Nur um herauszufinden, wie Siebter Himmel gespielt wird und wer die Spieler sind."

„Wie fangen wir das an?" fragte Lizzie.

Den Rest des wunderbaren Abends verbrachten wir damit, die Einzelheiten auszuarbeiten.

14

Bart war der einzige, dessen Recherchen ergebnislos verlaufen waren. Er hatte den ganzen Tag die Straßen von Cedar Hills durchstreift und keinen Wagen mit einem Aufkleber des nationalen Automobilclubs auf der Stoßstange gefunden, aber auch keine Spur von Buck, der wohl auf dem Rainbow Ridge campierte. Er hätte seine Suche am Donnerstag fortgesetzt, hätte er nicht arbeiten müssen. Ich versicherte ihm, daß wir ohnehin bald Bescheid wissen würden, und bat ihn, sich Freitag bereit zu halten. Inzwischen hatten Erica, Lizzie und ich uns die Arbeit aufgeteilt. Lizzies Aufgabe war eine doppelte: Sie mußte die Cathwaites informieren, daß sie zusammen mit Kelly den Partyservice am Sonntag übernahm, und sie sollte ihre Schwägerin dazu bringen, mich ins Team aufzunehmen. Inzwischen sollte Erica Newt überreden, sie zur Party einzuladen.

Ich arbeitete währenddessen die technischen Details aus. Meine Arbeit hatte mich schon öfter mit Aufnahme- und Abhörgeräten in Berührung gebracht, aber ich hatte noch nie jemand gefilmt, der Geräte benutzte, wie wir sie in Lizzies Lokal gefunden hatten. Nach einigen Telefongesprächen fuhr ich mit der Videokamera bis nach Eugene und brachte sie in ein Geschäft, das Boneys Keller hieß. Ein düsterer kleiner Laden, in einer Nebenstraße versteckt, der damit warb, Polizeiausstatter zu sein, allerdings hatte ich den Eindruck, daß Boneys tatsächliche Kundschaft eher auf der entgegengesetzten Seite des Gesetzes zu finden war.

„Ein gutes Stück", sagte der Mann mit dem Ziegenbärtchen, als er die Kamera untersuchte. Er war klapperdürr, etwa vierzig, mit schmutzigem aschblondem schulterlangem Haar und hatte auf der rechten Wange eine Narbe, die aussah, als hätte ihm jemand ins Gesicht geschossen. Er hinkte leicht, und ich hätte jede Summe darauf gewettet, daß Boney Vietnamveteran war. „Sie möchten eine Fernbedienung einbauen lassen, richtig?"

„Richtig. Ich brauche nur die Teile, die dazu gehören."

„Haben Sie die verloren?" fragte er, die dünne Augenbraue hochgezogen.

„So könnte man sagen."

„Wenn jemand die anderen Teile noch hat, kann er das Gerät aktivieren, verstehen Sie? Man muß also die Einstellungen verändern. Ich weiß nicht, ob ich was Passendes auf Lager habe." Boney bückte sich unter den Ladentisch, drückte einen Knopf, in der Wandtäfelung sprang eine Tür auf, hinter der er verschwand. Ich ergriff die Gelegenheit, den Laden eingehender zu betrachten. Der einzige andere Kunde trug einen Kampfanzug, roch nach Schweiß und probierte gerade ein Nachtfernglas aus. Ich ging in eine weniger bedrohliche Ecke und sah mir die Warenregale an. Da gab es interessante Dinge – eine Gaspistole, die aussah wie ein Handy, ein Messer, das aus einer Armbanduhr herausschnellte, ein Spazierstock, in dem sich ein Gewehr verbarg. Ich konnte mir nicht vorstellen, eines dieser Geräte zu benutzen. *Der böse Bursche kommt rein, und ich überlege mir, daß ich ihn wohl am besten betäube. Ich sage also zu ihm: „Augenblick mal, ich muß einen Anruf machen."* Weitere Vorstellungen konnte ich mir ersparen, weil Boney mit einem schwarzverchromten Kasten und einem breiten Lächeln hinter dem Ladentisch erschien.

„Glück gehabt!“ sagte er. „Es ist nicht ganz das Richtige, aber es paßt.“

Er zeigte mir die wichtigsten Handgriffe – wie Kamera und Monitor auf die gleiche Frequenz gebracht und Kamera und Tonband aktiviert werden und der Monitor an meinen Videorecorder zu Hause angeschlossen wird. „Sie können die Bewegung auch auf dem Monitor selbst beobachten, aber der ist ziemlich klein, und wenn Sie Geräusche hören möchten, müssen Sie den Videorecorder mit Ihrem Fernsehgerät verbinden.“

Er erklärte mir, daß sich der Film in der Kamera nach neunzig Minuten immer wieder selbst zurückspult. Der Monitor konnte zur direkten Beobachtung eingesetzt werden und/oder je nach Bedarf auch als Aufzeichnungsgerät.

„Sie können außerdem das Mikro auf nah oder fern einstellen. Wenn Sie es auf nah einstellen und sich aus dem Bereich entfernen, können Sie nichts mehr hören. Der wichtigste Aspekt bei diesem Gerät ist die Plazierung. Brauchen Sie es drinnen oder draußen?“

„Drinnen“, sagte ich.

„Am besten geht es hinter einem Doppelspiegel, aber so was haben Sie wohl nicht.“ Er sah mich hoffnungsvoll an, ich schüttelte den Kopf. „Nun, in einem Stereolautsprecher ist auch gut. Haben Sie mal die Stoffbespannung vors Gesicht gehalten? Man kann ziemlich gut durchsehen, aber wer denkt schon an so was?“

„Wohl niemand“, gab ich zu. „Aber übertönt das Stereogerät nicht jedes aufgenommene Geräusch?“

„Wenn die Musik aufgedreht ist, mag es Probleme geben. Aber wie oft lassen Leute die Musik tatsächlich dröhnen? Eher selten, besonders wenn sie sich unterhalten, und dann wollen Sie doch aufnehmen, oder? Im schlimmsten Fall müssen Sie ein wenig von den Lippen lesen.“

Ich nickte und fragte mich, ob es im Spielzimmer der Cathwaites Lautsprecher gab. Ich war sicher, daß die Treffen in einem bestimmten Raum abgehalten wurden. Der Trick bestand darin, reinzukommen, die Videokamera zu verstecken und unentdeckt zu entkommen.

Mehrere hundert Dollar später kam ich aus dem Laden und hatte nur wenig mehr technische Spielereien gekauft als geplant: eine Tasche mit doppeltem Boden, als Versteck für die Kamera, bis sie gebraucht wurde, und vier Walkie-talkies mit Kopfhörern. Auf der Fahrt zurück nach Cedar Hills ging ich den Plan noch mal durch, prüfte eventuelle Schwachstellen, überlegte Varianten für den schlechtesten Verlauf und tüftelte für alle Fälle einen Rückzugsplan aus.

Am Abend rief mich Erica an und informierte mich über den Stand der Dinge. Newt hatte sie eingeladen, am Samstag mit ihm auszugehen. Sie hatte selbstverständlich abgelehnt, einen anderen Termin vorgeschützt und Freitag oder Sonntag angeboten. Freitag hätte er keine Zeit, hatte er gesagt, aber was hielte sie von einer Party draußen auf dem See am Sonntagnachmittag?

„Gute Arbeit", sagte ich.

„Wenn er versucht, mich zu küssen, muß ich kotzen. Gott, warum mache ich bloß so was?"

„Denk an Tommy", sagte ich. „A propos Tommy, hast du ihn heute besucht?"

„Nur kurz. Keine Veränderung, Cass. Die diensthabende Krankenschwester war nicht sehr optimistisch. Zumindest hat er keine Infektion. Ich habe aber jemand dort getroffen."

Ich merkte, wie sich mein Puls beschleunigte, weil ich wußte, wer das war, doch ich wollte, daß sie es aussprach.

„Maggie sah gut aus, Cass. Sie läßt dich grüßen. Du bist hoffentlich damit einverstanden, daß ich Bart erwähnt habe und daß er sich möglicherweise mit ihr in Verbindung setzt. Sie war sehr aufgeschlossen. Ich muß sagen, daß sie nicht besonders überrascht schien, mich zu sehen."

Kein Wunder, dachte ich. Maggie hatte immer behauptet, daß ich noch in Erica verliebt sei, irgendwo ganz tief versteckt. Aber wozu das jetzt erwähnen? Ich wechselte zu einem weniger gefährlichen Thema.

„Hast du den Job für Samstag bekommen?“ fragte Erica.

„Lizzie bemüht sich noch. Die Schwägerin muß erst ihre Partnerin fragen. Sie sagen mir am Samstag Bescheid. Lizzie hat mich als Spitzenköchin angepriesen, glaube ich. Ich sei die Hauptpreisrichterin beim Muschelsuppenwettbewerb gewesen. Jetzt erwarten sie, daß ich koche. Na ja. Zumindest ist Lizzie als Barkeeperin da. Hängt Bart noch bei dir rum?“

„Ja. Ich glaube, er fürchtet sich vor zu Hause. Er fühlt sich schuldig, weil er Buck da oben nach dem Gold suchen läßt, andererseits freut er sich diebisch. Eine Art Haßliebe. Aber er wird wohl Maggie anrufen. Ich habe ihm zugeraten.“

„Freut mich, Erica. Danke. Irgendeine Spur von deinem Verfolger?“

„Nein, aber ich fühle mich beobachtet. Als ich heute nach Hause kam, hatte ich das seltsame Gefühl, daß jemand da gewesen war. Alles stand an seinem Platz, und dennoch... Vielleicht ist es Barts Anwesenheit. Eigentlich bin ich ganz froh darüber.“

„Bleib wachsam. Beim kleinsten Verdacht kommst du mit Sack und Pack zu mir.“

„Ist das eine Einladung, Cass?“

Gut, daß Erica nicht sah, wie ich errötete. „Du weißt, wie es gemeint ist.“

Sie seufzte. „Ja, leider. Möchtest du vielleicht zu mir kommen? Auf ein Kartenspiel mit Bart und mir?“

Ich lachte. „Danke, lieber nicht. Ich muß mich noch um ein paar Details kümmern. Bis morgen also.“

„Cass?“

„Ja?“

„Du weißt, daß wir früher oder später darüber sprechen müssen.“

Ich ließ die Stille zu, dann seufzte ich. „Ich weiß. Gute Nacht, Erica."

Ich legte den Hörer auf, schloß die Augen und dachte ganz kurz an den Kuß, an Ericas Lippen auf den meinen, das Prickeln im ganzen Körper, mein heftiges Verlangen. Draußen war es noch hell, und ich ging zur Anlegestelle, um Luft zu schnappen. In der Bucht schaukelte ein Boot auf dem ruhigen Wasser, fast nicht zu sehen auf dem graufarbenen See. Ich hatte mein Fernglas oben im Haus, und es war bereits zu dunkel, um zu unterscheiden, ob da jemand fischte oder nur die letzten Wärme eines Sonnentags genoß. Da hustete plötzlich der Motor, das Boot setzte sich in Bewegung, drehte ab und verschwand. Hatte ich es vertrieben? Oder war ich bloß paranoid? Meine Nackenhärchen rührten sich nicht. Alles in Ordnung. Vielleicht nur ein Liebespaar, das die Abendkühle genoß. Doch warum hatte ich dann das vage, ungewisse Gefühl, beobachtet zu werden? Ich rannte zum Haus, ließ die Jalousien herunter und tat, was jede selbstbewußte Privatdetektivin in einer solchen Situation tun würde. Ich backte Schokoladenplätzchen.

Ich hatte am Freitagmorgen die Augen noch nicht aufgeschlagen, da spürte ich bereits den Wetterwechsel. Mein rechter Knöchel, den ich mir beim Basketballspielen in der Schule mal gezerrt hatte, schmerzte. Ich spähte durch die Jalousien und fand mich bestätigt. Es würde Regen geben. Würden sie bei Regen das Spiel absagen? Oder die Party am Sonntag? Ich überlegte fieberhaft eine Alternative, falls uns das Wetter einen Strich durch die Rechnung machte.

So düster es draußen aussah, so strahlend fühlte ich mich. Ich pfiff beim Kaffeekochen vor mich hin und überlegte einen Vorwand, Erica vor dem vereinbarten Termin zu treffen. Ich könnte Zimthörnchen backen und den beiden bringen. Barts Anwesenheit wäre eine Sicherheitsgarantie. Zu dritt könnten wir den Plan noch mal durchsprechen.

Noch immer unentschlossen rührte ich den Teig zusammen, dann duschte ich und zog mich an, während die Zimthörnchen im Ofen waren. Vielleicht sind sie gar nicht zu Hause, dachte ich, als ich das duftende Gebäck in einem Korb zum Boot trug. Das wäre nicht weiter schlimm. Ich würde mitten auf dem Rainbow Lake bei leichtem Sprühregen im Boot sitzen und die Hörnchen zu Kaffee aus der Thermoskanne selber essen. Als ich mich Ericas Haus näherte, war ich beinahe überzeugt, daß ich genau das tun sollte. Dann schalt ich mich einen Feigling, vertäute das Boot an ihrer Anlegestelle und schleppte meine feinen Sachen hinauf, bevor ich es mir anders überlegte.

Sie kam in einem weißen, locker zugebundenen Frotteebademantel an die Tür und war unglaublich sexy.

„Wo ist Bart?" fragte ich und sah über ihre Schulter.

„Sein Schuldgefühl hat ihn wohl überwältigt. Er wollte nach Buck sehen. Was ist in dem Korb?"

„Hm. Ich dachte, wir sollten den Plan noch mal durchgehen, und habe nahrhafte Unterstützung mitgebracht." Barts Abwesenheit veränderte die Lage.

„Kommst du rein, oder willst du unter der Tür essen?" grinste Erica. „Keine Sorge, Cass. Ehrlich."

Ich folgte ihr ins Wohnzimmer und fühlte mich unbehaglich. „Ich kann nur kurz bleiben", sagte ich, weil ich merkte, daß ich Erica aus dem Bett geholt hatte. „Oh, dein Haus hat sich verändert. Wann hast du das geschafft?"

„Schritt für Schritt", sagte sie. „Die meisten Arbeiten habe ich letzten Sommer machen lassen."

Als Ericas Onkel vor vier Jahren gestorben war, hatte sie das Anwesen gekauft, aber ich war seit Beginn der Renovierung nicht mehr hier gewesen. Das Haus hatte gewonnen, das sah ich sofort.

„Alles wirkt heller und offener."

„Ich habe die scheußlichen Vorhänge rausgeschmissen und die Farbe von den Wänden gekratzt. Naturholz ist viel hübscher, finde ich. Dann habe ich die Glasschiebetür zur vorderen Terrasse einbauen lassen."

„Sieht toll aus, Erica. Wirklich. Ganz professionell. Entschuldige, falls ich dich geweckt habe. Ich vergaß, daß du Langschläferin bist."

„Ich habe nicht geschlafen, ich war in Gedanken bei dir."

„Oh."

„Guck nicht so bestürzt. Es waren freundliche Gedanken. Dieser Raum eignet sich gut zur Besinnung", sagte sie. „Man sieht auf den See, und an schönen Tagen kommt die Sonne durchs Ostfenster. Auch heute ist es nicht schlecht."

„Es ist wunderbar. Hör zu. Ich wollte nur den Korb bringen. Wir sehen uns gegen sechs?" Ich wandte mich zum Gehen, aber Erica versperrte mir den Weg. Sie mußte mir die Angst angesehen haben, denn sie legte mir beide Hände leicht auf die Schultern.

„Bitte sag mir, wovor du dich fürchtest, Cass." Ihre Stimme klang leise und sehr bewegt.

„Ich... wir haben das schon mal gemacht, Erica. Ich mag kein Genie sein, aber ich lerne langsam dazu."

„Ich habe dir weh getan", sagte sie.

Ich nickte und spürte die Hitze im Gesicht.

„Und du hast mir weh getan. Jetzt sind wir doch quitt."

„Das ist kein Spiel, Erica."

„Nein, das war es nie für mich. Weißt du, warum ich dich verlassen habe, Cass? Ich hatte Angst vor dir. Angst vor *uns.* Die Intensität hat mich überwältigt. Das Glück verschlug mir den Atem. Ich fürchtete zu ertrinken, mich zu verlieren, eine andere zu werden. Ich bin weggerannt, Cass. Aber zweimal kam ich zurück. Dreimal, dieses Mal mitgezählt."

„Du hast den Zeitpunkt immer schlecht gewählt." Ich fühlte mein Herz so heftig pochen, daß ich fürchtete, Erica könnte es hören.

„Ich weiß. Aber vielleicht habe ich beim dritten Mal Glück?"

Ich setzte zu einer Antwort an, aber sie kam näher und sah mich an. Ihre Augen sind so blau, dachte ich, wie tiefes Wasser. Und ihr Duft, zart und quälend, betörte mich. Da lag Erica mir schon in den Armen.

„Es gäbe so viel zu sagen...“, flüsterte ich, streichelte ihr den Rücken und preßte meine Lippen an ihren Hals.

„Pst“, murmelte sie. „Sprich jetzt nicht.“ Ihre rauhe Stimme klang so vertraut. Meine Lippen näherten sich vorsichtig den ihren, berührten sie erst leicht, dann leidenschaftlich. Ich schob meine Hand in ihren Bademantel und umfaßte ihre Brust, und sie zitterte, stöhnte. Ich küßte ihren Nacken, ihr Schlüsselbein und glitt zu ihren harten, vollen Nippeln. Als ich eine Knospe in den Mund nahm, schrie sie auf. Ich ging tiefer, erforschte den Körper, der mir so bekannt war, ihr Bademantel fiel zu Boden. Ihre Haut war weich und warm, und unsere Herzen schlugen im Gleichtakt. Meine Finger gruben sich in das glänzende schwarzlockige Dreieck, und Erica biß mir in die Schulter. Der Ton, den sie dabei von sich gab, erschreckte und erregte mich. Noch hielten wir uns auf den zitternden Beinen. Nie sah sie schöner aus, dachte ich.

„Bitte, bring mich ins Bett, Cass“, flüsterte sie.

Das ließ ich mir nicht zweimal sagen.

Erica war nie eine schüchterne Liebhaberin gewesen, aber diese Intensität überraschte sogar mich. Wie kann es nur so gut sein, fragte ich mich immer wieder, als ich sie ein ums andere Mal in ekstatische Höhen führte, ungeachtet, wer von uns zuerst wieder auf den Boden kam und wie oft.

„Für eine Frau mit Höhenangst...“, flüsterte ich, konnte den Gedanken aber nicht zu Ende führen, weil Erica mich wieder so erregte, daß ich sie nicht aufhalten wollte und auch nicht hätte aufhalten können.

Später, mit Tränen auf den Wangen, fragte mich Erica, warum ich weinte. Ich beugte mich über sie und küßte eine ihrer Tränen weg. „Aus dem gleichen Grund wie du, nehme ich an." Dabei beließen wir es. Wir waren jenseits aller Worte. Und sowieso zu erschöpft zum Reden.

Als wir aufwachten, war es Nachmittag, und vor dem offenen Fenster ging leiser Regen nieder. Erica beobachtete mich, Pepper, die während unseres Schlafes aufs Fußende des Bettes gesprungen war, auch.

„Du bist so schön", sagte sie, „und weißt es nicht, das ist das Beste daran."

Das ließ mich erröten und wieder dahinschmelzen. Ich griff nach ihr, aber sie rollte sich kichernd vom Bett. „Keine Chance. Ich verhungere. Ich falle in Ohnmacht, wenn du mir nichts zu essen gibst."

Da stieg ich auch aus dem Bett und folgte ihr in die Küche. Wir waren beide splitternackt.

Der Kaffee in der Thermosflasche war noch warm, die Zimthörnchen aber längst kalt. Ich reichte ihr trotzdem ein Stück, und sie leckte mir die Glasur von den Fingern, auf eine Art, die mich aufstöhnen ließ. Wir tranken den Kaffee direkt aus der Flasche, reichten sie hin und her und fütterten uns gegenseitig. Dann fing Erica an, mit der Glasur herumzuspielen, und eh wir uns versahen, lagen wir auf dem Boden und liebten uns wieder. Langsamer diesmal, gefaßter, aber immer noch süß und wunderbar. Nur die Kühle bewegte uns schließlich dazu, den Weg in die Dusche anzutreten.

„Ich zuerst", sagte ich. „Ich trau dir nicht hier drin." Aber sie kam trotzdem mit mir ins Bad, und es gelang uns beinahe, zusammen zu duschen, ohne eine erotische Übung daraus zu machen. Beinahe.

Hinterher hatte ich keine Kraft mehr zum Stehen, und wir mußten uns im Sitzen abtrocknen.

„Wann sind wir verabredet?" fragte Erica schläfrig.

„Oh, Scheiße! Wie spät ist es?"

Der Tag war uns durch die Finger geglitten. Fast fünf Uhr. Wenn wir uns nicht beeilten, verpaßten wir das Treffen im Stadtpark.

„Ich muß noch was holen", sagte ich. „Wir sehen uns dort!" Ich eilte zur Anlegestelle, das heißt, ich schaffte den Weg, ohne zu stolpern, und raste mit röhrendem Motor über den See nach Hause, wobei ich lächelte wie ein Idiot. Mein Herz war so voll wie der Mond und so leicht wie ein Spatz.

15

Wir waren alle bereit für Phase Eins der Operation Ausgleich, wie Bart das Unternehmen ironisch genannt hatte. Dieser Schritt war weit weniger gefährlich als der für Sonntag geplante, aber wichtig, weil wir wissen mußten, mit welchen und wie vielen Spielern wir es zu tun hatten. Bart war im Stadtpark stationiert. Er trug eine grüne Hose und ein Hemd, das er am Morgen auf dem Flohmarkt gekauft hatte. Von weitem sah er aus wie ein Mitarbeiter der Stadtgärtnerei. Mit einem großen Besen kehrte er möglichst auffällig die Gehsteige am Hafen. Sein Kopfhörer steckte unter einer Skimütze, die jetzt im Sommer zwar deplaziert, wegen seines roten Haars aber unerläßlich war. Den Pferdeschwanz hatte er unter die Mütze gestopft, aber ein paar Strähnen waren schon wieder frei, und wenn jemand genau hinsah, war er durchaus zu erkennen.

Lizzie befand sich einen Häuserblock weiter am Dock von Gus und gab vor, ihr Auto zu waschen. Nicht eben der beste Trick angesichts des Wetters, aber etwas Besseres war ihr nicht eingefallen. Mit ziemlicher Sicherheit würde Cathwaite seine Clubmitglieder mit dem Partyboot abholen, oder die Gäste fuhren mit den eigenen Booten raus. Wenn er sie abholte, waren sie wohl am öffentlichen Hafen verabredet, die Privatboote lagen in der privaten Marina. Bart und Lizzie hatten den Auftrag, die Nummernschilder der Autos zu notieren, die zwischen fünf und halb sechs ankamen, und sie Erica via Walkie-talkie zu übermitteln. Erica saß in meiner Seaswirl auf halbem Weg zwischen Marina und Hafen.

Ich stand auf dem Steg gegenüber dem Hafen, hielt eine Angel in der Hand und trug einen gelben Regenmantel mit Kapuze. Obwohl es aufgehörte hatte zu regnen, war diese Bekleidung angemessen und half, meine tatsächliche Beschäftigung zu verbergen. Ich hatte meine beste Kamera dabei, die auch aus der Ferne ordentliche Aufnahmen machte. Sie war mit Zoom und einem schwenkbaren Sucher ausgestattet, wodurch ich fokussieren konnte, ohne den Apparat ans Auge zu halten. Dennoch war es schwierig, die Kamera vor den anderen Anglern zu verstecken.

Barts Stimme kam als eiliges Geflüster aus dem Walkie-talkie. „Da kommt einer. Ein weißer Sedan. Sekunde, ich gehe näher. Oh, das wird euch gefallen. Ein Automobilclub-Aufkleber auf der hinteren Stoßstange!“

„Autonummer?“ flüsterte Erica ins Mikro.

Bart nannte aufgeregt die Zahlen, dann wiederholte er sie langsam noch mal. Ich konnte den Mann sehen, erkannte ihn aber nicht. Er war in Hemdsärmeln, trotz des Wetters, und hatte in seiner Jugend zweifellos eine gute Figur gehabt. Jetzt lag die Muskelmasse als Übergewicht um seine Taille. Er bewegte sich wie ein Sportler und ging mit selbstbewußten großen Schritten die Rampe zum Hafen hinunter. In der Ferne sah ich das Partyboot der Cathwaites eine Schleife ziehen. Gut. Der Mann würde wartend herumstehen, reichlich Gelegenheit für mich, eine gute Aufnahme zu schießen.

„Da kommen sie!“ zischte Lizzie über das Walkie-talkie. O je, dachte ich. Sie klang, als würden gleich Raketen einschlagen. „Es ist dein Schätzchen, Erica. Er hat wohl ein eigenes Boot. Soll ich seine Nummer aufschreiben?“

„Sehr witzig“, flüsterte Erica.

„Wir haben seine Autonummer bereits“, unterbrach ich. „Sieh nach, was für ein Boot er fährt, wenn's geht.“

„Verstanden. Ende“, sagte sie, ihr Job schien ihr Spaß zu machen. Nach einer Weile meldete sie: „Ein dunkelblaues Wasserskiboot. Großer lauter Außenborder. Fährt in deine Richtung, Erica. Vielleicht solltest du in Deckung gehen.“

„Roger, Kollegin“, scherzte Erica. Aber sie nahm den Rat ernst und duckte sich, als Hancocks Boot vorbeiraste.

„Schon wieder einer!“ sagte Bart und vergaß zu flüstern. Er besann sich und senkte die Stimme. Soviel ich sehen konnte, füllte er seinen Job als städtische Reinigungskraft ganz gut aus, wenngleich ich noch keinen Straßenkehrer gesehen hatte, der mit soviel Begeisterung bei der Arbeit war. „Ein großer schwarzer Cadillac. Ein alter Knacker drin. Ich sollte dem Mistkerl an die Kehle springen. Es ist der Alte aus der Bar.“

„Sicher?“ fragte ich aufgeregt.

„Völlig. Er ist ordentlich angezogen, aber er ist es. Moment, ich sehe nach der Nummer.“

Während Bart um den Wagen herumging, kam der alte Mann die Rampe zum Dock hinunter. Er hatte wallendes weißes Haar und einen Bart, bewegte sich leichtfüßig wie ein Jüngling und eilte zu Hilfe, als das Partyboot beim Anlegen festgehalten werden mußte. Ich schoß mehrere Aufnahmen, ich wollte mir ein Bild machen von dem Mann, der beim Betrügen der Jungs eine Hauptrolle gespielt hatte.

„Das hat ja was“, flüsterte Lizzie. „Warte einen Augenblick. Ich gehe lieber ein Stück weg.“ Ein paar Minuten später kam sie zurück. „Haltet euch fest, Ladies. Verzeihung, Bart. Es kommt hoher Besuch. Mr. Stickwell, der Bankdirektor, ist eben an Bord seiner Yacht gegangen. Ein tolles weißes Ding, fährt in deine Richtung, Erica. Meint ihr, er ist einer der Spieler?“

Ich sah die Yacht an der Fischermole vorbeigleiten und am gegenüberliegenden Dock abbremsen. Stickwell winkte den Männern auf dem Partyboot, dann gab er Gas.

„Bingo“, sagte ich. „Stickwell ist bestimmt dabei.“

„Wer steuert das Partyboot?“ fragte Erica. Sie war so nah dran wie ich, aber ich hatte den besseren Blickwinkel.

„Der Professor nicht. Wahrscheinlich Guy Waddell.“ Ich machte ein paar Aufnahmen von dem Mann, der vermutlich Laufbursche und Mädchen für alles der Cathwaites war. Er legte die Hand über die Augen, weil ihn die Sonne blendete, und sah direkt in meine Richtung.

Ich holte meine Leine ein, unterhielt mich dabei lebhaft mit dem Angler, der ein paar Schritte von mir entfernt stand, und warf sie lachend wieder aus. Ich warf noch einen heimlichen Blick hinüber, aber das Partyboot fuhr bereits los.

„Sieht mächtig nach Cover aus“, kauderwelschte ich.

„Roger“, sagte Bart.

„Hier auch alles klar“, stimmte Lizzie zu. „Bin sofort da.“

„Verstanden. Ende“, sagte Erica. Sie startete die Seaswirl und tuckerte zur Anlegestelle, um uns einzuladen.

„Mit einem Köder geht es besser“, sagte der Angler neben mir, als ich die Leine wieder einholte.

„Wirklich? Ich werd's mir merken.“

Zu viert warteten wir in meinem Haus, bis es dunkel wurde. Ich nahm die Diskette aus der Kamera und schob sie in meinen Laptop. Mit der speziellen Software konnte ich die Fotos manuell bearbeiten, vergrößern und drucken. Während sie ausgedruckt wurden, rief ich Martha an und hinterließ eine Nachricht auf ihrem Anrufbeantworter, sie solle zurückrufen. Bart und Erica machten inzwischen Omelettes aus den Resten des *carne asada*, die wir am Küchentisch verdrückten. Ich versuchte, Erica nicht zu oft anzusehen, vergeblich. Unter dem Tisch fand ihr Fuß immer wieder meinen, außerdem sah ich sie eben gern an.

Gegen neun drängten wir uns in Ericas Boot und fuhren zur Sturgeon Bay. Mein Boot hatte Cathwaite gestern gesehen, und heute im Hafen konnte es jeder bemerkt haben, deshalb nahmen wir ihres. Lizzie und Bart waren von dem

Abenteuer so angeregt, daß sie den ganzen Weg über plapperten; als wir in die Bucht einfuhren, wurden sie still. Erica schaltete die Scheinwerfer aus und verlangsamte die Fahrt.

„Halte auf das gegenüberliegende Ufer zu", sagte ich überflüssigerweise. Sie steuerte bereits darauf zu. Das Partyboot lag neben Hancocks Boot und dem des Bankers am Steg. Eine bunte Lichterkette erhellte den Weg, von den Deckenbalken der vorderen Veranda hingen Papierlaternen. An den Fenstern waren die Rollos heruntergelassen, aber dahinter brannte helles Licht. Das obere Stockwerk lag im Dunkeln, abgesehen von einem Zimmer auf der Westseite, zum Ende der Bucht hin. „Das könnte es sein", flüsterte ich. „Fahr so nahe wie möglich heran."

Erica lenkte das Rennboot um die Kurve, dann stellte sie den Motor ab. Wir befanden uns direkt an der Grenze zum nächsten Grundstück, dort schien aber niemand zu Hause zu sein. Von hier aus konnten wir das beleuchtete Fenster im ersten Stock des Cathwaite-Hauses sehen.

„Könnt ihr noch näher ran?" fragte ich Lizzie und Bart. Sie hatten die Ruder ins Wasser gelassen und schoben uns lautlos ans Ufer. Als der Bug auf Grund stieß, stand ich auf.

„Wartet hier", sagte ich.

„Cass, wenn sie dich sehen, fliegt die ganze Sache auf."

„Sie werden mich nicht sehen. Ich will mich nur vergewissern."

Ich hängte mir das Fernglas um und sprang über Bord, wobei ich knöcheltief im Schlamm einsank.

„Hoffentlich waren das nicht deine besten Schuhe", gluckste Bart.

„Pst!" mahnten Lizzie und Erica gleichzeitig.

Ich ignorierte sie, kletterte das Ufer hoch und arbeitete mich durch das Unterholz zum Anwesen der Cathwaites. Unter den hohen Zedern des Nachbargrundstücks wuchsen reichlich Wildbeeren und Buschwerk. Gut als Deckung, schlecht fürs Durchkommen. Plötzlich hörte ich hinter mir ein Geräusch. Ich drehte mich vorsichtig um und sah in zwei große Augen. Erst zuckte ein Ohr, dann das andere. Als das Reh von meiner Harmlosigkeit überzeugt war, fing es wieder an zu äsen.

Mit heftig pochendem Herzen erklomm ich den kleinen Erdwall, der das Grundstück der Cathwaites umgab. Plötzlich ragte das Haus vor mir auf, ich stand knapp dreißig Meter von der Mauer entfernt. Es wirkte bedrohlich. Wieder blieb ich reglos stehen, hörte meinen Atem, achtete aber auf ein Geräusch der Hunde. Hatten sie mich gehört? Würde ihnen der Wind meinen Geruch zutragen? Je länger ich überlegte, desto gefährlicher wurde es. Ich hob das Fernglas und stützte mich mit den Ellbogen auf den kleinen Wall. Das Fenster im ersten Stock war deutlich sichtbar. Aber ich stand zu niedrig, um mehr als die Zimmerdecke und das oberste Brett eines Bücherregals zu sehen. Wenn ich nur einen dieser Bäume besteigen könnte, dachte ich, und wünschte mir Barts Spezialausrüstung herbei.

Ich wollte mich schon zurückziehen, als an der Wand neben dem Fenster plötzlich ein Rechteck aufleuchtete. Eine Tür, durch die zwei Personen auf den Balkon traten. Ihre glimmenden Zigaretten hoben sich deutlich gegen den Nachthimmel ab. Langsam brachte ich das Fernglas wieder in Position und stellte es auf die Gesichter ein. Der Banker und Professor Cathwaite lachten. Ihre tiefen Stimmen schallten über das Wasser. Hinter ihnen, durch die offene Tür, sah ich das bläuliche Schimmern eines Bildschirms.

Überzeugt, gefunden zu haben, wonach ich suchte, wollte ich so schnell wie möglich weg. Ich schob mich den Hügel hinunter, bis ich außerhalb ihrer Sicht war, stand dann auf und rannte. In dem Moment erhob sich wildes Hundegebell, ich hoffte inständig, daß die Tiere das Mäuerchen nicht überspringen konnten.

Als ich das Boot erreichte, war Erica außer sich. „Steig ein! Sie haben eben eine Art Suchscheinwerfer angeschaltet!“

Ich kletterte ins Boot und zog schuldbewußt den Kopf ein. Ich war völlig durchnäßt. Bart und Lizzie stießen uns vom Ufer ab, dann kauerten sie sich auf den Rücksitz. Da warf auch schon ein rotierender Suchscheinwerfer, der auf dem Dach des Bootshauses montiert war, einen grellen Lichtstrahl über das Wasser, der direkt auf uns zeigte.

„Vollgas", sagte ich.

Erica schob den Hebel vor, das kleine Boot bäumte sich aufheulend aus dem Wasser, schoß aus der Reichweite des Lichtstrahls und aus der Bucht.

„Oh", sagte Bart von hinten. „Ich glaube, wir bekommen Gesellschaft."

Ich blickte über die Schulter und sah zwei Scheinwerfer hintereinander, die uns jagten.

„Jet-Skis", sagte ich. „Jemand muß an der Anlegestelle gewesen sein, als wir losfuhren. Fahr in diesen Arm rein."

Erica wendete scharf und verursachte eine hohe Gischtwelle.

„Fahr ran und stell den Motor ab."

Ihr Blick sagte mir, daß sie meine Befehle nicht nötig hatte, dann würgte sie den Motor ab und ließ das Boot ans Ufer treiben. Zu viert beobachteten wir, wie die beiden Jet-Skis an uns vorbei in den Hauptkanal rasten. Ihr Motorgeräusch erinnerte an eine rasende Stechmücke.

„Das war knapp", sagte Bart. „Was nun?"

„Wir steigen aus und warten. Wenn sie umdrehen und das Boot sehen, wissen sie wenigstens nicht, wer drin war."

„Sie kennen mein Boot, Cass. Newt hat mich zu ihm begleitet, erinnerst du dich? Und jemand hat mich verfolgt."

„Nun, im schlimmsten Fall kannst du morgen eine Anzeige machen, es sei gestohlen worden. Im Moment sollten wir uns hinter den Bäumen verstecken und ruhig verhalten." Wie gut, daß der Himmel bedeckt ist, dachte ich.

Kaum hatten wir uns hinter die Bäume geduckt, kam das Heulen der Jet-Skis zurück. Jetzt hatten sie die Scheinwerfer ausgeschaltet. Sie fuhren langsamer und suchten die Ufer nach unserem Boot ab. Der auf unserer Seite näherte sich dem Arm, wo wir abgebogen waren, fuhr aber nicht hinein. Mit angehaltenem Atem beobachteten wir, wie die beiden in der Dunkelheit verschwanden und mit ihnen das nervende Motorengeräusch.

Wir warteten zehn Minuten und wollten gerade zum Boot rennen, als das Partyboot um die Kurve bog und Richtung Hafen steuerte.

„Wir können die Nacht hier verbringen", sagte Lizzie zitternd. Es hatte wieder angefangen zu nieseln.

Ich hatte das Fernglas noch um den Hals hängen, hob es hoch und richtete es auf das Partyboot. „Diesmal ist Cathwaite am Steuer und hat die gleichen zwei Fahrgäste dabei wie auf dem Herweg. Guy muß auf einem der Jet-Skis sein."

„Wer war dann auf dem anderen?" fragte Erica.

„Newt vielleicht?" Kaum hatte ich das gesagt, als Newts dunkelblaues Boot vorbeibrauste und das Partyboot heftig ins Schwanken brachte. Hinter ihm pflügte die Yacht des Bankers durchs dunkle Wasser. Lizzie zählte laut mit.

„Mrs. Cathwaite muß den zweiten Ski gefahren haben."

„Vielleicht warten sie und denken, wenn wir die anderen vorbeifahren sehen, fühlen wir uns sicher", sagte ich.

„Oder sie sind zu Hause und trocknen."

„Das täte ich auch gern", sagte Lizzie.

Inzwischen waren vom Partyboot nur noch die Rücklichter zu sehen.

„Ach, was soll's. Wenn sie uns sehen, sehen sie uns."

Wir wanderten zum Boot hinunter und kletterten hinein.

„Willst du ans Steuer?" fragte Erica.

„Nein, nein. Du machst das gut."

„Hm", sagte sie, wieder mit diesem Blick. Ich hielt den Mund, während Erica das Boot langsam über das dunkle Wasser lenkte. Ohne Scheinwerfer war das Navigieren schwieriger, aber für die anderen war es auch schwieriger, uns zu sehen. Als wir schließlich die Insel an der Zufahrt zu meiner Bucht erreichten, stieß Bart einen Seufzer aus. Inzwischen waren wir alle durchnäßt und äußerst angespannt.

„Meinst du, wir können jetzt beschleunigen?“ fragte Erica.

„Nur zu!“ sagte ich. Sie jagte das Rennboot durch den prasselnden Regen, und eine Minute später waren wir an meinem Anleger. Wir rannten um die Wette die Rampe hinauf und lachten dabei wie die Idioten, die wir vielleicht auch waren, weil wir ein unnötiges Risiko eingegangen waren und den Plan für Sonntag gefährdet hatten. Aber jetzt wußte ich wenigstens, in welchen Raum ich einbrechen mußte, und hatte eine Vorstellung, wo die Kamera zu verstecken war. Bei einem Besuch im Elektrohandel in Kings Harbor morgen früh würde es sich zeigen, ob ich recht hatte.

Niemand war in der Stimmung, über den See nach Hause zu fahren, ich brachte Lizzie im Gästezimmer unter, Bart auf dem Sofa und Erica in meinem Zimmer. Letztere Entscheidung schien niemand zu wundern, auch Panic und Gammon nicht, die sich verhielten, als hätten sie nichts anderes erwartet. Gegen Mitternacht schliefen wir alle wie satte Säuglinge.

16

Martha rief am Sonntag morgen an, als ich unter der Dusche stand. Sie und Erica hielten ein ausführliches Schwätzchen, und als Erica mir schließlich das Telefon brachte, gluckste Martha vor Vergnügen.

„Ich wußte es!“ tönte sie übermütig.

„Du ziehst voreilige Schlüsse.“

„Cassidy, du bist eine schlechte Lügnerin. Aber gut, einverstanden. Ich habe ihr übrigens angekündigt, daß ich ihr den Arm breche, wenn sie dir noch einmal weh tut.“

„Martha!“

„Das war doch Spaß. Wir haben uns wirklich nett unterhalten. Ich glaube, sie ist verliebt, sieh dich also vor. Geht's dir gut?“

Ich klemmte den Hörer gegen meine Schulter und versuchte, mir die Beine abzutrocknen, ohne ihn fallen zu lassen. „Ja, eigentlich schon. Mehr als gut sogar.“

„Du hast auf Band gesprochen, daß ich dir einen Gefallen tun soll?“

Ich berichtete ihr von den Autonummern und daß ich alles über einen Bankmenschen namens Stickwell in Erfahrung bringen wollte.

„Geht es immer noch um Tommy?“

„Ja. Langsam wird es interessant.“ Ich wagte nicht, sie von unseren Plänen zu unterrichten. Martha wurde immer nervös, wenn mein Job als Privatdetektivin Gesetzesüberschreitungen veranlaßte. Wenn ich sie informierte, würde sie bestimmt versuchen, mir das Vorhaben auszureden.

„Der Fall ist anscheinend verzwickt, Schätzchen. Hilfssheriffs und Bankdirektoren? Weiß Tom Bescheid?“

„Noch nicht. Noch bin ich unsicher wegen Hancock. Er gehört zur Spielrunde, aber das muß nichts heißen.“

„Könnte es sein, daß du mir nicht alles erzählst, oder trügt mich mein Gefühl?“

„Du bist einfach ein mißtrauischer Charakter. Wie geht es Tina?“

„Du wechselst das Thema, es geht ihr gut. Sie wartet nur darauf, dich und Erica zum Abendessen einladen zu können. Wie geht es Tommy?“

Wir redeten noch ein wenig, dann streckte ich den Kopf aus der Tür und bat Erica, mir die Autonummern zu bringen, die sie notiert hatte. Ich war noch immer tropfnaß, wickelte mich aber in meinen Bademantel, als sie hereinkam. Ich las Martha die Zahlen vor, die sie überprüfen sollte. Erica lächelte und schloß die Tür.

„Deine Freundinnen sind sehr besorgt um dich", sagte sie und zupfte spielerisch an dem Bademantel, den ich eben zugebunden hatte.

„Sie kennen deinen Ruf", sagte ich. Erica roch an meinem Hals, schob ihre Hände unter den Bademantel, ihre Finger glitten an meinem feuchten Körper herunter.

„Du wirst dich ganz naß machen", sagte ich und lehnte mich gegen sie.

„Das bin ich bereits", antwortete sie.

Und so begann ein weiterer herrlicher Tag.

Als wir schließlich aus dem Bad kamen, waren Bart und Lizzie gegangen. Sie sollten mein Boot zum Hafen bringen, wo ich es später, wenn Erica mich hinfuhr, mitnehmen konnte. Ich hatte mich am Nachmittag mit Lizzies Schwägerin verabredet, um mit ihr die Partyvorbereitungen zu besprechen. Zuvor wollte ich mir in Kings Harbor Fernsehgeräte mit Großbildschirm ansehen. Erica sagte, sie würde mich begleiten, wenn ich sie in ein nettes Restaurant einlüde. Weil die Sonne schien, nahmen wir ihren Wagen, ein silbernes Cabrio, und öffneten das Dach. Erica hielt mit der einen Hand das Steuer, mit der anderen streichelte sie mich, dazu sang sie mit Aretha Franklin im Duett. Schade, daß wir so schnell am Parkplatz waren.

Der Verkäufer im Elektrogeschäft hielt mich für verrückt, als ich ihn bat, den Stoff vom Lautsprecher des ausgestellten Fernsehers abzumachen. Zu meinem Entzücken gab es hinter dem Tuch genügend Platz, um meine Videokamera zu installieren. Besser noch: Wenn ich das schwarze Tuch vors Gesicht hielt, konnte ich gut hindurchschauen, obwohl es von vorn ganz undurchsichtig wirkte. Das perfekte Versteck. Inzwischen beobachtete mich der Verkäufer mit echter Besorgnis. Ich drückte den stoffbespannten Rahmen wieder auf die Box, dankte ihm und sah zu, daß ich wegkam, bevor er die Männer mit den weißen Kitteln rief.

„Hunger“, sagte Erica und glitt auf den Beifahrersitz, damit ich fahren konnte.

„Fisch?“

„Gern.“

„Draußen?“

„Ich würde auch ’nen Keller nehmen. Hauptsache Essen.“

Dann saßen wir tatsächlich draußen, im „Seeigel“, einem kleinen Lokal abseits aller Touristenpfade. Das winzige Restaurant – es hatte drinnen nur sechs Tische – stand an einem der schönsten Plätze an der Küste. Deshalb hatte der Besitzer eine Treppe zum Dach gebaut, Kunstrasen ausgelegt und Plexiglaswände aufgestellt, damit die Meeresbrise niemanden vom Dach wehte. Tische und Stühle waren aus Plastik, der Hummer kam auf ein Tischtuch aus Zeitungspapier, und für die Hände gab es Schalen mit warmem Zitronenwasser. Der Hummer war frisch, das knusprige Brot ofenwarm, das Bier eiskalt. Wir rissen Stücke vom Brotlaib ab und tunkten sie in die geschmolzene Butter, die primitive Art zu essen machte uns Riesenspaß. Überraschenderweise hatten wir das Dach für uns. Die Sonne brannte herab und färbte das Wasser hinter den Uferwellen golden.

„Ich will hier nie wieder weg“, sagte Erica.

„Irgendwann werden sie uns hinauswerfen“, antwortete ich. „Und ich muß mich mit dem Partyservice treffen.“

„Nein.“ Sie sah mich so intensiv an, daß es mir in den Magen fuhr. „Ich meine wirklich weg. Vom See. Aus Cedar Hills. Von dir.“

„Oh.“

„Ist das alles? Nur oh?“

Sie lachte und gab mir unter dem Tisch einen Schubs. „Verzeih, ich hatte ein wenig mehr Begeisterung erwartet.“

„Verzeih, daß ich keine gezeigt habe. Es gibt sie durchaus. Gleich unter den Schichten panischer Angst liegt sie.“

Sie lachte wieder, aber ihre Augen wurden ernst. „Wenigstens bist du ehrlich, Cass, und gibst deine Angst zu.

Das weiß ich doch schon lange. Die große, starke Cassidy James – zittert vor Angst, sich zu verlieben."

„Das ist dein Eindruck?"

„Trifft er etwa nicht zu?"

Wir hielten die Stille aus. Wovor fürchtete ich mich? Vor allzu großer Bindung, allzu tiefen Gefühlen? Wenn ich mich fallen ließ, kam ich womöglich nicht mehr hoch. Wenn Erica etwas zustoßen sollte, wie meiner ersten Geliebten, Diane, würde ich das überleben?

„Hey", sagte sie und nahm meine Hand zwischen ihre Hände. „Wir müssen das nicht hier und jetzt besprechen."

Ich nickte hilflos. Wie konnte ich meine Gefühle ausdrücken?

„Los, gehen wir. Bevor sie uns ein Dessert anbieten. Fast habe ich schon wieder Hunger."

Doch so sehr sie sich um Leichtigkeit bemühte, ich hatte einen Spalt zu einem dunklen Gewölbe geöffnet, das ich früher oder später würde erforschen müssen. Ich konnte nicht den Rest meines Lebens in Angst vor dem Leben verbringen. Maggie Carradine hatte es gesagt. Immer wieder verliebte ich mich in unerreichbare Frauen, weil das sicher war. Solange ich ihnen nicht nahe kommen konnte, hatte ich mein Gefühl unter Kontrolle, was mir die Verzweiflung ersparte, wenn sie dann gingen.

Erica war nicht unerreichbar, sie war hier, vor mir. Obwohl in meinem Kopf sämtliche Alarmglocken schrillten, wußte ich, daß ich es so und nicht anders wollte.

Mit einem Küßchen auf die Wange und dem Versprechen, mich später anzurufen, setzte Erica mich vor Lizzies Lokal ab, dann fuhr sie weiter, Tommy besuchen. Sie hatte gespürt, daß ich Zeit zum Nachdenken brauchte, und gab mir – ohne viele Worte zu machen – den Raum dazu. Im Lokal war es kühl und dunkel. Lizzies Schwägerin saß auf einem Barhocker und trank Eistee.

„Entschuldigen Sie die Verspätung", sagte ich.

Sie musterte mich kühl. Sie war eine dralle Frau, ihre Arme schwabbelten, als sie mir die Hand schüttelte. „Ich heiße Dora. Liz sagt, Sie wollen morgen bei mir aushelfen?"

„Wenn Sie für mich eine Verwendung haben. Ich koche, putze, serviere, schneide und schnipple, was immer anliegt." Ich klang wie eine verzweifelte arbeitslose Restaurantköchin. Wir hatten beschlossen, ihr nicht die Wahrheit zu sagen. Je weniger Leute Bescheid wußten, um so besser.

„Nun, wir könnten eine zusätzliche Spülerin brauchen. Das Essen ist gesichert, außerdem bräuchten Sie ein amtsärztliches Zeugnis, wenn Sie mit Lebensmitteln umgehen. Aber mit dem Geschirr kann es zu einem Engpaß kommen, wenn viel los ist. Ich zahle aber nicht viel."

„Das macht nichts", sagte ich schnell. Ich bedachte sie mit einem herzzerreißend flehenden Blick, und sie stand auf.

„Okay. Wir starten um elf. Die Party beginnt gegen Mittag, und wir wollen alles vorbereitet haben, wenn die ersten Gäste eintreffen. Lizzie sagt, Sie können bei ihr mitfahren."

„Prima!" sagte ich. „Vielen Dank, Dora."

„Bitte pünktlich sein", sagte sie. Lieber Gott, dachte ich, laß mich nie in eine untergeordnete Position kommen, wo ich vor einem Chef Kotau machen muß. Die Dame hatte mir eben einen Gefallen getan, und doch hätte ich sie am liebsten geohrfeigt. Ich lächelte dankbar und folgte ihr zur Tür.

Als sie weg war, bestellte ich ein Bier.

„Das klappt also", sagte Lizzie.

„Drück die Daumen."

„Dir und Erica." Ihre großen braunen Augen lächelten. „Ihr habt gestern abend kaum die Finger voneinander lassen können und konntet unseren Abgang heute morgen wohl kaum erwarten."

„Lizzie! Das ist doch lächerlich!"

Ihr Lächeln wurde noch breiter. „Ich fand euch immer ein süßes Paar. Als sie dich sitzen ließ, war ich richtig traurig."

„Sie hat mich nicht sitzen gelassen. Eigentlich nicht."

„Na, schön. Ich finde, es paßt einfach, daß sie wieder da ist. Sie ist Sheila Gay, einfach unglaublich! Ich werde jedes Buch von ihr noch einmal lesen, jetzt, da ich die Autorin kenne. Soll ich dich morgen abholen, wie ich Dora sagte?"

„Ja. Es ist sicher nicht schlecht, in einem anderen Boot anzukommen. Mich kennen sie zwar nicht, aber vielleicht mein Boot. Bis morgen, Lizzie."

Seltsam berührt ging ich in den hellen Nachmittag. War der bevorstehende Vollmond schuld? Zuviel Sex? Zuviel Hummer? Ich konnte es nicht benennen, aber am liebsten hätte ich vor Freude gejauchzt und mich gleichzeitig schluchzend auf den Boden geworfen. Ich tat weder das eine noch das andere, sondern ging zum Hafen, sprang in mein Boot und ließ mich auf dem Heimweg über den Rainbow Lake von der warmen Brise trösten.

17

Als ich am Sonntagmorgen aufwachte, hatte ich Schmetterlinge im Bauch und einen steifen Nacken. Ich hatte unruhig geschlafen und immer wieder schwer geträumt. In einem Traum suchte ich mit Erica zusammen verzweifelt nach Tommy. Männer in Schnellbooten jagten uns, und die ganze Szene wurden von der *Versteckten Kamera* gefilmt. Plötzlich waren Erica und ich im Wasser. Ich wußte, daß wir die Anlegestelle erreichen mußten, bevor uns die Jet-Skis fanden, aber Erica zog mich immer wieder zurück und versuchte, mich zu küssen. Wir liebten uns im Wasser, völlig selbstvergessen, und plötzlich waren sie über uns. „Hilfe!" schrie ich dem Angler zu, der am Pier stand. Kurz bevor ich erwachte, sah der Angler auf uns herunter und kratzte sich den Bart. „Ohne Köder geht gar nichts", sagte er und legte damit den Samen für eine Idee, die mir erst viel später kommen sollte.

Als Martha anrief, hatte ich bereits mein halbes Morgentraining absolviert. Ich war sogar schwimmen gewesen. Unser Plan beunruhigte mich. Ob es klug war, einen verschlossenen Raum aufzubrechen, mit so vielen Leuten in der Nähe? Sicher war er abgeschlossen; vielleicht sogar mit einer Stolperfalle versehen. Dann wäre ich erledigt.

„Die erste Nummer, die du mir genannt hast, von dem weißen Sedan, gehört einem Maxwell P. Hawkins", sagte Martha. „Der war ein berühmter Football-Trainer im Osten. Der Falke. Vielleicht erinnerst du dich. Er bekam Spielverbot, weil er auf das eigene Team gewettet hatte."

„Wie Pete Rose?"

„Genau. Nur daß der *gegen* sein Team gewettet hat. Wie dem auch sei, er ging in den Westen und stieg groß ins Immobiliengeschäft ein. Inzwischen ist er in der Stadt bekannt. Absolut reine Weste übrigens, nicht mal ein Knöllchen."

„Und der zweite? Der schwarze Cadillac?" fragte ich.

„Gehört Kip Cage, Professor am Kings Harbor Community College. Ende sechzig. Auch keine Vorstrafen. Auch ein bekannter Name."

Kip Cage. Professor Cathwaites Co-Autor. Und der weißbärtige Mann, der Tommy an der Nase herumgeführt hatte.

„Was ist mit dem Banker? Hat der was aufzuweisen?"

„Stickwell? Ebenfalls ein aufrechter Bürger. Er sitzt in verschiedenen Vorständen, führte vor ein paar Jahren die Parade am Veteranentag an und so weiter. Es gab zwar mal eine Anzeige, aber sie wurde niedergeschlagen. Er hat Beziehungen aller Art. Das sind die oberen Zehntausend, Cass. Der Club, den du untersuchst, hat ziemlich elitäre Mitglieder."

„Danke, Martha."

„Du machst keine Dummheiten, oder?"

„Nein", log ich.

„Cass?“

„Okay. Vielleicht eine klitzekleine Dummheit. Bestimmt keine Riesendummheit.“

Sie lachte. „Warum habe ich dann kein gutes Gefühl dabei?“

Ich versprach, vorsichtig zu sein, und legte auf. Wer waren die Leute, die sich wöchentlich bei den Cathwaites trafen, um „Siebter Himmel“ zu spielen? Hohe Tiere mit Hang zum Glücksspiel? Reiche, wichtige Männer, die den lieben Gott spielten? Machtgierige Alpha-Persönlichkeiten auf der Jagd nach Nervenkitzel? Ich betrachtete die Fotos, die ich an die Wand geheftet hatte, um ein Gefühl für die Motive dieser Leute zu bekommen. Was immer sie lockt, dachte ich, ihr kleines Spiel hat Tommy fast das Leben gekostet, und dafür soll jemand büßen.

Den Rest des Morgens verbrachte ich mit Vorbereitungen. Ich übte, die Kamera aus der Tasche zu nehmen und mit dem doppelseitigen Klebeband zu befestigen. Schließlich packte ich alle Utensilien in meine doppelbödige Tasche, Dietriche, Kamera und meine .45er eingeschlossen, dann suchte ich im Schrank nach einem passenden Kleidungsstück – das Thema der Party war Hawaii – und wartete schließlich am Anlegesteg auf Lizzie. Sie war ganz pünktlich.

„Wo ist Kelly?“ fragte ich beim Einsteigen.

„Sie müßte bereits drüben sein. Ich sagte ihr, daß ich vielleicht früher gehen muß, deshalb ist sie mit denen vom Partyservice mitgefahren.“

„Nervös?“ fragte ich sie unterwegs.

„Und wie. Du auch?“

„Ein wenig“, gab ich zu. „Glaubst du, daß Bart seine Sache gut macht?“

„Er ist begeistert. Wollte immer Schauspieler werden. Jetzt hat er die Chance. Hast du für den Jet-Ski gesorgt?“

„Habe die Mietgebühr schon bezahlt. Er muß ihn nur im Hafen abholen.“

Lizzie trug ein rosa-gelb geblümtes Kopftuch, unter dem ihr Kopfhörer steckte. Sie sah damit aus wie eine niedliche alte Dame, das sagte ich ihr aber nicht.

„Nettes Hemd", bemerkte sie und deutete auf mein einziges Hawaiihemd. „Wie findest du mein Kopftuch?"

„Hinreißend", sagte ich.

„Gelogen!" Da lachten wir beide, was unsere Anspannung ein wenig lockerte.

Als wir uns der Anlegestelle näherten, erwartete uns Guy Waddell mit einem kleinen Transportwagen. Das Partyboot mit den Leuten vom Partyservice war bereits angekommen, kräftige Frauen schleppten Platten und Schüsseln zum Haus.

„Hoffentlich ist das Bierfäßchen noch kalt", sagte Guy. Ich konnte ihn zum ersten Mal richtig ansehen: schlank und drahtig, mit kräftigem Kinn und leicht O-beiniger Haltung, einem Blütenkranz um den Hals und weißen Shorts, die muskulöse, schwarz behaarte Beine sehen ließen. Er sprang ins Boot und stemmte das Faß mit einer Hand auf den Steg. Nicht nur drahtig, dachte ich. Auch stark wie ein Ochse.

„Ich bringe den Rest, wenn Sie oben alles vorbereiten möchten. Die Bar ist auf der Terrasse." Er schenkte mir einen flüchtigen Blick – einen zweiten war ich ihm offensichtlich nicht wert – und schob den Transportwagen die Rampe hoch zum Haus.

„Viel Glück", flüsterte Lizzie.

„Dir auch", sagte ich. Von schlimmen Vorahnungen bedrängt, folgte ich Guy und prägte mir dabei die Umgebung bewußt ein. Auf dem Rasen vor dem Haus baute eine Band auf, ein Gitarrist probte seine Riffs, die weit übers Wasser klangen. Am Haupteingang traf ich auf Dora, die ein überweites Hawaii-Gewand trug und ein Gesicht machte, als hätte ich mich verspätet.

„Sie können beim Ausladen helfen. Ich zeig es Ihnen."

Ich ging also wieder zurück, um eine halbe Stunde lang den Packesel zu spielen, bis alles im Haus war. Die Leute vom Partyservice bauten im Eßzimmer ein Buffet auf, die Vielfalt war gigantisch. Die kalten Gerichte lagen in eisgefüllten Schalen, unter den warmen brannten Bunsenbrenner. Die Tischdekoration bestand aus kunstvoll geschnitzten Ananas und Chrysanthemen, die in Glasschalen schwammen. Beim Auspacken hatte ich Gelegenheit, Ginny Cathwaite zu studieren. Sie war klein mit knabenhafter Figur und dunklem, glänzendem Bubikopf. Sie schoß hin und her wie eine wildgewordene Biene, probierte mit dem Finger die Gerichte, zupfte an den Blumenarrangements und stellte die Möbel gerade. Ein Energiebündel.

„Hoffentlich haben Sie den Kaviar nicht vergessen", sagte sie und lüpfte die Deckel, um einen Blick in die Töpfe und Schüsseln zu werfen.

Dora versteinerte. „Auf Eis. Dritte Schüssel da drüben."

Mrs. Cathwaite marschierte hinüber und inspizierte den Kaviar, indem sie einen rotlackierten Fingernagel hineinsteckte und probierte. Sie hatte offensichtlich keine Angst, die Gäste mit ihren Keimen zu belasten.

„Perfekt", erklärte sie. „Dora, Sie haben es wieder geschafft. Alles ganz perfekt!" Ihr rot geschminkter Mund strahlte in die Runde. Dora und das übrige Personal neigten dankbar die Köpfe. Das wurde offensichtlich auch erwartet.

Von der Küche aus beobachtete ich, wie Ginny von einem Zimmer ins andere fegte und ihre Anordnungen gab, so selbstverständlich wie ein Orchesterdirigent. Sie war mir als pfiffig, kess und allseits beliebt beschrieben worden, ich hätte wohl noch ein weiteres Adjektiv hinzugefügt. Hinter ihrem strahlenden Äußeren verbargen sich Härte und ein eiserner Wille, dem sich niemand entgegenzustellen wagte, ihr Gatte inklusive.

Da kam er die Treppe herunter, der gutaussehende, charismatische Professor, den ich vom Vorlesungssaal her kannte. Er und Ginny waren im Partnerlook gekleidet, weiße Baumwollhosen und Hawaiihemden. Sie hatte ihres unter der Brust geknotet, was ihre zierliche Figur betonte. Als er ins Zimmer kam, zupfte er neckisch an ihrer Blumenkette, sie klopfte ihm ebenso neckisch auf die Finger; eine Show perfekter ehelicher Harmonie für das Personal. Sie wirkten auf selbstverständliche Weise reich und hatten für diese kleine Einladung mal eben fünfundsiebzig Leute eingeladen, die engsten Freunde. Das Essen allein muß über tausend Dollar gekostet haben, dachte ich. Dazu die Getränke, die über zwanzig Angelruten, die für die Kinder bereit standen, die Wasserspielsachen und die Band – das kleine Fest kostete sie ein schönes Stück Geld. Wieder fragte ich mich, woher die Cathwaites das hatten. Lizzie hatte gesagt, daß Ginny nicht berufstätig war, und meine letzte Information war, daß ein Collegeprofessor allerhöchstens siebzigtausend Dollar im Jahr verdiente. Vielleicht hatten sie oder er geerbt. Oder sie hatten noch eine Nebenbeschäftigung.

„Sie sind da, Schatz“, verkündete Ginny Cathwaite. Ich blickte hinaus und sah das Partyboot mit den ersten Gästen einlaufen. Guy Waddell würde in der nächsten Stunde zu tun haben, die Leute, die kein eigenes Boot hatten, zur Party zu bringen.

Die Musik spielte, und bald waren Haus und Garten voller Menschen. Draußen kümmerte sich der Professor um die Grillstellen, wie es ihm als Mann zukam, während seine Frau die eifrige Gastgeberin spielte. Vom Steg hüpften Kinder ins Wasser oder angelten. Einige Paare tanzten bereits auf der Terrasse, und mit jeder neuen Bootsladung Gäste schien die Menge ausgelassener zu werden. Wenige Gäste waren mir von Cedar Hills her bekannt. Die meisten waren wohl Kollegen des Professors oder Bekannte aus Kings Harbor. Ich zwinkerte Lizzie zu, die hinter der Bar beschäftigt war, und sie verdrehte die Augen, als wollte sie sagen, daß sie sich für einen solchen Job nicht noch einmal freiwillig melden würde. Sie und Kelly hatten alle Hände voll zu tun. Der Alkohol floß reichlich, und der Lärmpegel stieg proportional.

Ich ging hinein und half, das steigende Chaos zu bewältigen, während ich auf Barts Ankunft wartete.

Die Treppe ins obere Stockwerk war mit einer roten Kordel abgesperrt, die mich an alte Filmtheater erinnerte. Unten gab es drei Badezimmer, einen Gesellschaftsraum mit Billardtisch und Bar, ein ruhiges Wohnzimmer mit Panoramablick auf den See und natürlich Eßzimmer und Küche. Alle Räume wurden von den Gästen benutzt und gebührend bestaunt und bewundert. Wenn Bart die Leute nicht ablenken konnte, würde ich unmöglich ungesehen nach oben kommen.

Als ich gerade unruhig werden wollte, trafen Erica und Newt ein. Ich mußte zweimal hinschauen. Erica trug ein grün-blaues ärmelloses Hawaiihemd, das bis zur Mitte ihrer Oberschenkel reichte und ihre langen braunen Beine und wohlgeformten Arme schön zur Geltung brachte. Die Leute verdrehten die Köpfe nach den beiden, und Newt sah aus wie die Katze, die eben den Kanarienvogel verschluckt hat. Er hatte seine Hand auf Ericas Rücken gelegt und schob sie stolz zur Bar. Sie bemühte sich, diese besitzanzeigende Geste zu ignorieren, aber ich sah ihr den Ärger an. Sie blickte auf ihre Uhr, ich auf die meine. Es war noch zu früh.

Ich hatte mich gefragt, ob die Mitglieder der Spielgemeinschaft eingeladen waren, und war erfreut, alle zu sehen außer Kip Cage. Stickwell hatte Frau und Kinder mitgebracht, letztere sprangen vom Dach des Bootshauses ins Wasser und veranstalteten dabei ein Riesenspektakel. Hawk, der Ex-Football-Trainer und jetzt Immobilienmakler, war ebenfalls mit Gattin gekommen. Sie war etwa halb so alt wie er, schätzte ich, als ich die beiden tanzen sah. Doch trotz der schönen Frau in seinen Armen schien er nach anderen Damen Ausschau zu halten. Ich bemerkte Guy, der endlich entspannen und sich der Party anschließen konnte, wie er sich mit Ginny Cathwaite unterhielt. Die Art, wie die beiden zusammenstanden, ließ auf eine gewisse Intimität schließen, und ich fragte mich, ob Erica mit ihrer Vermutung, daß die beiden eine Affäre miteinander hatten, richtig lag. Wie auch immer, der Professor war entweder ahnungslos oder gleichgültig. Er hielt bei den Grillstellen Hof, und sein Publikum war so hingerissen wie seine Studenten im Hörsaal.

Plötzlich ertönte das Geräusch des von Bart gemieteten Jet-Skis, der in die Bucht einfuhr. Ich sah zur Bar und begegnete Ericas Blick. Auch Lizzie hörte das Geräusch und griff an ihr Gerät unter dem Kopftuch. Erica sagte etwas zu Newt, zweifellos entschuldigte sie sich, um auf die Toilette zu gehen. Ich ging rasch ins Haus, postierte mich in der Nähe der Treppe und wartete auf Erica.

„Alles bereit", flüsterte sie. „Hoffentlich klappt es."

In dem Moment übertönte Barts Stimme den Lärm im Garten. Erst konnte ich nichts verstehen, dann setzte die Musik aus, selbst die Kinder hörten auf zu kreischen. Barts Stimme durchbrach die Stille wie ein Donnerschlag: „He, Professor! Wissen Sie, daß Guy Waddell Ihre Frau vögelt?"

Ich sah, wie sich Guy und Newt durch die Menge zum Steg drängten. Dort kurvte Bart mit seinem Jet-Ski knapp außer Reichweite auf und ab. Er trug eine Badekappe, um sein rotes Haar zu verstecken, und hatte Noxema-Gel auf sein sommersprossiges Gesicht geschmiert, was ihn fast unkenntlich machte, aber nur fast. Die Menschen drängten in Richtung des Lärms, manche lächelten verunsichert.

Guy sagte etwas, das ich nicht verstand, und Bart lachte. „Haben Sie das gehört, Professor?" brüllte er so laut, daß ihn alle hören mußten. „Er sagt, Mrs. Cathwaite wäre keine große Nummer im Bett! Na schön. Ich fand sie ganz gut!"

Jetzt hatte er Cathwaites Aufmerksamkeit und die aller Gäste. Selbst die Damen vom Partyservice waren zur Tür gekommen und wollten wissen, wer da störte.

„Los!" flüsterte Erica.

Es standen zwar noch immer ein paar Leute herum, aber deren Aufmerksamkeit war von dem Drama, das sich draußen entfaltete, total gefesselt. Ich schlüpfte unter der roten Samtkordel durch und raste mit wild pochendem Herzen die Treppe hoch. Oben angekommen, wühlte ich in meiner Tasche nach den Kopfhörern und setzte sie auf. Wenn Erica oder Lizzie jemanden kommen sahen, sollten sie mich warnen.

Es gab im ersten Stock mehr Räume, als ich vermutet hatte, aber nur einer war abgeschlossen. Ich zog meine Dietriche heraus und fummelte mit zittrigen Händen damit herum. Die Tür hatte zwei Schlösser, trotzdem war ich in weniger als einer Minute drin. Ich verschloß beide hinter mir und machte mich an die Arbeit.

Die Größe des Zimmers übertraf meine Erwartung; die Aussicht war herrlich. Die Fensterläden standen offen, was hieß, daß ich von dieser Seite des Grundstücks aus deutlich zu sehen war. Glücklicherweise hatten sich alle Festgäste auf der anderen Seite versammelt. Unten sah ich die Hunde – zwei Dobermänner, die an einer Seilrolle angekettet waren, damit sie genug Auslauf hatten und doch von den Gästen ferngehalten wurden. Von dem Lärm irritiert, zerrten sie zähnefletschend an ihren Leinen.

In der Mitte des Raums standen auf einem großen, rechteckigen Perserteppich sieben lederbezogene Dreh-Schaukelstühle um einen Mahagonitisch. Das Parkett glänzte. In der einen Ecke war ein gemauerter Kamin, links gab es eine Bar, die rechte Wand wurde ganz von Unterhaltungselektronik und einem Bildschirm eingenommen. In der Zimmermitte, neben dem Tisch, stand ein Flipchart. Ich blätterte eine Seite um und sah so etwas wie eine Punkteliste. Das System war kompliziert. Es gab Punkte für Ereignisse sowie für Häufigkeit und Intensität. Ich hatte keine Zeit, das Blatt genauer zu studieren, sah aber mit einem Blick, daß Hawk offenbar vorn lag.

Ein halbes Dutzend Videorekorder waren an Monitore angeschlossen, Monitore, wie ich mir einen bei Boney gekauft hatte. Obwohl offensichtlich aktiviert, waren im Augenblick alle Bildschirme dunkel. Nur zu gern hätte ich den großen Apparat eingeschaltet und gesehen, was der Professor gefilmt hatte, aber dazu war keine Zeit. Ich hockte mich vor den Fernseher und entfernte mit Hilfe eines Schraubenziehers den mit Stoff bespannten Rahmen vom linken Lautsprecher. Ich richtete die Kamera auf den Mahagonitisch aus, hoffte, daß ich den richtigen Winkel erwischt hatte, befestigte sie mit Klebeband und setzte den Rahmen sorgfältig wieder auf die Box. Ob das Eigengeräusch des Fernsehers ihre Stimmen übertönen würde? In diesem Fall müßte ich einen Schnellkurs in Lippenlesen absolvieren, wie Boney vorgeschlagen hatte. So schnell wie möglich regelte ich mit der Fernbedienung die Sache so, daß der Ton hauptsächlich aus dem rechten Lautsprecher kam, um Störungen möglichst zu verhindern.

„Oh, oh", drang Lizzies Stimme an mein Ohr und ließ mich erschrocken zusammenzucken. „Es wird heiß für Bart. Kann er verschwinden?"

„Okay!" sagte ich.

„Jippie!" ertönte Barts Schrei über Lizzies Kopfhörer, ebenso das Röhren des Jet-Ski und das Geräusch zweier Boote dicht dahinter.

„Bist du draußen?" fragte Lizzie.

„Noch nicht. Noch eine Minute."

„Es wird voll hier drin", sagte Erica.

„Verstanden. Ende."

Ich öffnete Schubladen und Schranktüren der Medienwand und suchte Cathwaites Videosammlung. Als ich eine hohe, schmale Tür drückte, sprang sie auf und gab den Blick auf eine eindrucksvolle Reihe aufrecht nebeneinander stehender Videokassetten frei. Auf einen Federdruck hin drehte sich das Fach, nach der dritten Umdrehung fand ich das Gesuchte. Sorgfältig beschriftete Kassetten mit Titeln wie *Feuer im Restaurant von K.H., Skandal in Hawks Kirche, Die*

Versuchung des Pizza-Lieferanten – die schiere Menge beeindruckte mich. Wie lange trieben die das schon?

„Achtung, Cass. Die Cathwaites gehen die Treppe hoch!“

Ich konnte nicht mehr antworten. Ich steckte mehrere Videos in meine Tasche, schob die Hüllen wieder ins Regal und schloß die Schranktür. Vor der Tür waren bereits ihre Stimmen zu hören.

Der sonst so unerschütterliche Professor war wütend. „Quatsch. Du weißt genau, wer das war. Der Junge aus der Bar. Dessen Bruder im Augenblick am Rainbow Ridge ist!“

„Schrei mich nicht an“, zischte sie. „Ich kenne ihn nicht. Geh sofort zu den Gästen und klär die Sache auf. Wir dürfen nicht zulassen, daß ein Betrunkener unser Fest verdirbt!“

Sie standen direkt vor der Tür, ich erstarrte vor Schreck. Jede Bewegung würde mich verraten. Der Professor klang, als beherrsche er sich nur mühsam. „Du hast natürlich recht. Wir besprechen das später. Geh bitte vor, ich komme gleich nach. Ich möchte nur noch etwas nachsehen.“

Ich hörte seinen Schlüssel im Schloß, und mein Puls hämmerte. Kein Versteck in diesem Zimmer! Der Balkon! Ich rannte zur Tür, schloß sie auf und schlüpfte hinaus. Im gleichen Moment wurde die andere Tür geöffnet, und der Professor trat ein.

Ich ging in die Knie, dann legte ich mich platt auf den Bauch und preßte mich an den Balkonboden. Ich hörte, wie er den Schrank öffnete. Würde er eine Veränderung bemerken? Einen bestimmten Film vermissen? Ich kroch ein wenig vor, eng an der Wand unter dem Fenster, unter mir das unverkennbare gutturale Knurren von zwei wütenden Hunden. Ihre dunklen Augen starrten hoch zu mir, aber mir blieb keine andere Wahl. Wenn Cathwaite merkte, daß ein Film fehlte, würde ihm auch bald die unversperrte Balkontür auffallen. Wenn er auf den Balkon kam, war alles aus.

Ich kroch zum Ende des Balkons, wo eine bunte Hängematte zwischen Pfosten und Geländer gespannt war. Die hatte ich am Freitagabend nicht bemerkt. Ich sah Mrs. Cathwaite vor mir, wie sie in der Hängematte lag und sich die Sonne auf den Pelz scheinen ließ. Plötzlich hörte ich die Tür aufgehen und Hawks laute, fröhliche Stimme.

„Tolle Party, Professor. Schade, daß wir von dem Kerl nichts wußten. Andernfalls hätten wir wetten können, eh?"

Ich preßte mich gegen die Mauer, legte das Ohr ans Holz und betete, daß keiner zum Rauchen auf den Balkon kam.

„Was meinst du damit?" fragte Cathwaite irritiert.

„Na, überleg mal", dröhnte Hawk. „Wir hätten Wetten abschließen können, wie du oder Ginny auf den kleinen Scheißer reagieren. Würde Guy ihn vermöbeln? Oder du?" Er stockte und fügte dann lachend hinzu: „Oder Ginny?"

„Was sagst du da, Hawk? Hast du das geplant? Wolltest du mir einen Streich spielen?"

Hawk brach wieder in dröhnendes Gelächter aus. „Aber nein, ich doch nicht. Ich meine nur, es wäre ein gutes Spiel und toll gewesen, den Film hinterher anzusehen, nichts weiter. Was machst du übrigens hier oben?"

„Ich bin mir fast sicher, daß der Junge mit dem Jet-Ski einer der Zwillinge aus dem Lokal ist. Sehen wir mal nach."

Die beiden schwiegen, und ich bemühte mich, die Stimmen vom Videofilm zu hören. Aber das war nicht nötig.

„Er ist es!" stieß Hawk hervor. „Du hast recht. Es ist der junge Rotschopf neben Green. Was wollte er hier?"

„Das werde ich herausfinden", sagte Cathwaite. „Inzwischen hat Guy vielleicht Hackfleisch aus ihm gemacht."

Da rauschte plötzlich Ericas aufgeregte Stimme an meinem Ohr: „Cass, ist alles in Ordnung?"

Ich flüsterte: „Das wird sich gleich rausstellen. Sag Lizzie, sie soll Kelly die Bar übergeben und an der Stelle von vorgestern auf mich warten." Hoffentlich hörte sie mich.

Ich schaltete den Kopfhörer aus und stopfte ihn in meine Tasche. Jedes weitere Geräusch war zu riskant. Ich band die Hängematte aus Nylon vom Geländer los und testete ihre

Reißfestigkeit. Sie würde halten. Ich versuchte die Entfernung zwischen der Stelle, wo ich landen würde, und dem Ende der Hundeleinen abzuschätzen. Gerade fing die Band wieder an zu spielen, das war mir sehr willkommen, falls die Hunde anfingen zu bellen.

Ich warf einen schnellen Blick in die Runde, zog mich auf das Geländer hoch, wickelte das Seil der Hängematte um mein Handgelenk und sprang. Dabei wappnete ich mich vor dem Aufprall, falls die Hängematte nicht hielt.

Wie Bungeespringen, dachte ich, nur daß ich neben dem Fall auch noch bissige Hunde fürchten mußte. Das Seil schnitt mir schmerzhaft in die Handgelenke, doch es hielt. Ich war noch immer ein, zwei Meter über dem Boden, knapp außer Reichweite der Hunde. Sie hatten ihr kehliges Knurren eingestellt und bellten wie verrückt. Jede Sekunde konnten Cathwaite und Hawk aus dem Fenster sehen oder auf den Balkon treten und mich entdecken.

Ich hielt den Atem an, ließ das Seil los, fiel auf den Boden und rollte mich gerade noch rechtzeitig aus der Reichweite der wildgewordenen Bestien. Ich sprang hoch und rannte zum Zaun. Die Hunde hinter mir her, an ihren Leinen zerrend, die sie knapp von mir fern hielten.

„Ruhe!“ dröhnte Cathwaites Stimme über den Hang, als er die Balkontür öffnete. Ich duckte mich hinter einen Baum, völlig außer Atem, und rührte mich nicht. Er hatte mich wohl nicht gesehen, aber die Hunde gaben so leicht nicht auf und bellten aufgeregt weiter. Sollte eine der Leinen reißen, wäre ich Hundefutter. Buchstäblich.

„Hierher, Franny! Hierher, Zoey! Los, ihr Mädchen!“

„Brav, brav“, schmeichelte ich flüsternd. „Geht zu Papa.“

Franny, vielleicht auch Zoey, zeigte mir ihre Zähne.

Unvermittelt tönte eine Frauenstimme über den Hof. Ginny Cathwaite auf dem Kriegspfad, offensichtlich. „Franny! Zoey! Schluß mit dem Theater! Sofort hierher!“

Cathwaite rief ihr zu: „Binde sie doch los und laß sie ein

wenig herumlaufen. Dieser Idiot hat sie ganz durcheinandergebracht."

„Seid ihr ganz durcheinander?" fragte sie mit Babystimme und kam näher. „Sind meine Hündchen gereizt?"

O Gott, dachte ich. Bitte laß sie nicht von den Leinen. Die Hunde konnten dem Ton nicht widerstehen und wackelten mit ihren Stummelschwänzen.

„Kommt schon, seid brave Mädchen." Als die Hunde nicht angerannt kamen, verlor sie die Geduld.

„Los, her mit euch und zwar dalli!"

Wie Welpen winselnd, trotteten die Hunde zu ihrer Herrin. Ich klebte noch immer am Baum und machte mich unsichtbar. Einer der Hunde bellte mich ein letztes Mal an, ganz schwach, dann hatte Ginny Cathwaite sie am Halsband, führte sie in ihre Hütte und befahl ihnen, bis auf weiteres darin zu bleiben.

„Kommst du nicht herunter?" hörte ich sie ihren Mann rufen. Ihre Stimme war wieder ganz Gastgeberin. „Die Gäste fragen nach dir."

„Ich komme schon", sagte er. „Haben sie den kleinen Scheißer gefaßt?"

„Sie sind noch nicht zurück. Ich hoffe, sie prügeln ihn gerade windelweich." Dann tat sie etwas Erschreckendes. Sie kicherte. Es klang irgendwie unpassend. Als hätte sie den falschen Knopf gedrückt und eine ihrer Persönlichkeiten sei aufgetaucht. Mich schauderte. Mit der Frau war definitiv was nicht in Ordnung. Wenn sie es war, die die Fäden in der Hand hatte, war die Sache noch gefährlicher.

Ich wartete, bis die beiden wirklich weg waren, dann spähte ich nach den Hunden. Sie waren in ihrer Hütte, ich raste zur Mauer, schwang mich hinüber und fiel auf der anderen Seite so hart auf den Boden, daß mir die Luft wegblieb. Ich rappelte mich auf, zwang mich, ruhig zu atmen, und schlug mich durch Brombeergestrüpp und Unterholz auf die andere Seite der Bucht durch. Als ich Lizzies Boot sah, weinte ich beinahe vor Erleichterung. Erica half mir an Bord; ihr sonst so glattes Gesicht war von Angst verzerrt.

„Was ist passiert?“ fragte Lizzie und legte vom Ufer ab.

„Ich dachte, du wolltest mich warnen“, beschwerte ich mich.

„Sie kamen hereingestürmt und drängten sich an mir vorbei“, erklärte Erica. „Damit hatten wir nicht gerechnet. Ist dir nichts passiert?“

„Nein. Tut mir leid, ich wollte dich nicht anmaulen. Ich habe mir nur beinahe in die Hose gemacht. Ist Bart in Sicherheit?“

„Er lieferte ihnen ein Rennen zum Hafen und klang, als hätte er einen Riesenspaß dabei. Hoffentlich ist er gut zu Hause angekommen und wartet dort auf uns. Hast du die Kamera anbringen können?“

Ich informierte sie über sämtliche Details.

„Seht mal da!“ sagte Lizzie. „Newt und Guy haben das Wettrennen mit Bart wohl verloren. Erica, du duckst dich besser, sonst fragt dich dein Freund, warum du so früh nach Hause fährst.“ Die beiden Jet-Skis kamen direkt auf uns zu, und Erica duckte sich. Newt sah sie nicht. Ich ignorierte sie, obwohl sie zu uns herüberstarrten. Wann würde ihnen ein Licht aufgehen? Hoffentlich erst, nachdem uns eines aufgegangen war.

18

Bart half mir den Fernseher und das Videogerät aus meinem Schlafzimmer neben die Apparate im Wohnzimmer zu stellen, damit wir die Videos ansehen und gleichzeitig ein Auge auf das Spielzimmer der Cathwaites halten konnten. Die Kamera war aufnahmebereit, aber nachdem Cathwaite und

Hawk sich wieder nach unten begeben hatten, blieb der Bildschirm dunkel.

Zwei Stunden lang sahen wir Videofilme an, danach waren wir überzeugt, daß die Spieler von „Siebter Himmel" vor nichts zurückschreckten. In einem Spiel hatte der Ex-Football-Trainer Hawk ein Gerücht über den Pastor seiner Kirche ausgestreut, und der Club hatte Wetten abgeschlossen, wer dem Pastor zuerst davon erzählen würde. Es war ein gemeiner, bösartiger Jux, der keinen anderen Zweck hatte, als dem Club etwas zum Wetten zu liefern. Der Bankdirektor hatte eine Tüte mit Falschgeld im Aufenthaltsraum des Personals deponiert und verkündet, daß er an dem Tag abwesend sei. Die Clubmitglieder hatten gewettet, welcher Angestellte die Tüte finden und wie er oder sie reagieren würde. Ginny Cathwaite hatte dem Kollegium der Grundschule von Cedar Hills einen anonymen Brief geschrieben, in dem sie behauptete, unter ihnen sei ein Kinderschänder. Die Clubmitglieder schlossen Wetten ab, wie jeder reagieren würde, wer das Thema als erster anschneiden und wer am stärksten verdächtigt werden würde. Das war nur die Spitze des Eisbergs, das wußte ich, denn im Schrank des Professors hatte ich massenhaft Filme gesehen.

„Oh, da kommen sie!" sagte Erica und deutete auf den zweiten Bildschirm. Und wirklich, Cathwaite und seine sehr aufgeregte Frau, gefolgt von den anderen Spielern, betraten nacheinander das Zimmer. Ich stellte den einen Apparat ab und den anderen lauter.

„Ich wußte, daß sie sich versammeln würden", triumphierte ich.

„Pst!" sagte Lizzie. „Ich will das hören."

„Sie ist ein fieses Frauenzimmer", sagte Bart.

Wir betrachteten das grobkörnige, aber deutlich erkennbare Bild der Szene, die sich um den Mahagonitisch herum entwickelte. Ginny Cathwaite hielt eine Strafpredigt, die anderen sahen entsprechend schuldbewußt drein. Die Party war anscheinend zu Ende, doch die Clubmitglieder blieben noch da, um über Barts Auftritt zu diskutieren. Auch der weißhaarige Kollege des Professors, Kip Cage, war da.

„Kann mir jemand erklären, warum einer dieser lächerlichen Zwillinge vulgäre Bösartigkeiten über mich verbreitet und das auf meiner Party! Woher weiß er überhaupt von meiner Existenz? Irgend etwas stimmt hier nicht, und die einzige Erklärung, die ich dafür habe, ist, daß einer in dieser Runde sein Maul aufgerissen hat."

„Beruhige dich, Gin. Niemand hat geplaudert. Stimmt's?" Cathwaite blickte einen nach dem anderen scharf an.

„Ich vermute, daß diese Trinidad dahintersteckt", sagte Newt. „Ich glaube immer noch, daß der kleine Green was zu ihr gesagt hat, bevor er, hm, in Ohnmacht fiel. Und jetzt ist dieser Bart immer wieder bei ihr zu Hause. Da muß eine Verbindung bestehen."

„Hast du nicht gesagt, er habe nicht gesehen, wer ihn niederschlug?"

„Stimmt. Das heißt aber nicht, daß er keinen Verdacht hatte."

„Nun ja, die Kamera, die du bei ihr installiert hast, war nicht sehr ergiebig. Abgesehen vom pornographischen Wert", kicherte der Professor.

„Bin gespannt darauf", sagte Newt.

Erica war entsetzt. „Sie haben bei mir spioniert?"

„O Gott", sagte ich, weil ich jetzt erst verstand, wer auf dem Pornofilm war.

„Pst!" zischten Bart und Lizzie.

„Nun", sagte Guy Waddell. „Wir müßten überhaupt nicht diskutieren, wenn du nicht überreagiert hättest, Newt. Ich verstehe noch immer nicht, was du dir dabei gedacht hast."

„Das habe ich euch doch gesagt. Samstagabend kam der Junge auf mich zu und bedrohte mich. Er wisse, was ich im Schilde führte, und würde das nicht dulden. Er habe Beweise. Ich dachte, er meint uns. Das Spiel. Ich wimmelte ihn ab, so gut es ging, und wollte euch fragen, was zu tun sei. Dann sah ich ihn am Samstag in der Toilette und habe die Gelegenheit genutzt." Newt lehnte sich in seinem Stuhl zurück und gähnte.

„Na ja, zumindest hat der Film aus Trinidads Haus eines geklärt: Er sprach von einem Foto deines Wagens. Das war alles, Newt. Er dachte, du und sein Bruder würdet ihn hintergehen", sagte Cathwaite.

Hawk lachte schallend. „Dafür gehört ihr wirklich gestraft. Buck ist zäher als ihr, er gibt nicht so schnell auf."

„Ich denke, wir sollten dieses Spiel beenden", sagte Ginny. „Es wird zu kompliziert."

„Wir hätten es in dem Augenblick einstellen sollen, als Newt den kleinen Green niedergeschlagen hat", meinte Stickwell, der Banker. „Das habe ich damals gesagt, und das sage ich heute. Regeln hin oder her."

„Nun ja, du hast ja auch gewettet, daß der Rotschopf am längsten durchhält, deshalb", sagte Hawk. „Weil Rothaarige hartnäckig sind, ausdauernd und immer bis zum Schluß durchhalten, wenn ich mich recht erinnere. Was dir entgangen ist, Stick, ist, daß der Glatzkopf auch rothaarig ist."

„Stimmen wir ab", sagte Guy. Er sah den Professor an, dann Ginny. Diese nickte, und Cathwaite faßte zusammen:

„Wer dafür ist, daß wir mit dem Rainbow Ridge-Gold-Spiel aufhören, sage ja."

Die Frage wurde von fünf Stimmen gleichzeitig positiv beantwortet. Hawk und Kip Cage wollten weitermachen.

„Also gut", sagte Professor Cathwaite. „Guy, du holst morgen die Kamera vom Berg. Paß auf, daß du keine roten Halstücher herumhängen läßt."

„Aye, aye, Sir", sagte Guy und salutierte.

Gab es kleine Meinungsverschiedenheiten in der Truppe?

„Und was machen wir mit diesem lästigen Bart?" fragte Ginny. „Er hat sich offensichtlich etwas zusammengereimt, sonst wäre er heute hier nicht aufgetaucht."

„Wir beobachten ihn weiter. Die Kamera ist doch noch im Haus der Trinidad installiert, oder?“ fragte Stickwell.

Cathwaite grinste. „Klar, mitten im Wohnzimmer. Ihr werdet euren Spaß an den Aufnahmen haben. Vielleicht wäre das Stoff für eine Wette, aber das ist eure Entscheidung.“

„Der Rotschopf beim Vögeln der Trinidad?“ fragte Cage.

„Nicht ganz“, lachte Cathwaite. „Du wirst staunen.“

Er stand auf, ging zum Fernseher und beugte sich so nah vor die Kamera, daß jedes einzelne Nackenhaar zu erkennen war. Plötzlich kam ein leiser Zischlaut über die Lautsprecher; er hatte eines der Bänder aktiviert. Stimmen waren nicht zu hören, aber die unverwechselbaren Geräusche eines Liebesspiels.

„Hey, die kenne ich doch!“ sagte Newt, wobei seine Stimme von den Tonbandgeräuschen leicht gedämpft klang. „Sie ist mit Booker befreundet. Was geht denn hier ab?“

Cathwaite kicherte. „Du hast anscheinend Konkurrenz, Newt. Deine Freundin spielt wohl für beide Teams.“

„Stell ab, Cass. Das ist doch unglaublich!“ Erica war aschfahl. Ich drückte auf die Fernbedienung, der Bildschirm wurde dunkel. Meine Wangen brannten. Bart und Lizzie starrten auf den See und gaben vor, das letzte Stück Tonband nicht gehört zu haben. Die Stille im Raum war ohrenbetäubend.

„Okay“, sagte ich schließlich, stand auf und ging mit großen Schritten durchs Wohnzimmer. „Gehen wir nach draußen.“

Sie folgten mir auf die Terrasse, Bart kam als letzter. Er hatte vier Büchsen Bier aus dem Kühlschrank genommen und reichte sie herum. „Das haben wir uns verdient“, sagte er. Niemand widersprach.

„Hier draußen fühle ich mich sicherer beim Sprechen“, stellte ich fest.

„Newt Hancock hat Tommy überfallen“, sagte Erica. „Und wir können es beweisen.“

„Wäre das Tonband vor Gericht überhaupt zulässig?“ fragte Lizzie.

„Das ist Ermessenssache“, erwiderte ich. „Es kommt auf den Richter an, und diese Typen haben überall ihre Verbindungen. Verdammt noch mal, es muß doch eine Möglichkeit geben, ihn zu packen.“

„Nicht nur ihn“, sagte Bart. „Sie sind alle beteiligt. Ihnen scheint es egal zu sein, ob Tommy stirbt.“

„Sie haben nicht mal seinen Namen genannt“, sagte Erica mit steigendem Zorn.

„Hast du gesehen, wie Newt gähnte, als er davon sprach?“ fragte ich. „Der Kerl ist ein gewissenloser Psychopath.“

„Das sind sie alle. Sie risikieren Menschenleben für ihr Spiel“, sagte Erica.

Bart nickte. „Und die ganze Zeit wetten sie, wer was tun wird und wie lange – als wären wir Schachfiguren!“

„Schade, daß wir den Spieß nicht umdrehen und sie mit ihren Waffen schlagen können“, sagte ich. „Der Professor spricht in seinem Buch davon, daß menschliches Verhalten vorhersagbar ist, besonders im Hinblick auf die Schwächen der Menschen. Kennst du ihre Schwächen, sagt er, sind sie ausbeutbar. Man kann sie dazu bringen, sich in vorhersagbaren Mustern zu verhalten, und damit kann man sie im Grunde kontrollieren.“

„Das ist pervers“, sagte Lizzie.

„Also?“ fragte Erica und sah mich an. Ich ging auf der Terrasse hin und her, während in meinem Kopf eine Idee Gestalt annahm.

„Also: Was ist ihre Schwäche? Als Gruppe, meine ich?“

„Sie sind idiotische Mißgeburten.“ Der Vorschlag kam von Lizzie.

„Gut. Was noch?“

„Macht. Sie spielen Gott, überwachen andere“, sagte Erica.

„Gier", fügte Bart hinzu. „Du hast mich mal nach ihrer Gemeinsamkeit gefragt, und wir kamen auf Geld. Aber es steckt noch mehr dahinter. Sie haben nicht nur Geld. Sie lieben Geld. Sie wollen immer mehr davon."

„Ich glaube nicht, daß es nur das Geld ist, Bart. Ich glaube, es ist das Gewinnen. Das Spiel ist ein Machtspiel – kein Kinderspiel. Und sie wollen es unbedingt gewinnen! Ihr habt Hawks Augen aufleuchten sehen, als er davon sprach, wie er die anderen überrunden würde. Jeder hat den Drang zu gewinnen, das ist ihr Hauptmotiv."

„Sie wollen alles", sagte Lizzie. „Ich kenne solche Spielernaturen. Sie haben zehntausend in der Tasche und können nicht aufhören. Am Ende des Abends sind sie wieder bei Null, weil sie mehr wollten."

„Wir müssen uns ihren Trieb, ihre Gier, was immer es ist, zunutze machen", sagte Erica. „Wie stellen wir das an?"

„Ich habe eine Idee", sagte ich. „Wir brauchen aber Bucks Hilfe."

„Buck?" Bart riß die Augen auf.

„Jawohl. Und eine gute Theatervorstellung in Ericas Haus. Von Glück ganz abgesehen. Los, gehen wir, damit wir Rainbow Ridge vor Dunkelheit erreichen."

19

Buck war unversöhnlicher Stimmung, müde, erschöpft. Er hatte mehrere Tage auf dem Berg verbracht, sein Proviant war zur Neige gegangen, wir erwischten ihn, als er gerade aufgeben wollte.

„Ich habe dir was zu erzählen", sagte Bart. „Aber hier ist irgendwo eine Kamera, die uns möglicherweise filmt. Ich erklär es dir später. Komm mit uns."

Buck war zu müde, um sich zu sträuben. Er stieg in seinen Wagen und folgte uns zu Lizzies Wohnung, dem wahrscheinlich sichersten Platz. Lizzie ließ ihn erst unter die Dusche gehen, dann taute sie eine Pizza auf, die wir gemeinsam auf dem Boden ihres Wohnzimmers sitzend verzehrten.

„Ich kann's nicht glauben, verdammt noch mal", sagte Buck wieder und wieder, als Bart ihm die Geschichte erzählte. „Warum hast du mir nicht früher was gesagt!" Er starrte seinen Bruder an. Gleich würde er explodieren. Sein Nasenstecker glühte bedrohlich.

„Weil du dich wie ein Idiot benommen hast, deswegen." Sie starrten einander an – ewig, schien es mir – ich bekam es mit der Angst zu tun.

Schließlich nickte Buck und lehnte sich in Lizzies Sofa zurück. „Okay, ich war ein Idiot. Tut mir leid, ja? Und warum erzählt ihr es mir jetzt?"

„Weil sie die noch größeren Idioten sind", sagte Erica. Bart lachte, und Lizzie verschluckte sich an ihrem Bier. Sogar Buck lächelte und sah einen Augenblick richtig nett aus. Ich ahnte unter all der Wut den Siebenjährigen, der seine kleine Schwester im Arm hielt. Doch der kleine Junge verschwand sofort wieder.

Buck blickte mich finster an. „Warum braucht ihr mich?"

„Weil sie dich noch überwachen, das zum einen", sagte ich. „Und weil es gerecht ist. Sie haben dich benutzt, jetzt benutzt du sie."

„Indem ich so tue, als hätte ich das Gold gefunden", sagte er.

„Richtig", nickte Bart. „Du glaubst doch nicht, daß sie dir das Gold lassen? Sicher nicht! Sie werden hinter dir her sein."

„Um mich umzubringen."

„So weit werden wir es nicht kommen lassen, Buck", sagte ich.

„Schon gut, ich mache mir keine Sorgen. Ich versuche nur, den Plan zu verstehen." Er steckte ein weiteres Stück

Pizza in den Mund und kaute nachdenklich. Dann lächelte er wieder. „Tommy hat ein paar Rupfensäcke in der Werkstatt, die uns vielleicht nützen. Müssen wir das unbedingt heute abend tun?"

„Morgen holt Guy die Kameras", sagte ich. „Wenn unser Teil des Plans funktioniert, werden sie ihre Monitore heute abend oder morgen früh überprüfen."

„Und was soll ich machen?" fragte Lizzie.

„Dich bereit halten", sagte ich. „Du bist der Reserveplan."

„Wie meinst du das? Was muß ich tun?"

„Nun, wenn wir die Sache verpatzen und sie Buck vor uns erreichen, sind sie als nächstes hinter uns her. In diesem Fall muß Booker informiert werden."

„Ich soll also die schlechten Nachrichten überbringen."

„Irgend jemand muß Bescheid wissen, Lizzie. Wenn du mit uns zu Erica gehst, wissen sie, daß du in die Sache verwickelt bist. Worauf sie dich mit uns in einen Topf werfen werden. Bislang halten sie dich für unbeteiligt."

„Ich überleg es mir", sagte sie. Sie sah zur Decke hinauf und hob die Stimme. „Wenn ihr lauscht, ihr Hundesöhne, das ist für euch!" Sie streckte den Mittelfinger aus und grüßte die Deckenlampe. Bart tat es ihr nach, und bald deuteten wir alle, außer Buck, zur Zimmerdecke.

„Diese Geschichte setzt euch wirklich zu. Mehr noch als mir." Buck stand auf, reckte sich, rülpste und verließ kopfschüttelnd das Wohnzimmer.

„Bis später, Bruderherz", rief Bart ihm nach.

„Okay, Kumpel."

Zehn Minuten später brausten Erica, Bart und ich über das dunkle Wasser zu Ericas Haus, bereit, unseren Teil des Theaterstücks zu spielen.

Erica und ich hatten die Kamera in ihrem Wohnzimmer entdeckt, in einem Hängekorb hinter einem dichten Farn. Wir überzeugten uns, daß die Kamera richtig eingestellt war, setzten uns auf dem Sofa in sicherem Abstand voneinander in Position und taten, als sähen wir fern. Selbstverständlich wiederholten wir nicht die Vorstellung von neulich. Als wir in den Raum kamen, wußte ich sofort, daß die Kamera aktiviert war, doch wann würde Cathwaite nach seinem Monitor sehen?

Bart klopfte, Erica öffnete ihm die Tür. Seine Aufregung war nicht nur künstlich, das sah ich seinen Augen an. Seine wahre Berufung hatte er wohl noch nicht entdeckt.

„Was hattest du heute da draußen zu suchen, Bart? Verdammt, du hast praktisch die Party geschmissen“, sagte ich dem geplanten Text entsprechend.

„Ach was, ich habe doch nur geschauspielert, Cass. Newt Hancock hat mich dafür bezahlt; er wollte einen Jux machen auf Kosten des Professors. Es geht um irgendeine Wette und seine Reaktionen. Fünfhundert Dollar hat er bezahlt, unglaublich, nicht wahr? Leichter habe ich noch nie Geld verdient.“

„Du machst Witze. Fünfhundert Dollar! Nicht zu fassen. Was soll das für ein Jux sein?“

„Keine Ahnung. Irgendein Spiel. Na ja, das ist ein Klacks gegen das, was Buck hat.“

„Hör bloß auf. Ich will von dem Gold nichts mehr hören. Der Alte hat sich mit euch einen Scherz erlaubt.“

„Nein, Cass! Hör zu. Nach dem kleinen Streich bei der Party ging ich zum Ridge hoch, um aus dem Weg zu sein, und traf dort auf Buck. Er erzählte mir, daß die Schriftstücke tatsächlich gefälscht waren. Er hat gesucht und gesucht, bis er feststellte, daß ihn jemand an der Nase herumgeführt hatte.“

„Und dann?“

„Dann will er gerade gehen, als er plötzlich einen großen alten Elch sichtet. Da denkt Buck, hey, ich habe noch nie einen Elch geschossen, geht zum Wagen zurück, holt sein Gewehr und verfolgt den Elch. Doch das Tier führt ihn weit den Berg rauf und runter in ein kleines Tal, wo dieser violette Fingerhut blüht. Da erinnert sich Buck an das erste Schriftstück, wo von etwas Violettem die Rede ist, und grübelt darüber nach, während er dem Elch nachspürt, und da sieht er es!"

„Noch ein Halstuch?"

„Nein. Den Güterwagen! Auseinandergefallen und völlig verrottet, aber er ist es. Auch die Säcke sind verrottet; unmöglich, sie zu transportieren. Aber das Gold ist intakt. Soviel, sagt er, daß er tagelang schleppen müßte. Er bot mir einen Anteil, wenn ich ihm helfe. Nicht Halbe-Halbe. Nur zehn Prozent. Na ja, besser als nichts."

„Du glaubst ihm?"

„Er hat mir eine Münze gezeigt. Spanisch vermutlich. Ich habe drauf gebissen und könnte schwören, daß sie echt war."

„Warum erzählst du uns das, Bart? Das ist Buck bestimmt nicht recht."

Er schwieg, zappelte aber weiter mit Händen und Füßen. „Nur für den Fall", sagte er schließlich.

„Welchen Fall?"

„Falls Buck sein Wort bricht. Falls mir was passiert."

Wir sagten nichts und ließen die Worte wirken.

„Du meinst, er könnte versuchen, dich umzubringen? Seinen eigenen Bruder?" fragte ich schließlich ungläubig.

„Du kennst Buck nicht. Und es ist eine Menge Gold, Cass. Unvorstellbar viel, sagt er. Morgen gehe ich rauf und sehe nach. Wenn ich nicht zurückkomme, weiß wenigstens jemand Bescheid."

„Sollen wir mitgehen?" fragte Erica.

Bart lachte. „Keinesfalls. Wenn ich jemanden mitbringe, legt Buck mich garantiert um. Er ist die einzige lebendige Seele, die weiß, wo das Gold ist, und so soll es bleiben. In ein paar Tagen melde ich mich wieder, hoffentlich ein gutes Stück reicher."

Als er gegangen war, stieß Erica einen gewaltigen Seufzer aus: „Ich trau diesem Buck nicht über den Weg“, sagte sie, zum Mikrofon gewandt. „Wetten, daß er die ganze Geschichte nur erfunden hat, um Bart anzuschmieren?“

„Das werden wir in ein paar Tagen wissen. Dann ist Bart entweder reich oder verzweifelt.“

„Oder tot“, sagte sie.

„Oder das. Komm, wir gehen zu Bett.“

Wir löschten die Lichter und machten ein großes Aufheben darum, dann schlichen wir aus dem Haus und fuhren eilends zu mir, um die Reaktionen der Cathwaites zu sehen. Wir wollten erleben, wenn jemand die bei Erica versteckte Kamera überprüfte. Aber das Spielzimmer der Cathwaites war dunkel und still. Wir drehten meinen Fernseher auf volle Lautstärke und schliefen im Wohnzimmer ein, in der Hoffnung, daß die Stimmen in Cathwaites Spielzimmer uns wecken würden. Wenn niemand nachsah, hatten wir unsere kleine Show umsonst abgezogen.

Früh am nächsten Morgen, als ich gerade duschen gehen wollte, ließ sich Professor Cathwaite vernehmen. Erica hörte das Geräusch zuerst und rief mich.

„Er überprüft die Monitore!“ sagte sie. Cathwaite klickte mit der Fernbedienung einen Rekorder nach dem anderen an, wobei er die laufenden Wetten auf den neuesten Stand brachte. Den Großbildschirm konnten wir nicht sehen – unsere Kamera war unter dem Gerät versteckt – doch als Barts Stimme im Lautsprecher ertönte, schrie Erica: „Ja!“

„Er fällt drauf rein“, sagte ich und drückte die Daumen. Cathwaite spulte den Film zurück und ließ die ganze Szene noch mal ablaufen. Dann steckte er den Kopf aus der Tür und rief nach Ginny und Guy.

„Ich glaube, Newt kriegt Schwierigkeiten“, sagte ich.

„Was schreist du so rum?“ wollte Ginny Cathwaite wissen, als sie hereinkam. Sie trug einen leichten Morgenmantel, ihr Haar war noch naß vom Duschen.

„Das mußt du sehen. Wo ist Guy?“

„Woher soll ich das wissen?“

„Direkt hinter dir, Schwager. Was gibt’s?“

„Ist Guy ihr Bruder?“ fragte Erica.

Ich zuckte schweigend die Schultern, weil ich nichts verpassen wollte.

„Hör dir das an“, sagte Cathwaite und drückte die Fernbedienung. Plötzlich kamen unsere Stimmen aus dem Lautsprecher. Unheimlich, dachte ich. Wir sahen auf meinem Fernseher, wie sie auf ihrem Gerät ein Video über uns ansahen. Als sie zu der Stelle kamen, wo Bart sagt, daß Newt ihn für den Streich gegen den Professor bezahlt hätte, wurde Ginny fuchsteufelswild, aber ihr Gatte zischte sie an. Sie solle still sein und sich das Band zu Ende ansehen. Als Bart seinen Abgang machte, stoppte Cathwaite den Film.

„Dieses miese Schwein!“ stieß Ginny hervor. „Dieser Gauner begaunert auch uns!“

„Es ergibt keinen Sinn“, sagte Guy. „Warum sollte Newt auf uns wetten?“

Der Professor schüttelte den Kopf: „Es war vorauszusehen. Wir müssen ein Treffen anberaumen.“

„Jetzt? An einem Montagmorgen? Während der Arbeitszeit?“

„Sofort. Die Arbeitszeiten können mir gestohlen bleiben. Zehn Uhr. Für alle verpflichtend.“

„Soll Newt eingeladen werden?“

„Selbstverständlich.“

„Und das Gold? Hat Buck tatsächlich etwas gefunden?“

„Deshalb machen wir das Treffen. Mit Newt, diesem Abschaum, befassen wir uns später.“

„Heiße Sache!“ sagte ich und hüpfte im Zimmer herum wie ein Kind, raste ans Telefon und rief Bart an.

„Es klappt!“, sagte ich.

„Ja!“ schrie er in den Hörer, „Buck, es klappt! Los, wir gehen!“

Dann erledigte ich einen weiteren Telefonanruf, einen, vor dem ich mich am liebsten gedrückt hätte. Rosie ging an den Apparat und rief dann Booker.

„Ich spreche nicht mehr mit dir", sagte er.

„Das kann ich dir nicht verübeln. Aber du wirst meine Füße küssen wollen, wenn der Tag vorbei ist."

„Das bezweifle ich. Warum?"

„Wenn ich dich um etwas wirklich Seltsames bitten würde, etwas ganz Seltsames, und dich bitten würde, mir zu vertrauen, daß es funktioniert, würdest du es tun?"

„Keinesfalls. Ich kann ja nicht mal darauf vertrauen, daß du fair mit mir umgehst! Du schickst mich auf Wildentenjagd und agierst währenddessen mit Erica hinter meinem Rücken. Meinst du, ich merke nicht, daß du was im Schilde führst?"

„Tom. Ohne einen wirklich guten Grund würde ich dir nie etwas vorenthalten."

„Zum Beispiel?"

„Sitzt du gut?" Ich wartete, weil ich wußte, daß Booker stocksauer war, und atmete tief durch. „Zum Beispiel, daß dein Hilfssheriff den Mordversuch an Tommy verübt hat", platzte ich schließlich heraus.

„Wie bitte? Newt?"

Ich antwortete nicht gleich, sondern ließ die Worte einwirken.

„Sag mir, was los ist, junge Frau."

„Das werde ich Newt selbst überlassen. Aber nicht jetzt gleich. Erst mußt du mir einen Gefallen tun. Ich habe hier eine Liste von Leuten, die ich in deinem Namen anrufen und für heute nachmittag ins Rathaus einladen möchte. Ich hätte gern deine Erlaubnis zu sagen, daß es um eine wichtige Sache geht, die alle betrifft."

„Wie viele Leute stehen auf dieser Liste, Cass?"

„Ziemlich viele. Wenn alle kommen, ist der Saal voll."

„Ich darf wohl annehmen, daß Newt an diesem Treffen teilnehmen wird?"

„O ja. Newt und ein paar seiner engsten und liebsten Freunde."

Nach einer weiteren halben Stunde hatte ich Booker überzeugt. Ich mußte ihm schließlich doch alles erzählen, erst dann verstand er, daß ich versuchen mußte, öffentlich zu reagieren. Er war nicht begeistert und bezeichnete mich mit wenig schmeichelhaften Ausdrücken. Doch am Ende erklärte er sich bereit, einige der wichtigsten Personen selbst anzurufen, und wünschte mir Glück bei den anderen. Die Mitglieder der Spielgemeinschaft sollte er erst nach Mittag verständigen, weil ich ihr Treffen bei Cathwaite abwarten wollte.

Erica bewachte den Fernseher, damit uns keine Bewegung bei den Cathwaites entging, und suchte die Telefonnummern heraus, während ich die Anrufe erledigte. Nach den ersten drei hatte ich die Platte drauf. Ich teilte allen gerade soviel mit, daß ihre Neugier geweckt war – schon aus dem Grund würden sie kommen. Ich hatte die Mittagszeit gewählt, weil ich davon ausging, daß da auch Angestellte Zeit haben. Als die Frau des Bankdirektors sagte, sie könne wahrscheinlich nicht kommen, machte ich sie darauf aufmerksam, daß sie die Sache dann wohl erst aus den Abendnachrichten erfahren würde. Daraufhin versprach sie, ihren Friseurtermin zu verlegen, wenn irgend möglich.

Auch der Pastor von Hawks Gemeinde war widerwillig, aber ich versprach ihm ein einmaliges Erlebnis. Die Vorsitzende der Lehrer-Elternvereinigung von Cedar Hills hatte keine Ahnung, warum sie eingeladen wurde, sagte aber zu. Ich lud Mrs. Peters ein, die Bibliothekarin, Tommys Mutter und Tante, Gus Townsend, den Postboten, einfach alle, die es angehen könnte. Selbst der Dekan des Kings Harbor Community College meinte, er würde sein Möglichstes tun, als er hörte, daß es um zwei Mitglieder seines Lehrkörpers ging. Martha rief ich als letzte an und war überrascht, daß sie meinen Anruf erwartet hatte.

„Booker hat mich informiert", sagte sie. „Meinst du wirklich, daß es funktioniert?"

Ich war nicht hundertprozentig sicher und gab es zu.

Sie kicherte. „Das ist es, was ich an dir so schätze. Du überzeugst alle, daß du die Sache unter Kontrolle hast, während du selbst noch Zweifel hast. Wie gefährlich wärst du erst, wenn du dir ganz sicher bist."

„Keine Zeit für eine Vorlesung, Martha. Kommst du?"

„Das fragst du! Meinst du, ich würde die Cassidy James-Version von *Versteckte Kamera* verpassen? Selbstverständlich komme ich. Mit fliegenden Fahnen."

„Laß die Fahnen zu Hause. Bring deine Waffe mit."

„Schon gut, Schatz. Paß du auf dich selbst auf."

Als ich fertig war, fühlte sich mein Ohr ganz abgestorben an, aber die Stadt brodelte in Erwartung des Ereignisses. Erica stand vor dem Fernseher und beobachtete das Spielzimmer der Cathwaites. „Sie sind alle da", sagte sie. „In der letzten halben Stunde haben sie die Kamera vom Rainbow Ridge überwacht. Eben kam Buck ins Blickfeld, wie er leere Säcke zur Straße schleppt. Sie glauben es wirklich, Baby." Wie süß das klang. *Baby.* Ich lächelte Erica an. Über meine Gefühle würde ich bei einer späteren Gelegenheit mit ihr sprechen. Dann überzeugte ich mich noch einmal, daß das Gerät funktionierte, machte es mir bequem und sah mir das letzte Treffen der Spielgemeinschaft an.

20

Es kamen nicht nur die Eingeladenen, sondern viele, die von dem Treffen nur gehört hatten. Alles war unter großem Zeitdruck organisiert worden, deshalb spürte ich ein flaues Gefühl im Magen.

„Wir hätten vorher was essen sollen, das sagte ich doch", neckte Erica.

„Später", gab ich zurück. „Dann kannst du mich in den Seeigel einladen und mit Hummer füttern."

„Das wird nicht unser erstes Ziel sein", sagte sie mit einem Lächeln, das mein Herz zum Schmelzen brachte.

Booker kam und wirkte noch nervöser als ich. „Den Professor habe ich noch nicht gesehen", meinte er.

„Sie sind eben eingetroffen. Ich befürchte, daß sie kneifen, wenn sie merken, was los ist."

„Ich werde neben der Tür stehen. Wer kneifen will, muß an mir vorbei. Hoffentlich macht Newt keine Dummheiten."

„Hoffentlich doch. Und wenn man vom Teufel spricht..." sagte ich und wies mit dem Kinn zum Saaleingang.

Newt kam hereingeschlendert, sah sich mit müdem Blick um, entdeckte Booker und ging auf ihn zu. „Hallo, Sheriff. Was ist los? Die ganze Stadt ist in Aufregung. Gibt es Krieg oder was? Einen Bombenangriff? Zielt ein Meteor direkt auf Cedar Hills? Warum sind die Medien nicht eingeladen?"

Wir hatten sie durchaus eingeladen, ihnen aber das Versprechen abgenommen, sich bedeckt zu halten und auf unser Signal zu warten.

„Du wirst schon sehen", meinte Booker. „Setz dich, Newt. Vielleicht brauche ich dich später, bleib bitte in der Nähe."

„Na gut." Er zuckte mit den Schultern, rückte seinen Stetson zurecht und ließ sich auf einem Platz ganz hinten nieder.

„Das wär's wohl", sagte Booker. „Alle sieben sind da."

„Stimmt. Auf geht's."

Wir gingen zusammen zum Podium, und Booker bat die Versammlung um Ruhe. Da ging die Tür auf, und Bart und Buck Bailey schlüpften mit Lizzie Thompson herein. Sie stellten sich neben Erica an die Rückwand.

„Ich danke Ihnen allen, daß Sie gekommen sind, trotz der kurzfristigen Benachrichtigung. Ich weiß, daß Sie sehr beunruhigt sind. Meine Freundin Cassidy James wird Ihnen alles erklären. Ich bitte Sie nur, sitzen zu bleiben, bis wir fertig sind. Wenn es dann noch Fragen gibt, werden wir sie beantworten. Cass?"

Ich ging ans Mikro und räusperte mich. „Ich hatte Angst, daß mich jemand hindern möchte, zu Ende zu sprechen, deshalb habe ich aufgenommen, was ich zu sagen habe. Bitte lassen Sie sich von niemand abhalten, die Sache bis zum Ende anzusehen." Ich schaltete das Videogerät an, die beiden Bildschirme an der Stirnseite des Saales leuchteten auf und zeigten mich in Großaufnahme. Meine Stimme klang seltsam; offensichtlich war ich beim Sprechen nervös gewesen. Ich trat zur Seite und beobachtete die Menschenmenge, die aufmerksam meiner Rede lauschte.

„Wie manche von Ihnen wissen, wurde am letzten Sonntag im Stadtpark ein Überfall auf meinen Freund Tommy Green verübt. Tommy liegt noch immer im Koma, und die Person, die den Mordversuch unternommen hat, sitzt in diesem Raum."

Ich hatte Äußerungen des Erstaunens erwartet, doch es wurde totenstill. Ich suchte in Newts Gesicht vergeblich nach einem Anzeichen von Besorgnis. Seine Züge waren maskenhaft ruhig.

„In den letzten Tagen habe ich Dinge erfahren, die mich schockieren und abstoßen. Einige hier im Raum waren unwissentlich Opfer von Belästigungen. Sie haben nichts erfahren, weil gewisse Leute sich einen Spaß daraus machen, sie an vermeintlich privaten Orten auszuspionieren. Und nicht nur das. Sie stellen ihnen Fallen. Haben Sie vielleicht Geld gefunden und sich gefragt, was tun damit?" Ich blickte zu der Bankangestellten, die Stickwells Köder angenommen hatte. Sie war nicht die einzige, die an meinen Lippen hing. „Ich muß Ihnen sagen, daß das Geld absichtlich deponiert wurde und eine Gruppe von Leuten Wetten über Ihre Reaktion abschloß. Welches Gefühl löst das bei Ihnen aus?"

Stickwell wand sich auf seinem Stuhl und sah zu Hawk hinüber, der ein paar Meter weiter saß. Hawk zuckte leicht mit den Schultern und drehte sich dann zu den Cathwaites um, aber der Film ging weiter.

„Gab es bösartige Gerüchte über Sie oder einen Kollegen? Wetten, daß Sie nicht wußten, daß die Leute, die das Gerücht in die Welt setzten, ebenfalls Wetten abschlossen. Über Ihre Reaktionen. Sie haben Feuer in einem öffentlichen Gebäude gelegt, um zu wetten, ob sich die Opfer mutig oder feige verhalten. Alles nur zum Spaß! Nur ein Spielchen unter Freunden. Nur daß dabei Unschuldige zu Schaden kamen. Einer davon schwebt in Lebensgefahr. Mehr als einer. Das möchte ich Ihnen jetzt erklären."

Der Bildschirm wurde kurz dunkel, und ich nutzte die Gelegenheit, die Spieler zu beobachten. Guy Waddell war aufgestanden und nach hinten gegangen. Hawk saß nur noch auf der Stuhlkante. Plötzlich hatte die Kamera das Spielzimmer der Cathwaites im Visier. Ginny Cathwaite schnappte kurz nach Luft. Da saßen sie, alle sieben, um den Mahagonitisch. Ich hatte den Film so gut wie möglich bearbeitet, so daß er nur zeigte, was zur Sache gehörte. Der Professor war leichenblaß geworden. Ginny, neben ihm, blickte haßerfüllt drein, doch keiner von beiden bewegte sich. Sie starrten gebannt auf den Bildschirm, wie alle anderen auch.

Stickwell sprang plötzlich auf. „Einen Moment!" bellte er. „Macht diesen idiotischen Apparat aus! So ein Unsinn!"

„Ruhe!" zischte jemand.

„Setz dich und halt's Maul", knurrte ein anderer.

„Ja, setz dich", sagte Stickwells Frau. „Ich will das hören." Da sank er auf seinen Stuhl und blickte auf den Bildschirm. Erstaunlich. Auch Cathwaite schickte sich an, aufzustehen, doch Booker tätschelte sein Holster, eine stumme Warnung, die den Professor stillhalten ließ. Alle verfolgten gespannt den Fortgang der Handlung im Spielzimmer.

„Meint ihr, der Junge hat tatsächlich das Gold gefunden?" fragte Kip Cage im Film und strich sich dabei den weißen Bart. Er kicherte. „Verflixt. Das Spiel wird immer besser."

„Morgen werden sie hinaufgehen", sagte Guy.

„Vielleicht können wir vor ihnen dort sein und das Gold einsammeln", sagte Stickwell.

„Wir kennen den Weg nicht", entgegnete Cathwaite. „Wir brauchen Buck. Er muß uns führen."

„Und was machen wir dann mit ihm? Buck wird den Reichtum nicht unbedingt mit uns teilen wollen."

„Du wirst dich bestens um ihn kümmern, Newt. Wie du es mit dem kleinen Green gemacht hast", bemerkte Ginny Cathwaite mit sarkastischem Unterton. Sie konnte ihre Wut und Enttäuschung kaum verbergen.

„Scheiße. Das muß ich mir nicht gefallen lassen", sagte Newt und schob seinen Stuhl zurück.

„Setz dich, Newt", sagte Cathwaite. „Was meine liebenswerte Gattin sagen will, ist, daß du der geeignete Mann bist, wenn es soweit kommen sollte."

„Du hast die meiste Erfahrung", warf Guy ein.

„Ihr kapiert aber auch gar nichts. Ich tat es zu unserem Schutz, das sagte ich bereits. Er war uns draufgekommen."

„Das *dachtest* du. Nichts war er!" sagte Ginny.

„Immer mit der Ruhe", beschwichtigte der Professor. „Wir sollten uns alle abregen. Die Frage lautet, wie kommen wir ohne diesen blöden Buck an das Gold?"

„Was ist mit dem Bruder? Dem Rotschopf?" fragte Kip Cage. „Und mit den beiden Mädchen?"

Im Orginal ging der Text weiter: „Den beiden Mädchen, die wir gestern abend so genüßlich beobachtet haben", doch das hatte ich rausgeschnitten.

„Die beiden halten es bereits für möglich, daß Klein-Buckie seinen Bruder umlegt. Wenn beide am Ende tot sind, sieht es aus wie eine kleine Geschwisterrivalität, die mit einem Schußwechsel endete."

„Werden sie sich nicht fragen, wo das Gold ist?“ fragte Hawk und kaute auf einer kalten Zigarre.

„Sollen sie doch. Eine der beiden ist bereits überzeugt, daß Buck seinen Bruder nur reinlegen will. Vielleicht wird der Rotschopf wütend, zieht seine Waffe, und peng! Sie machen sich gegenseitig kalt!“

Der Professor nickte. „Verstehe. Aber es braucht mindestens zwei von uns für die Schießerei. Und mehrere zum Transport der Ladung. Ihr habt die Säcke gesehen. Es muß eine Wagenladung Gold da oben sein.“

„Ich gehe“, sagte Ginny Cathwaite. „Ich und Newt. Wir sind die besten Schützen.“

Ihr Mann blickte sie an, dann nickte er. „Einverstanden, Newt?“

„Okay. Was soll's? Teilen wir die Beute gleichmäßig durch sieben, oder bekommen Ginny und ich mehr?“

„Was wäre angemessen?“ fragte Cathwaite die Runde. Stickwell zog seinen Taschenrechner heraus und drückte die Tasten.

„Es wäre hilfreich zu wissen, wieviel es ist.“

Den nächsten Teil hatte ich übersprungen, weil sie sich lang und breit über Prozentanteile den Kopf zerbrachen.

Als der Film wieder einsetzte, waren nur Cathwaite, seine Frau und Guy im Zimmer.

„Du willst Newt schonen, nicht wahr?“ fragte Guy. „Deshalb hast du dich angeboten.“

„Möchtest du es vielleicht übernehmen, Guy?“ fragte Ginny. „Ich hatte Angst, du würdest kneifen. Er muß es machen. Du bist doch einverstanden.“

„Klar doch. Bist du dir sicher und der Sache gewachsen?“

„War ich nicht auch dem lieben alten Daddy gewachsen?“

Der Film war zu Ende. Ich schaltete den Fernseher aus, Booker machte Licht. Die Leute blinzelten. Newt war aufgestanden, beide Cathwaites und Guy ebenso. Stickwell, Cage und Hawk saßen noch, aber die Menschen um sie herum starrten sie entsetzt an.

Bookers Stimme unterbrach die lähmende Stille. „Du schuldest Cassidy wohl ein großes Dankeschön, Newt. Sie hat eben dein kleines, erbärmliches Leben gerettet."

Newt sah zum ersten Mal, seit ich ihn kannte, wirklich wach aus. Sein Blick schoß von Booker zu Cathwaite. Er schien zu überlegen.

„Miststück!" kreischte jemand. Eine Frau vom Lehrer-Eltern-Verband war auf einen Stuhl geklettert und zeigte auf Ginny Cathwaite. Schon hatte sie einen Schuh ausgezogen und schleuderte ihn auf Ginny. Er traf sie direkt an der Nase. Ginny faßte sich an die blutende Wunde und warf haßerfüllte Blicke um sich.

„Du Vollidiot", zischte sie Newt an.

„Ich? Ich habe doch nichts getan!"

„Du hast alles verdorben!" Ihr Mann konnte nicht verhindern, daß sich Ginny Cathwaite auf Newt stürzte und ihm mit ihren roten Fingernägeln Gesicht und Hals blutig kratzte. Newt reagierte flinker, als ich es für möglich gehalten hätte, und schlug ihr mit dem Handrücken ins Gesicht, daß sie zu Boden ging. Jetzt war der ganze Saal in Aufruhr, alle waren aufgesprungen und bildeten in einigem Abstand einen Kreis um die Kämpfenden.

„Laß sie in Ruhe!" schrie Guy und rammte seine Faust in Newts Magen.

Newt schnappte nach Luft und klappte zusammen. „Verdammt, es ist nicht meine Schuld!"

„Doch", widersprach Cathwaite und versuchte, Ginny davon abzuhalten, Newt erneut anzufallen. „Du bist schuld, daß es so gekommen ist."

„Quatsch. Sie war's, sie wollte Buck umbringen. Und mich! Du hast es gehört", wandte er sich hilfesuchend an Booker, der noch immer an der Tür stand, die Hand am Holster. Newts sonst so schläfrige Augen blitzten vor Wut.

„Klar hab ich es gehört“, sagte Booker. „Ich habe auch gehört, daß du Tommy Green überfallen hast.“

Newt riß die Augen auf wie ein in die Enge getriebenes Tier. Dann zog er seine Pistole. Das hatte ich befürchtet.

„Wie bitte? Du willst mich erschießen, Newt?“ fragte Booker und blockierte den Ausgang.

„Wenn es nicht anders geht, Tom. Diese Typen haben mich reingelegt, und ich werde nicht für sie büßen. Mach Platz.“

„Wenn du mit gezogener Waffe rausgehst, gibt es Blutvergießen, Newt. Draußen wartet ein halbes Dutzend Scharfschützen.“

„Ein nettes Manöver, Tom. Ich bin ein Spieler und nicht leicht zu bluffen, das solltest du wissen.“ Newt rannte los.

„Er sagt die Wahrheit, Sheriff“, rief Cathwaite. „Er würde Sie durchaus erschießen. Ihr Hilfssheriff ist leider ein ganz gewöhnlicher Psychopath. Das hätten wir früher merken sollen. Dann wäre es nicht so weit gekommen.“

„Von wegen!“ sagte Newt und richtete seine Pistole auf Cathwaite. „Ich lasse mir nicht alles anhängen. Das beschissene Spiel lief schon, bevor ich auftauchte! Nicht ich habe diese Feuer gelegt. Es war Hawk! Und Stickwells kleine Bestechungsversuche, um herauszufinden, welche Kollegenfrauen ihn gegen Geld vögeln würden! Sag bloß, das war nicht ganz schön jenseits.“

„Halt's Maul, Newt.“ Der gewohnte Glanz in Cathwaites Blick war erloschen. Alle sieben Mitglieder der Spielgemeinschaft wirkten entsetzt. Die anderen hatten sich an die Stirnseite des Saales zurückgezogen, möglichst weit weg von Newts Waffe. Nur die beiden Baileys, Lizzie und Erica standen noch neben Booker in der Gefahrenzone.

Newt bedrohte sie mit der Pistole, richtete dann aber die Aufmerksamkeit wieder auf Cathwaite und sagte sarkastisch: „Und deine saubere Frau. Ich wette, der Fall ihres lieben alten vermißten Daddy ist noch nicht abgeschlossen! Wetten, daß ihr kleiner Bruder uns sagen könnte, wo die Teile begraben sind, stimmt's, Guy? Mit einem Mörderpaar zusammenzuleben, ist dir anscheinend egal, was? Solange du nur vom Erbe profitierst."

„Pack ihn!" kreischte Ginny. Mir war unklar, ob sie Guy oder Cathwaite meinte. Beide standen stocksteif, mit wütenden Gesichern, während Newts Pistole zwischen den Mitgliedern der Spielgemeinschaft hin und her schwankte.

„Zeit, die Waffe abzugeben, Newt", sagte Booker. Newt Hancock blickte hektisch in die Runde. „Zu viele Zeugen", sagte Booker, seine Gedanken lesend. „Du kannst uns nicht alle umbringen."

Langsam sanken Newts Schultern herab, er drehte die Pistole in seiner Hand, daß der Griff auf Booker wies, und hielt sie ihm hin. Booker tat einen Schritt vorwärts, um sie zu ergreifen, doch in dem Moment stieß Newt einen kehligen Schrei aus, schlug nach Bookers Hand, wirbelte herum und richtete seine Waffe auf Erica.

„Sie werden mich nicht erschießen, solange ich zuerst dich erschießen kann, nicht wahr?" Er riß sie an sich und preßte den Pistolenlauf an ihre Schläfe.

„Laß das, Newt. Du hast genug am Hals. Es reicht", sagte Booker. Er hielt sich die verletzte Hand, klang aber ganz gefaßt.

„Richtig. Ich habe nichts zu verlieren. Los, Schätzchen, wir beide machen jetzt eine kleine Spazierfahrt."

Er öffnete die Tür und blickte ins Gesicht meiner besten Freundin, Martha Harper. Hinter ihr stand ein halbes Dutzend uniformierter Cops. Sie hielten ihre Pistolen im Anschlag, aber als sie die Waffe an Ericas Schläfe sahen, bewegte sich keiner. Hinter den Polizisten parkten mehrere Übertragungswagen. Die Videokameras und Mikrofone waren auf Newt gerichtet.

Newt schien nicht zu verstehen, schwankte ein wenig, hatte sich jedoch gleich wieder gefangen. „Legt die Waffen weg, Jungs. Sie auch, Madam. Sie möchten doch sicher nicht, daß ich sie erschießen muß."

Ein Beamter nach dem anderen steckte seine Waffe ins Holster, und mein Magen fing an zu schlingern. Wie hatte die Sache so entgleiten können. Und nun war Erica mitten drin! Plötzlich fegte etwas an mir vorbei, und bevor ich wußte, wie mir geschah, rammte Buck Bailey Newt mit solcher Kraft, daß der Boden erzitterte, als sie niederfielen.

„Laß sie los!" schrie er und bearbeitete Newts Gesicht und Brust mit seinen Fäusten. Newt, dessen Waffe über den Boden geschlittert war, hatte Bucks Raserei nichts entgegenzusetzen. Er wehrte mit erhobenen Händen die Schläge ab, bis Booker, Martha und ein dritter Polizist Buck wegzogen. Erica rappelte sich schwankend auf die Füße.

„Sie haben das Recht zu schweigen", sagte Martha, als sie Newt die Handschellen anlegte. Die uniformierten Cops gingen hintereinander in den Saal und mit gezogenen Pistolen vorsichtig auf die anderen sechs Spieler zu. Hinter ihnen drängten die Reporter nach.

„Es war doch nur ein Spiel!" flehte Hawk, als die Cops näherkamen. Einer trat vor und zeigte ihm die Handschellen.

„Ach ja? Nun, du hast verloren, Idiot."

„Was werft ihr mir vor? Nennt mir den Verhaftungsgrund!" beharrte der Banker, doch er klang wenig überzeugt.

„Wie wär's mit Verabredung zum Mord, nur als Anfang?" sagte Martha. „Fünfzig Leute, von acht Polizeibeamten und zwei Nachrichtensendern ganz zu schweigen, haben eben gehört, wie ihr Spaßvögel den Mord an Buck Bailey geplant habt. Und ich habe das Gefühl, daß bald noch andere Anklagen dazukommen werden."

„Richtig!" brüllte eine der Damen der Lehrer-Eltern-Vereinigung quer durch den Raum. „Wie wär's mit Zerstörung der Privatsphäre eines Menschen!"

Es entstand eine schockierte Pause, dann fing jemand an zu klatschen. Eine seltsame Reaktion, dachte ich, doch schon fielen alle ein, und der Applaus wurde so frenetisch, daß der Saal einem Footballstadion glich. Ich blickte mich um und stellte fest, daß sie Buck beklatschten.

Die sieben wurden abgeführt, vor laufenden Kameras. Erica nahm meine Hand.

„Geschafft!“ sagte sie.

„Buck hat es geschafft“, sagte Bart mit einem Lächeln zu seinem Bruder, der von oben bis unten mit Newts Blut befleckt war. Sein Gesicht sah seltsam entrückt aus, fast friedlich, dachte ich.

„Das war schon knapp“, sagte ich. „Danke.“

„Hey. Der Kerl ist ein Idiot.“ Er lächelte Erica an, und ich erkannte diesen Blick. Es war der gleiche, den der Siebenjährige seiner kleinen Schwester geschenkt hatte.

Booker kam zurück und machte ein komisches Gesicht. „Die schlechte Nachricht lautet, daß wir Newt nicht wegen Mordes anklagen können.“

„Warum nicht?“ fragte Lizzie.

„Weil“, sagte er, plötzlich grinsend, „ich eben einen Anruf aus dem Krankenhaus bekommen habe. Die gute Nachricht heißt: Tommy ist aufgewacht.“

Tommy saß tatsächlich im Bett, nippte an einer Tasse mit Eisstückchen und beklagte sich, daß er nichts Vernünftiges zu essen bekam. Er war blaß, und der Kopfverband ließ ihn irgendwie kleiner aussehen. Aber sein Grinsen war das alte, und in seinen Augen saß wieder der Schalk.

„Ich habe euch wohl ein wenig beunruhigt, was?“

„Nö, wir wußten, daß du's schaffst“, sagte Booker gespielt gleichgültig.

Enttäuscht wandte sich Tommy an mich. „Aber du hast dir doch sicher Sorgen gemacht.“

„Wer? Ich? Ich hatte nie den geringsten Zweifel.“

„Nun komm schon. Sie sagen, ich sei über eine Woche weggetreten gewesen. Hätte sterben können, sagen sie.“

Erica nahm Tommys Hand und drückte sie. „Sie lügen alle, Junge. Wir haben uns große Sorgen gemacht, okay?"

„Oh." Er blickte sich im Zimmer um, noch immer ein wenig verwirrt, und wollte eine Bestätigung. Der Arzt hatte gesagt, daß er Erinnerungslücken haben könnte und sein Gedächtnis vielleicht erst nach einer Weile wieder richtig funktionieren würde. Doch Tommy schien nicht beeinträchtigt zu sein, soviel ich feststellen konnte. Die Krankenschwester sagte, als er zu sich kam, waren seine ersten Worte: „Newt ist mit dabei! Er und Buck!"

Es waren lange Gespräche nötig, bis er sich überzeugen ließ, daß es nie irgendein Gold gegeben hatte und das Ganze ein Spiel war.

„Ich kapier's nicht", sagte er und kratzte sich am Kopfverband.

„Schon gut, Tommy", sagte Booker. „Wir auch nicht."

Tommy schloß die Augen, als wäre das Nachdenken zu anstrengend.

„Wir sollten gehen", flüsterte Rosie. Sie nahm Bookers Hand und ging mit ihm zur Tür.

„Hey!" Tommy schlug plötzlich die Augen auf. „Wer hat denn den Muschelsuppenwettbewerb gewonnen?"

Rosie lächelte; ihre dunklen Augen glühten vor Stolz.

„Nun, Tommy", sagte Booker, indem er den Arm um Rosie legte, „meine schöne Frau hat das blaue Band bekommen. Aber ich muß sagen, die wirkliche Gewinnerin war Cass." Dabei zwinkerte er Erica zu.

Tommy sah wieder verwirrt drein, doch Erica half ihm. Sie neigte sich zu mir und küßte zärtlich meine Wange.

„Diesmal irrt der Sheriff, Tommy", sagte Erica. „Die wirkliche Gewinnerin war ich."

„Wieso?" fragte er. Dann, eine Minute später, machte er: „Oh." Und dann kam ein Lächeln, ein wirklich strahlendes Tommy Green-Lächeln. „Verstanden. Cool."

Epilog

Sie waren alle gekommen: die Bailey-Brüder, Booker und Rosie, Martha und Tina, Tommy, Lizzie und Erica natürlich auch. Bart kümmerte sich um den Grill, er hatte wieder *carne asada* versprochen, und Rosie stellte, nachdem wir sie lange gebeten hatten, ihre berühmten Chiliröllchen her. Buck hatte darauf bestanden, das Bier zu bringen, und konsumierte seinen Anteil draußen auf der Terrasse.

„Wir haben Glück gehabt", sagte Booker. „Wenn sie nicht angefangen hätten, sich gegenseitig zu verraten, wären wir allein auf den Film angewiesen."

„Der vom Richter womöglich nicht zugelassen würde, denn diese Leute haben gute Beziehungen", sagte Martha.

„Wie bist du darauf gekommen, daß sie sich gegenseitig beschuldigen würden?" fragte Booker. Es war einer jener unvergleichlich schönen Spätsommertage. Wir hatten uns auf der vorderen Terrasse eingerichtet, tranken Coronas mit einem Spritzer Zitrone und sahen den Segelbooten zu, die vor der Insel kreuzten.

„Das Buch des Professors hat mich draufgebracht", erklärte ich. „Er sagte, alles sei vorhersehbar. Wir seien Sklaven unserer Schwächen. Da dachte ich, diese Leute eint nicht nur ihre Geldgier, sondern auch ihre Gewinnsucht. Und wenn einer nicht gewinnen konnte, wollte er auch keinen anderen gewinnen sehen."

„Deshalb haben sie sich gegenseitig reingerissen", sagte Erica und nickte zustimmend.

„Das Ganze ist so verquer", meinte Rosie kopfschüttelnd. „Wie kann man nur auf Menschen wetten."

„Na ja. Ich verstehe, daß man süchtig werden kann."

Alle sahen mich an, und ich lachte.

„Okay, ich gebe zu, daß ich eine Wette mit Erica abgeschlossen habe, bevor wir den Film zeigten. Sie sagte, Newt würde als erster aufgeben, ich setzte auf Ginny Cathwaite."

„Und wer hat gewonnen?" fragte Tommy.

„Wir beide", lächelte Erica.

„Was habt ihr gewettet?"

Erica wurde rot und wechselte das Thema.

„Hat Ginny Cathwaite tatsächlich ihren Vater ermordet?" fragte sie Martha.

„Sieht so aus. Als Newt merkte, daß wir ihm den Überfall auf Tommy nachweisen konnten, wollte er unbedingt auch Guy und Ginny reinreißen. Guy hat anscheinend den Fehler gemacht, Newt gegenüber damit zu prahlen. Newt zufolge war ihr alter Herr ein Trinker, und sie hatten keine Lust, noch länger auf ihr Erbteil zu warten. Wer mich aber wirklich überrascht, das ist der Professor."

„Warum?" fragte Rosie.

„Man sollte meinen, er würde seine Leute decken, aber nein, er kooperiert bereitwillig."

„Das überrascht mich nicht", sagte ich. „Wenn Guy und Ginny ins Gefängnis kommen, wer bleibt dann mit dem Geld zurück?"

„Er kommt also ungeschoren davon?" fragte Rosie. „Hat er nicht geplant, Buck umzubringen? Und Newt?"

„Genau", sagte ich. „Sie können behaupten, das Ganze sei Theater gewesen und sie hätten die ganze Zeit gewußt, daß sie gefilmt werden. Sie können sagen, sie hätten auf *unsere* Reaktionen gewettet und einfach eine Runde Siebter Himmel gespielt."

„In unserer Stadt werden sie dieses Spiel jedenfalls nicht mehr spielen", sagte Lizzie. „Selbst nach einem Freispruch wären sie hier nicht mehr gern gesehen."

„Wer von ihnen hat die Halstücher und Schriftstücke auf den Berg gebracht?" wollte Buck wissen. Wenn er mal nicht so feindselig dreinschaut, wirkt er gar nicht so furchterregend, dachte ich. Langsam mochte ich sogar diese Nasenringe.

„Hawk und Guy haben sich abgewechselt“, sagte Booker. „Hawk hat uns schon alle Einzelheiten verraten. Habt ihr nie festgestellt, daß sich manche Menschen gern alles von der Seele reden, wenn sie erst gefaßt sind? Wie auch immer, Guy hat die ersten beiden hinaufgebracht, er die nächsten zwei, dann Guy das letzte. Es sei wie bei einem Geländespiel gewesen. Eine Wette ging darum, wie lange du suchen würdest, bevor du das Spiel durchschaust.“

„Sehr lustig“, sagte Buck. „Moment mal. Das sind fünf. Drei von Guy und zwei von diesem Hawk. Haben sie das gesagt? Erinnerst du dich ganz genau?“

„Ich bin mir sicher, Buck. Ich habe es sogar irgendwo notiert. Außerdem habe ich es auf Cassette. Wieso?“

Buck war aufgestanden und ging mit großen Schritten auf und ab. Auf seiner Glatze glänzten Schweißperlen. Dann fing er an zu lachen.

„Was gibt's, Bruderherz?“ fragte Bart besorgt.

„O Junge. Ich bringe mich um!“

„Wie bitte?“ fragte Bart und stand ebenfalls auf.

„Ich bin ein Arsch, das ist alles. Verzeihung, Madam“, sagte er zu Rosie. „Mein Gott, was für ein Riesenarschloch!“

„Wie bitte?“ fragten Booker und ich unisono.

„Verdammt! Als ich merkte, daß das Ganze nur ein Scherz war, habe ich alle Schriftstücke zerrissen und weggeworfen.“

„Na und?“ entgegnete Bart.

„Es waren sechs Schriftstücke, Mann, mit dem, das Tommy mitnahm. Sechs! Verstehst du!“

„Willst du damit sagen, daß eines davon echt war?“ fragte Tommy mit leuchtenden Augen.

Die Gesellschaft verfiel in nachdenkliches Schweigen.

„Moment mal!“ ließ Bart sich vernehmen. „Es ist Samstag!“ Schon rannte er die Rampe hinunter.

„Wo gehst du hin?" schrie Tommy hinterher und folgte ihm auf den Fersen.

„Heute kommt die Müllabfuhr. Los. Vielleicht erwischen wir sie noch!"

„O je, jetzt geht es wieder los", sagte ich, als die drei in Tommys Boot sprangen und über das Wasser davonbrausten.

„Das war's dann wohl mit *carne asada*", lachte Lizzie.

„Du glaubst doch nicht etwa, daß sie das echte Schriftstück gefunden haben?" fragte Martha.

„Ich mag gar nicht daran denken. Möchte jemand ein Bier?" Ich ging ins Haus und in die Küche. Martha folgte mir.

„Worum habt ihr beiden nun gewettet?" fragte sie grinsend.

„Hmm?" machte ich und versteckte mein Gesicht im Kühlschrank.

Erica kam herein und hörte Marthas Frage.

„Was immer es war", sagte sie, zwinkerte Martha zu und nahm mich dann in die Arme, „wir werden uns viel Zeit lassen, die Wette einzulösen."

Offensive Krimis auf einen Blick

Angelika Aliti
Die Sau ruft
ISBN 3-88104-297-0
Kein Bock auf Ziegen
ISBN 3-88104-310-1
Heißes Herz
ISBN 3-88104-333-0

Kate Calloway
Erster Eindruck
ISBN 3-88104-292-X
Zweite Geige
ISBN 3-88104-299-7
Dritter Grad
ISBN 3-88104-304-7
Vierter Anlauf
ISBN 3-88104-315-2
Fünftes Rad
ISBN 3-88104-322-5
Sechster Sinn
ISBN 3-88104-327-6

Kitty Fitzgerald
Die Frau gegenüber
ISBN 3-88104-222-9

Shirley Seul
Kopflos
ISBN 3-88104-311-X
Schwamm drüber
ISBN 3-88104-336-5

Kim Engels
Späte Rache
ISBN 3-88104-316-0

Lisa Haddock
Finaler Schnitt
ISBN 3-88-104-285-7
Falsche Korrektur
ISBN 3-88104-278-4

Karen Saum
Mord ist relativ
ISBN 3-88104-209-1

Verlag Frauenoffensive

Offensive Krimis auf einen Blick

Janet McClellan
Kansas City-Bomber
ISBN 3-88104-305-5

Claire McNab
Mord undercover
ISBN 3-88104-337-3
Der Trick
ISBN 3-88104-332-2
Kettenbrief
ISBN 3-88104-309-8
Geheimer Kreis
ISBN 3-88104-290-3
Marquis läßt grüßen
ISBN 3-88104-277-6
Bodyguard
ISBN 3-88104-264-4
Das Ende vom Lied
ISBN 3-88104-242-3
Ausradiert
ISBN 3-88104-217-2
Tod in Australien
ISBN 3-88104-214-8
Überfällig
ISBN 3-88104-321-7

Ellen Hart
Höflicher Beifall
ISBN 3-88104-298-9
Kleine Opfer
ISBN 3-88104-272-5
Tödliche Medizin
ISBN 3-88104-257-1
Lampenfieber
ISBN 3-88104-243-1
Winterlügen
ISBN 3-88104-237-7
Dünnes Eis
ISBN 3-88104-229-6
Räuberwein
ISBN 3-88104-326-8

Verlag Frauenoffensive